하현

하현

초판 1쇄 인쇄 2022년 2월 10일 | 초판 1쇄 발행 2022년 2월 17일
지은이 이희준 | **펴낸이** 방일권 | **펴낸곳** 별숲
출판신고 2010년 6월 17일 | **주소** 경기도 파주시 광인사길 68, 403호
전화 031-945-7980 | **팩스** 02-6209-7980 | **전자우편** everlys@naver.com

ISBN 979-11-91204-98-8   03810

하현

이희준 장편소설

별숲

차례

눈

눈이 날리고 있었다. 김만월은 아기를 안고 정신없이 뛰어가고 있었다. 그때 그의 키는 154센티미터였다. 김만월은 눈밭 위를 달리다가 하마터면 넘어질 뻔했다. 그는 휘청거리다가 주저앉았다. 아기는 그의 품 안에서 가냘픈 숨을 내쉬고 있었다. 그가 사람을 살릴 수 있는 마법을 부렸는데도 아기는 여전히 파랗게 질려 있었다.

"괜찮아, 괜찮아."

그는 애써 웃으며 말했다.

"괜찮을 거야."

그 말이 그가 해 줄 수 있는 전부였다. 그는 아기에게 애원했다.

"아가, 제발 죽지 마. 부탁이야."

제발.

저 멀리에 병원이 하나 보였다. 그는 무작정 그곳으로 달렸다. 그가 방금 마력을 주긴 했지만 아기가 살아난다고 장담할 수는 없었다.

아기는 그의 한 팔에 쏙 들어올 만큼 작았다. 너무 작아서 그가 놓치는 순간 눈 속으로 빠져 영영 사라지지 않을까 두려웠다.

"아가야, 조금만 힘내자. 할 수 있지? 우리 아기 착하다. 다 괜찮을 거야."

괜찮을 거야. 그는 평생 스스로에게 해 주었던 말을 아기에게도 반복했다.

괜찮을 거야.

김만월은 아기를 안고 계속 달렸다. 눈이 내리고 있었다.

시위

아직 첫눈이 내리지 않은 11월의 어느 날이었다. 김하현은 버스에서 내렸다. 그날은 학교 행사가 있어서 일찍 끝나는 날이었다. 학교에서는 점심만 먹고 바로 집으로 보내 줬다. 하현은 귀에 이어폰을 꽂은 채 집까지 터벅터벅 걸어갔다. 버스 정류장 근처의 담벼락은 찢어진 벽보로 지저분했다. 구청에서 붙인 벽보에 있는 글귀 하나가 눈에 들어왔다.

만인의 아버지, 친애하는 황제 폐하께서는….

'아버지'라는 글자에는 빨간색으로 크게 엑스 자가 그어져 있고 그 밑에 '쓰레기'라고 쓰여 있었다. 하현은 그걸 한번 힐끗 쳐다보고는 계속 걸었다. 집으로 돌아가는 길은 항상 살짝 피곤한 상태였다. 학교생활은 늘 지루했다. 그나마 오늘은 일찍 끝나서 다행이었다. 하현은 땅에 뒹굴고 있는 전단지 몇 장을 걷어찼다. 불순분자들이 뿌린 선동물이었다. 그런 걸 여러 장 주워서 경찰서에 가져다주면 약간의 용돈을 벌 수 있었지만 하현은 관심 없었다.

집에 도착하니 아빠는 손님의 털을 깎으며 잡담을 나누고 있었다. 황갈색 털의 웰시코기 시민견(犬)이 의자에 앉아 아빠의 가위에 몸을 맡기고 있었다. 자주 오는 단골 중 한 명이었다.

"오늘 이 근처에서 시위가 열린다고 시끄럽더라고요."

손님의 말에 아빠가 대답했다.

"저번에도 공원에서 시위가 있었는데 또 열리는군요."

"다녀왔습니다."

하현이 인사하자 아빠가 돌아보더니 환하게 웃었다.

"하현이 왔어? 오늘의 학교생활은?"

"매우 좋음."

"거짓말. 피곤해 보이는데?"

부자의 대화를 듣고 있던 웰시코기가 농담을 했다.

"아무 일 없어서 지루한 거 아냐?"

"정답입니다."

하현은 그렇게 말하며 위층으로 올라갔다. 아빠와 하현의 집은 이발소 위층에 있는 작은 집이었다. 하현은 가방을 내려놓고 교복을 갈아입은 뒤 다시 아래층으로 내려왔다.

"사격장 가니?"

"네."

눈썰미 좋은 하현은 아빠의 손에 밴드가 붙어 있는 걸 보고 혀를 찼다.

"뭐야, 밴드 붙였네. 머리 자르다 다쳤어요?"

"살짝 베였어."

"조심해요."

"너나 총 맞지 않게 조심하셔."

아빠가 장난스럽게 말했다. 아빠는 150센티미터의 작은 키였다. 올해 고등학교 1학년인 하현은 아빠보다 머리 하나는 더 키가 컸다. 아빠는 언제부터였는지 하현을 올려다보기 시작했고, 하현은 그때부터 자기가 좀 의젓해진 것 같다고 느꼈다.

웰시코기가 물었다.

"아들내미가 사격장을 자주 가나 봐요?"

"네, 총을 진짜 잘 쏴요."

"그래요? 대단하네. 혹시 군인이나 경찰이 꿈인가?"

하현이 대답했다.

"아뇨, 그냥 취미예요. 아빠, 다녀올게요."

"조심해라!"

"걱정은."

"차 조심도 하고!"

밖에 나갈 때마다 아빠가 늘 강조하는 말이었다. 특히 하현이 교통사고를 당한 후로 아빠는 그 말을 자주 했다. 하현은 가볍게 손을 흔들고 가게를 나섰다.

사격장으로 걸어가면서 하현은 다시 귀에 이어폰을 꽂았다. 그는 대로 쪽으로 갈까 하다가 마음을 접었다. 그쪽 길에서는 아직도 최루탄 냄새가 가시지 않았다. 며칠 전에 일어난 시위를 해산하기 위해 경찰이 쏜 것이었다. 하현은 좁은 골목을 지나서 매일 출근하는 사격장으로 들어갔다. 사격장 벽에는 불순분자들이 붙인 선동물이 몇 장 붙어 있었다. 선동물은 한 달 후 토요일에 황궁 앞 광장에서 열리는 민주정을 요구하는 시위에 전 국민이 모여 달라고 호소하고 있었다. 그런 것들이 붙어 있는 걸 내버려 두다가 경찰에게 걸리면 트집 잡힐 수가 있었다.

사격장 주인은 중년의 숲요정 아줌마였다. 매일 오는 하현을 보고 주인은 인사를 하더니 다시 보고 있던 TV로 눈을 돌렸다. 하현은 사장에게 신경을 써 줬다.

"사장님, 바깥 벽에 선동물이 붙어 있어요."

"그래? 이따가 떼어 내야겠네. 고맙다."

하현은 눈인사를 하고 레인으로 갔다.

그는 그날도 몇 시간 동안 계속 사격을 하면서 시간을 보냈다. 소총과 권총을 쏜 후 다른 총으로도 움직이는 과녁을 쐈다. 사격은 책 읽는 걸 제외하고 하현의 유일한 취미였다. 그는 늘 가장 어려운 레인에서 총을 쐈다. 그는 그 사격장에서 가장 작고 가장 빠르게 날아가는 소형 과녁도 맞힐 수 있었다.

몇 시간 동안 총을 쏜 후 자판기에서 음료수를 뽑아 마시고 있는데 자주 보는 사람 몇 명이 와서 인사를 했다. 사격 동호회 회원들이었다. 하현이 사는 신정동에는 비인간 종족이 많아서 이 사격장에도 비인간 종족 손님들이 많았다.

"넌 볼 때마다 총을 진짜 잘 쏜다. 이 정도면 사람이 아니라 친위대 수준 아니냐?"

자주 보는 도깨비 형이 농담을 했다. 오른팔에 작은 문신을 한 형이었다. 하현은 말없이 웃어 보였다.

"혹시 군이나 경찰에 들어갈 생각은 없어?"

"그런 건 관심 없어요. 사격은 그냥 취미예요."

"볼 때마다 실력이 정말 아까운데. 자기 특기를 살려야지."

"글쎄요, 취미는 그냥 취미로 두자는 게 제 신조라서."

그 형과 잠깐 잡담을 하다가 하현은 다시 한 시간 정도 더 총을 쏘고 끝냈다. 사격장 밖으로 나오자 어느새 하늘이 붉게 물들고 있었다. 하현은 걸어가면서 아까 형이 한 말을 생각하면서 혼자 피식 웃었다.

"경찰은 무슨…."

집으로 오는 길에는 양천공원이 있었다. 하현이 공원을 지날 때

마침 그곳에서는 시위가 열리고 있었다. 전국도깨비연합 양천지부의 시위였다. 하현은 공원 입구에 서서 그 광경을 잠시 구경했다. 시위대는 제정과 노예제의 폐지, 민주정의 설립을 요구하는 구호를 외치고 있었다. 시위대는 대부분 도깨비였지만 시민견과 시민묘(猫), 요정 등 다른 종족들도 간간이 섞여 있었다. 지나가다가 사진을 찍는 사람들과 취재를 하러 나온 언론사도 눈에 띄었다.

공원에서 시작된 시위는 사람이 많이 모이자 구청 쪽으로 움직이기 시작했다. 그때였다. 공원 옆 차도에 화물차와 SUV 여러 대가 멈춰 섰다. 시위에 합류하려는 사람들인가? 하현이 이런 생각을 하며 그 차들을 보고 있는데, 차 문이 열리고 인간 남자 여러 명이 손에 곤봉을 들고 내렸다. 그들은 밀물처럼 공원으로 밀어닥쳤다.

그러더니 시위대를 향해 곤봉을 휘두르기 시작했다.

비명이 터져 나왔다. 인간 남자들은 도깨비들을 곤봉으로 내려쳤다. 시위를 하던 사람들이 비명을 지르며 달아나려고 했다. 그러자 남자들은 그들을 쫓아가 사정없이 곤봉을 휘둘렀다.

삽시간에 공원은 아수라장이 되었다.

하현도 뒷걸음치다가 뛰기 시작했다.

남자들은 달아나는 인파를 향해 소총 형태의 전기충격기를 쐈다. 전기총에 맞은 사람들이 쓰러져 버둥거렸다. 사방에서 비명 소리와 곤봉으로 내려치는 소리가 둔탁하게 울렸다. 꼭 호박을 때리는 소리 같았다.

인간 남자들은 쓰러진 시위대를 화물차로 끌고 갔다. 발버둥 치는 사람들은 다시 곤봉으로 때리거나 전기충격기로 지졌다. 그들은 도깨비와 요정들을 포대처럼 짊어지거나 자루처럼 질질 끌고 가서 화물차 안에 던져 넣었다. 마치 모래주머니를 던지는 것 같았다. 화물차에 던져진 사람들 중 몇 명은 밖으로 기어 나오려다가 다시 전기충격기에 맞아 쓰러졌다.

하현은 정신없이 뛰었다. 그의 옆으로 사람들이 비명을 지르며 스쳐 지나갔다. 하현 옆에 있던 여자 한 명이 전기총에 맞고 쓰러졌다. 아까 공원에서 슬러시를 팔던 여자였다. 하현의 귀 옆으로 윙, 하고 전기 총알이 날아갔다. 사방에서 비명이 터졌다. 하현은 그 소리에 균형감각을 잃고 비틀거렸다.

달리다가 넘어진 사람들을 군중이 밟고 지나갔다. 그렇게 쓰러진 사람들은 일어나려다 계속 밟혔고 결국 다시 일어나지 못했다. 하현도 하마터면 떠밀려서 넘어질 뻔했다.

하현이 섞인 인파는 공원 밖 대로로 몰려나왔다. 하지만 대로에는 이미 인간 남자들이 전기총과 곤봉을 들고 기다리고 있었다. 그들이 달려들어 사람들을 닥치는 대로 때려잡았다. 하현에게도 한 남자가 곤봉을 휘두르며 달려들었다. 하현은 가까스로 몸을 틀어 그를 피했다. 남자의 곤봉이 하현 뒤에 있던 요정을 대신 때렸다. 하현 또래의 요정은 나무토막처럼 바닥에 쓰러졌다. 하현은 쉬지 않고 달려 그들로부터 멀어졌다.

그때 하현의 눈에 아빠가 들어왔다. 아빠는 이발소 앞치마를 입은 채로 밖에 나와 있었다. 가게 안에 있다가 요란한 소리가 들리자 무슨 일인가 싶어서 밖으로 나온 것이다. 아빠는 당황한 표정이 역력했다. 미친 듯이 내달리는 군중이 아빠 곁을 스쳐 지나갔다.

"아빠!"

하현이 외쳤다.

"위험해요! 가게로 들어가요!"

그 소리는 사방에 가득한 비명과 고함 소리 때문에 아빠에게 닿지 않았다. 하현은 다시 외쳤다.

"아빠!"

그때 인간 남자 두 명이 아빠에게 다가왔다. 아빠는 그들을 보고도 도망치지 않고 제자리에 서 있었다. 남자 한 명이 손에 든 곤봉을 휘둘렀다. 곤봉이 아빠의 어깨를 내려쳤다. 아빠는 맞는 순간 입을 벌렸지만 아무 소리도 나오지 않았다.

그리고 다시 휘두른 곤봉에 아빠는 무너졌다.

"안 돼!"

하현은 그쪽으로 가려다 달려오는 사람과 부딪혀 쓰러졌다. 하현이 고개를 들었을 때 놈들은 아빠를 끌고 가고 있었다. 한 남자가 아빠의 상체를 잡고 다른 남자가 다리를 잡고 있었다. 아빠의 두 팔이 축 늘어져 바닥에 질질 끌렸다. 하현은 그쪽으로 가려고 했지만 인파가 그를 거슬러 휩쓸고 지나갔다. 그는 달려오는 사람들과 쉬지 않고 부딪혔다. 앞으로 갈 수가 없었다. 그사이 남자들은 아빠를 화물차 앞에서 추처럼 한 번 흔들더니 차 안으로 던져 넣었다.

하현 쪽으로 달려오던 도깨비 하나가 전기총에 맞고 땅에 고꾸라졌다. 하현은 그와 부딪혀서 함께 땅에 뒹굴었다. 그가 벌떡 일어났을 때는 이미 아빠를 집어넣은 화물칸의 문이 닫힌 뒤였다.

인간 남자들은 화물차마다 사냥감을 가득 채워 넣자 더 이상 시위대를 쫓지 않았다. 그들은 다시 차에 올라탔다.

화물차와 SUV들이 출발했다. 하현은 도로로 뛰어나가 차를 쫓아 달렸다.

"멈춰! 멈추라고!"

그는 고함을 질렀다.

그가 전력으로 쫓아갔지만 차는 벌써 멀리 앞서가고 있었다. 하현은 기진맥진해서 앞으로 허리를 숙였다. 심장이 터질 것 같았다. 그는 입에 고인 침을 뱉어 냈다. 여러 대의 화물차들은 신호도 무시하고 계속 달려가고 있었다. 하현의 등 뒤로 차들이 경적을 울리며 지나갔다. 그는 도로 한복판에 서 있었다.

하현은 자신을 향해 오는 택시 한 대를 세웠다. 그는 택시에 타자마자 헐떡이며 말했다.

"저 앞에 가는 하얀색 화물차를 쫓아가 주세요, 지금 당장."

나이 든 인간 택시 기사는 잠시 어리둥절한 표정으로 하현을 쳐다봤지만 순순히 시키는 대로 했다.

택시가 달리는 동안 하현은 휴대폰을 꺼내 112를 눌렀다.

"네, 경찰입니다."

하현은 순간 지금 이 상황을 어떻게 설명해야 할지 떠오르지 않았다.

"여보세요?"

경찰이 재차 물었다.

"어… 지금 우리 아빠가 납치당했어요."

"좀 더 자세히 말씀해 주시겠어요?"

"음, 그러니까, 양천공원에서 시위가 있었는데, 어떤 인간들이 차에서 내려서 갑자기 시위하는 사람들을 두들겨 패더니 화물차에 사람들을 마구 싣고 갔는데, 그중에 저희 아빠도 있었어요."

하현은 최대한 침착하게 설명하려고 했지만 자꾸만 스스로 횡설수설하는 것 같다고 느꼈다. 그는 자신이 택시를 타고 화물차를 쫓아가는 중이라는 것, 그리고 지금 양천구를 빠져나가서 동쪽 도로를 달리고 있다는 사실을 말한 뒤 전화를 끊었다.

화물차들은 방향을 꺾어서 남쪽으로 향했다. 놈들을 쫓아가다 보니 앞에 지저분한 도로가 펼쳐졌다. 택시는 그 낡은 도로에 접어들었다. 도로의 앞쪽에는 도로만큼이나 지저분한 넓은 관문이 있었는데 화물차와 SUV들은 그 너머로 줄지어 들어갔다.

택시는 관문을 백 미터 정도 남겨 두고 멈춰 섰다. 눈앞에서 아빠를 실은 화물차가 점점 멀어졌다.

"뭐 하세요? 계속 쫓아가야죠."

"학생, 저긴 초열구(區)잖아. 무법 지대라고."

하현은 그 말에 잠깐 망설였지만 이내 다시 재촉했다.

"상관없어요. 계속 따라가 주세요."

기사가 어처구니없다는 표정으로 뒤돌아봤다.

"저긴 초열구라니까? 어쩌려고 이래?"

"지금 우리 아빠가 잡혀갔단 말이에요! 제발요, 돈은 더 드릴 테니까…."

"거참, 안 된다니까 그러네. 무법 지대인데 어떻게 들어가? 들어가려면 내려서 학생 혼자 걸어가."

하현은 다급한 마음에 기사의 말처럼 차에서 내려 관문을 향해 몇 걸음 뛰어가다가 멈춰 섰다. 초열구로 넘어간 화물차들은 이미 사라진 뒤였다.

경찰서는 낮의 공원처럼 북새통이었다. 낮에 일어난 사건에서 가족이 잡혀간 사람들이 경찰에게 호소하고 있었다. 마치 지진이나 수해를 입은 재해민들을 보는 듯했다. 사람들은 황제의 초상화가 걸린 경찰서 벽에 기대어 울거나 넋이 나가 있었고, 아예 바닥에 주저앉아 있는 사람들도 있었다. 경찰서에 있는 사람들은 대부분 도깨비들이었고 요정과 시민견, 시민묘도 좀 섞여 있었다. 인간은 거의 눈에 띄지 않았다. 그 몇 안 되는 인간들 중 하나가 하현이었다.

"그러니까, 무법 지대로 들어간 이상 우리가 어떻게 할 수가 없다니까."

하현이 붙잡고 있는 경찰은 젊은 인간 여자였다. 그녀는 아까부터 계속 하현에게 같은 말을 반복하고 있었다.

"어떻게 그럴 수가 있어요? 제가 그 화물차 번호까지 알고 있다니까요?"

"차 번호 좀 불러 볼래?"

경찰은 컴퓨터에 번호를 입력하더니 모니터를 보며 말했다.

"도난신고 된 차량으로 뜨네."

"도난신고가 되었다는 건 그들이 무법 지대 밖에 있는 차를 훔쳤다는 뜻이잖아요."

"그렇겠지."

"그러면 무법 지대 밖에도 뭔가 있지 않겠어요? 그러니까…."

경찰이 손을 내저었다.

"알겠어, 그러니까 좀 기다려 봐. 지금 학생뿐만 아니라 여기 있는 사람들이 전부 똑같은 걸 요구하고 있는데, 우리도 아빠를 찾아주고 싶으니까 집에 가서 좀 기다리고 있어."

"초열구 안으로 들어가서 수사를 못 하면 어떻게 되는 거예요?"

"무법 지대 밖에서만 수사를 해야지. 거긴 너무 위험해서 현실적으로 경찰도 그렇게밖에 못 해."

"아니, 뭐가 대체 그래요? 그러면 경찰이 왜 있는 거예요?"

경찰은 피곤한 얼굴로 하현을 쳐다봤다. '나도 그렇게 생각해.' 경찰의 표정은 그렇게 말하고 있었다.

하현은 경찰과 하나 마나 한 말을 몇 번 더 주고받은 뒤 경찰서를 나왔다. 그가 밤하늘을 우두커니 올려다보고 있는데 휴대폰이 울렸다. 윤철호 아저씨였다.

"하현아, 아버지가 전화를 안 받으시네. 혹시 무슨 일 있는 건 아니지?"

하현은 차마 말을 할 수가 없었다. 아저씨의 목소리가 떨렸다.

"설마… 설마 아빠도 끌려간 거야?"

하현은 고개를 주억거렸다.

"네."

"세상에….."

아저씨도 잠시 말을 잃더니 다시 물었다.

"어떻게 된 거야? 아버지도 시위에 참가하신 거야?"

"아니요, 가게 밖에서 큰 소리가 나서 무슨 일인지 살펴보러 나오셨다가 놈들에게 맞고 끌려가셨어요."

"넌 지금 어디야?"

"경찰서예요. 경찰 말로는 놈들이 무법 지대 안으로 들어갔기 때문에 수사에 한계가 있대요."

윤철호 아저씨는 길게 한숨을 쉬었다.

"그럴 거라 생각했다. 이게 도대체 어떻게 된 일인지…. 아저씨도 아빠를 구할 방법이 있는지 한번 알아볼게."

"네."

"일단은 경찰을 믿어 보자. 곧 좋은 소식이 있을 거야. 내일 학교 가지?"

"네."

"그래, 그럼 일단 학교는 빠지지 말고 가렴. 아저씨가 찾을 수 있는 방법은 다 찾아볼게."

아저씨는 그렇게 말한 뒤 하현이 뭔가 말을 할까 봐 기다렸지만 하현은 아무 말도 하지 않았다. 말할 기운이 없었다.

"아빠는 무사하실 거야. 희망을 갖자."

"고맙습니다."

"그래, 힘내라."

하현은 고맙다는 말을 우물거린 뒤 전화를 끊었다. 윤철호 아저씨는 황궁의 보안 총책임자로 일하는 사람이었다. 아빠와는 오래전부터 친한 사이였고, 하현에게도 삼촌 같은 아저씨였다. 아저씨는 바빠서 자주 보지는 못했지만 가끔 시간이 날 때면 하현 가족과 식사를 하곤 했다.

하현은 집까지 터덜터덜 걸어갔다. 밤이 되자 가게의 네온사인들이 하나씩 켜지면서 유흥가와 술집들이 시끄러워졌다. 낮의 시위 현장에는 아직도 말라붙은 핏자국들이 바닥에 점점이 남아 있었다. 하지만 가까운 거리에는 무슨 일이 있었냐는 듯이 손님들로 북적거렸다. 그 시끄럽고 번쩍거리는 거리의 중간에 아빠와 하현의 집이 있었다. 거리는 시끄러웠지만 하현의 귀에는 아무 소리도 들리지 않았다.

이발소는 아빠가 나가던 순간의 상황 그대로였다. 청소를 하지 않아 바닥에는 머리카락이 잔뜩 흩어져 있었고 이발 기구를 담은 카트가 의자 옆에 있었다. 아빠는 손님이 떠난 직후 상황을 보러 시위 현장에 나간 모양이었다.

하현은 이발소 의자에 한동안 멍하니 앉아 있다가 느릿느릿 일어났다. 그는 청소 도구함에서 빗자루를 꺼내 바닥의 머리카락을 쓸어 담아 버리고 이발 기구들을 정리했다. 아빠가 돌아왔을 때 바로 다시 일을 시작할 수 있게 청소하는 것이었다.

청소를 마친 후 하현은 위층의 집으로 올라갔다. 원래 지금쯤이면 아빠와 늦은 저녁을 먹고 TV를 보며 학교에서 있었던 일을 얘기하고 있을 시간이었다. 아빠는 하현의 학교생활에 관심이 많았다. 같이 수다를 떨면서 웃는 게 두 사람뿐인 가족의 큰 즐거움이었다.

하현은 자기 방 책상에 놓여 있는 아빠와 함께 찍은 사진을 잠시 쳐다봤다. 어린 시절 놀이공원에 갔을 때 찍은 사진이었다. 그때의 아빠는 지금보다 약간 더 키가 컸고 하현은 아빠의 허리에 닿는 키였다. 아빠는 한 손에 풍선을 들고 있는 하현을 안고 웃고 있었다.

낮에 곤봉을 맞고 쓰러지던 아빠가 떠올랐다. 아빠가 너무 작아졌어. 하현은 그렇게 중얼거렸다. 하현은 옷도 벗지 않고 침대 위에 쓰러졌다. 그리고 곧바로 잠이 들었다.

만월

김만월은 보름달이 뜨던 밤 바구니에 담긴 채로 한강을 떠내려 왔다. 김만월의 부모는 우연히 한강변에서 도깨비 아기가 담긴 바구니를 발견했다. 아이가 없던 젊은 인간 부부는 그 아기를 집으로 데려와 키웠다. 그들은 아기에게 보름달이라는 뜻의 만월이라는 이름을 붙이고 아들로 삼았다.

당시에는 인간에 의한 비인간 종족 테러가 빈번하던 때였다. 부부는 그래서 아기를 집에 숨겨 놓고 키웠다. 아이가 떠내려왔을 무렵 서울에서는 대규모 도깨비 학살이 일어나고 있었다. 부부는 아기의 친부모가 죽기 직전에 아기를 바구니에 담아 강에 떠내려 보냈을 거라고 추측했다.

아이가 크면서 부부는 그 아이가 평범한 도깨비가 아니라는 것을 알아차렸다. 아기는 지금은 멸종한 것으로 알려진 거인도깨비였던 것이다. 부부는 깜짝 놀랐다. 요즘 세상에 거인도깨비가 있다니? 거인도깨비는 어린 시절에 들은 전래동화에서나 등장하던 전설 속의 신비한 존재였다. 이 아기의 부모는 여태까지 어떻게 살아 있었을까?

아이는 여섯 살 때 아빠와 키가 비슷해졌다. 그때까지도 아이는 집 안에서만 지냈다. 엄마와 아빠는 콩나물처럼 빠르게 자라는 아이가 걱정스러웠다. 도깨비 학살은 오래전에 끝났고, 새로운 황제는 비인간 차별을 엄격히 금지했다. 그는 노예제를 없애라는 종족권 운동가들의 요구는 무시했지만, 노예를 제외한 모든 국민은 종족에 상관없이 평등함을 강조하며 종족 차별과 폭력을 엄벌에 처했다.

부부는 이제 아이가 밖에 나가도 되지 않을까 기대했다. 아이가 너무 커져서 더 이상 집에만 있기도 힘들었기 때문이다. 아이는 코끼리처럼 덩치는 컸지만 온순했기 때문에 집 안에서 크게 소란을 피우지는 않았다. 하지만 항상 답답한 모양인지 엄마에게 매일같이 밖에 나가거나 학교를 다니고 싶다고 졸랐다.

"이제 세상이 변했어. 우리 만월이도 자유롭게 밖에 나가야지, 언제까지 집에만 있겠어. 이러다 애 숨 막혀 죽겠다."

아빠의 말에 엄마는 고개를 저었다.

"잊었어? 이 아이는 거인도깨비야. 밖에 나가자마자 사냥꾼들에게 잡혀갈 거야. 거인도깨비가 얼마나 희귀한 존재인데."

"그럼 언제까지 애를 집 안에서만 키울 거야? 평생 이렇게 집 안에 가둬 놓을 수는 없잖아."

엄마는 아빠의 말에 망설였다.

결국 만월은 여덟 살이 되던 해에 구청에 시민 등록을 하고 다른 아이들과 함께 초등학교에 가게 되었다. 그때 만월의 키는 2미터 20센티미터나 되었다. 거대한 기둥이 걸어가는 듯한 만월의 모습에 어딜 가든 사람들은 입을 벌리고 쳐다봤다.

학교에서는 만월을 위해 다른 아이들보다 훨씬 큰 책상과 의자를 만들어 줬다. 그리고 덩치가 너무 컸기 때문에 만월은 늘 맨 뒷자리에서 짝 없이 혼자 앉았다. 평범한 책상 두 개를 합친 크기의 책상을 혼자 썼기 때문이다.

처음에 아이들은 거대한 만월을 무서워했다. 하지만 곧 시간이 지나고 소처럼 큰 만월이 송아지처럼 온순하다는 걸 알게 되고는 만월을 괴롭히기 시작했다. 만월은 그럴 때마다 더듬거리며 하지 말라고 중얼거렸다. 그는 겁이 많았기 때문에 자신을 나뭇가지로 찌르는 아이들에게 하지 말라고 하다가 울기 일쑤였다. 그럴 때마다 아이들은 거대한 덩치가 눈물을 훔치는 모습에 깔깔거렸다. 그 모습은 정말 가관이었다. 솥뚜껑처럼 커다란 손으로 거대한 얼굴에 흐르는 눈물을 닦으며 질질 짜는 만월의 모습을 보고 싶어서 아이들은 계속해서 만월을 괴롭혔다.

"야, 그만하지 못해!"

보다 못한 선희가 아이들을 혼냈다. 선희는 청바지와 야무지게 묶은 머리가 잘 어울리는 여자아이였다. 선희는 만월을 괴롭히는 아이들을 쫓아낸 뒤 만월에게 말했다.

"만월아, 다른 애들이 괴롭히면 혼내 줘야지. 넌 다른 애들 열 명을 합친 것만큼 힘이 센데 왜 맞고만 있어?"

"무서워서…."

"저렇게 작은 애들이 뭐가 무섭다고 그래. 네가 손가락으로 튕기기만 해도 쟤들은 날아가 버릴걸?"

"근데 우리 엄마가 난 항상 얌전하게 있어야 한다고 그랬어. 내가 덩치가 너무 크고 힘이 세서 조금만 몸을 움직여도 문제가 생기니까 항상 눈에 띄지 않게 얌전히 있으라고 하셨거든."

선희는 한숨을 쉬었다.

"넌 아무리 얌전히 있어도 눈에 띌 수밖에 없어. 그러니까 널 괴롭히는 못된 애들한테는 맞서야 해. 알았지?"

"근데 무서운데…."

선희는 만월을 잠시 쳐다보다가 말했다.

"너 정말 안 되겠구나. 좋아! 그럼 앞으로는 내가 널 지켜 줄게."

"정말?"

"그럼, 정말이지. 너처럼 덩치가 크고 힘센 사람도 도움이 필요할 때가 있으니까. 대신 내가 힘들 때는 네가 도와주는 거다, 알았지?"

만월은 환하게 웃으며 선희와 약속을 했다.

바텐더

벌써 일주일이 지났지만 달라진 건 아무것도 없었다. 하현은 학교가 끝나자마자 경찰서를 찾아가서 수사가 얼마나 진행되었는지 물었지만 그때마다 경찰들은 성가시다는 표정으로 손을 내젓기만 했다. 그들의 대답은 한결같았다.

"무법 지대 안으로 들어간 이상 수사가 어렵다고. 게다가 그건 반정부 폭력 시위였잖아. 그런 놈들까지 경찰이 일일이 신경 쓸 수는 없어."

"뭐가 폭력 시위라는 거예요? 납치범들이 들이닥치기 전까지는 폭력 같은 건 전혀 없었어요. 제가 그 현장에 있었는데 무슨 말씀을 하시는 거예요?"

하현이 화를 내자 경찰도 소리를 질렀다.

"이런 버릇없는 새끼를 봤나. 당장 안 꺼져?"

"일을 제대로 하셔야 할 것 아니에요!"

"공무집행방해죄로 체포해 줄까? 빨리 꺼져, 어린 놈의 새끼야."

하현은 할 수 없이 경찰서를 나와야 했다.

하현이 다니는 학교에도 가족이 시위에 참가했다가 끌려간 학생들이 많았다. 대부분 이 동네에 사는 비인간 종족 아이들이었고 그중에서도 대부분은 도깨비 종족이었다. 학생이 시위 현장에 있다가 끌려간 경우도 많아서 하현의 반에서도 두 명이나 사라졌다. 그 사건이 있은 후로 학교 전체가 침울해졌다. 하현은 부모님이 납치당해서 우는 친구를 보고 위로해 주려다가 자기도 같은 신세라는 게 생각나서 무기력해졌다.

그 사건은 몇 번 보도되긴 했지만 언론에서는 하나같이 납치에 대해서는 전혀 언급하지 않았다. 언론은 대신 그 시위를 폭력 시위로 보도했다. 불순분자들이 황제를 모욕하는 폭력 시위를 일으켰고 그것을 경찰이 무사히 진압했다,라는 식이었다. 어떤 뉴스에서는 하현이 그날 시위 현장에서 본 것과는 완전히 다른 말도 나왔다. 시위대가 폭도로 돌변해 경찰을 공격했다는 것이다. 집단 납치에 대해 보도하는 기사는 찾아볼 수 없었다.

하현은 납치된 사람들이 어떻게 되었는지 알아내기 위해 하루 종일 인터넷을 검색했다. 그는 학교에서도 내내 스마트폰으로 인터넷을 뒤졌지만 무법 지대로 끌려간 사람들의 행방은 알 수 없었다. 인터넷에서 어떤 사람은 황실에서 그들을 잡아간 거라는 음모론을 제시했다. 이미 그들은 전부 노예가 되어 북쪽 변방 지역으로 팔려 갔다는 말도 있었다. 북방에서는 항상 군용 노예가 필요했기 때문이다. 하지만 어느 것도 근거는 없었다. 납치에 대해 언급하는 SNS 등의 게시물들은 정부에서 삭제하는 모양인지 많이 봤던 것들이 사라지는 경우도 있었다.

아빠는 그날 휴대폰을 이발소에 두고 나갔다. 차라리 휴대폰이라도 지니고 있었다면 지금쯤 어디에 있는지 위치추적이라도 할 수 있었을 텐데. 하현은 그런 생각이 들었다. 그는 학교에 가서 자신처럼 가족이 납치된 다른 아이들에게 자신의 생각을 얘기해 봤다.

"근데 내 생각에는 휴대폰을 갖고 나갔다 하더라도 너희 아빠의 행방을 알아낼 수 있을 것 같지는 않아."

엄마와 아빠가 모두 끌려간 한 아이가 말했다. 그 아이는 도깨비였다.

"왜?"

"백 명 가까운 사람들이 끌려갔는데 그들 중에 행방을 알 수 있는 사람이 아무도 없으니까."

그래도 하현은 아이들과 함께 하굣길에 경찰서에 들러서 시위대의 휴대폰을 위치추적할 수 있는지 물었다. 하지만 경찰은 가볍게 거절했다.

"도대체 이유가 뭐예요?"

하현이 따졌다.

"정치적 폭력 시위와 관련된 일이니까."

"폭력 시위가 아니었다니까요. 그리고 무슨 시위였든 간에 위치 추적을 못 할 이유는 없잖아요."

하현은 다른 아이들의 만류에도 계속 따지다가 결국 경찰에게 몇 대 얻어맞고 밖으로 쫓겨나고 말았다. 경찰은 그에게 한 번만 더 경찰서에 얼씬거리면 유치장에 처박아 넣겠다고 호통을 쳤다.

"내가 뭘랬어."

도깨비 친구가 우울한 목소리로 말했다.

"소용없다고 했잖아. 그냥 부모님이 돌아오시길 바라면서 조용히 기다리고 있자."

그렇게 하현은 일주일 동안 아무도 없는 집에서 혼자 밥을 먹고 아침이면 일어나서 학교에 갔다. 더 이상 사격장도 가지 않았다. 그는 학교에서 내내 기운 없이 앉아 있다가 학교가 끝나면 집에 바로 들어가지 않고 정처 없이 걸어 다니다가 춥고 배가 고파지면 그제야 집으로 들어갔다. 하현뿐만 아니라 가족이 끌려간 다른 많은 아이들이 그랬다. 어떤 아이는 자신을 제외한 모든 가족들이 시위에 나갔다가 납치된 경우도 있었다. 그런 아이들은 집 안에 가득한 적막이 두려워서 학교가 끝나도 쉽게 집으로 돌아가지 못했다. 하현이 바로 그런 아이였다. 아빠는 하현의 하나뿐이자 전부인 가족이었으니까.

점점 날씨가 추워졌다. 하현은 가끔 윤철호 아저씨에게 전화해봤지만 아저씨도 별도리는 없는 듯했다. 그럴 수밖에 없었다. 아저씨는 황궁의 보안 책임자이지 경찰이나 군인이 아니었기 때문이다. 철호 아저씨는 하현에게 아빠가 돌아올 때까지 매일 자기 집에서 자기 가족과 함께 저녁을 먹자고 했지만 하현은 거절했다. 그는 아저씨의 가족들과 밥을 먹으면서 그들에게 위로를 듣는 게 싫었다. 그래서 혼자 집에서 남은 반찬 몇 가지와 함께 밥을 먹었다.

철호 아저씨의 부인이 반찬을 가져다주었다. 아줌마는 반찬을 건네면서 하현의 손을 잡고 어쩌면 좋냐고 울먹였다. 그는 아줌마가 고맙긴 했지만 현관에 서서 계속 위로를 듣고 있자니 거북한 기분이 들었다. 그래서 아줌마에게 정말 감사하다는 말을 몇 번 중얼거린 뒤 얼른 집 안으로 들어왔다. 아줌마가 가져온 반찬은 맛있었다.

아빠가 끌려간 뒤 일주일 동안 하현은 많은 생각을 했다. 그는 이제는 누구를 탓해야 하는지조차도 헷갈리기 시작했다. 정체불명의 납치범들과 더러운 경찰 중에서 어느 쪽이 더 문제인 걸까? 하현이 보기에 이제 그 둘을 구분하는 건 의미가 없었다. 물론 거기에 언론도 추가해야겠지. 그러게 아빠는 왜 괜히 시위를 보러 나가셨담. 아니, 애초에 시위가 일어나지 않았다면 이런 일도 없었을 텐데. 그는 민주정을 요구하는 시위대가 이해되기도 했지만 한 번도 시위 같은 것에 참가해 본 적은 없었다. 그는 정치에 별 관심이 없었다. 그에게는 자신과 가까운 작은 것들만이 중요했다. 어쩌면 그래서 그가 사격을 좋아하는 것인지도 몰랐다. 사격은 세상 모든 걸 잊고 작은 점 하나에만 집중하는 일이었기 때문이다. 작은 총알로 작은 점 하나를 맞춘다, 이 간단한 일은 고도의 집중력과 오랜 시간의 연습이 있어야만 가능한 일이었다.

그래, 시위대는 잘못이 없지. 그는 집에 와서 교복을 벗지도 않은 채로 부엌 식탁에 앉아 생각했다. 민주정을 요구하는 게 잘못도 아니고, 문제될 법한 행동을 한 것도 아니니까. 다만 운이 없었을 뿐이야. 하필이면 그 장소에서 그런 시위를 했다는 게 문제였던 것이다. 좀 더 본질적으로는 애초에 이 나라에서 태어난 것 자체가 문제였다. 하현은 어린 시절 친구들과 놀면서 수다를 떨다가 나온 말이 떠올랐다. 만약 자신이 황제라면 뭘 하고 싶은지에 대한 이야기였다. 그때 어린 하현은 자신이 황제가 된다면 평소에 갖고 싶었던 커다랗고 비싼 로봇 장난감을 사고 싶다고 말했다. 하현은 웃음이 나왔다. 황제가 되어서 한다는 게 고작 장난감을 갖고 노는 일이라니.

하지만 애초에 황제라는 자가 하는 짓이 그게 아닐까? 로봇 장난감보다 좀 더 큰 장난감을, 나라를 가지고 노는 게 그가 하는 일이었다. 그렇게 생각해 보니 자신은 황제의 자격이 있었다. 하현은 천장을 노려보며 생각에 잠겼다. 천장에 황제의 얼굴이 떠올랐다. 지금 황제는 뭘 하고 있을까?

여러 정황으로 볼 때 이 사건의 배후에 정부가 있는 건 분명했고, 경찰은 범인을 잡을 마음이 전혀 없는 것 같았다. 그렇다면 이제 어떻게 해야 하지? 하현은 생각했다. 어쩌면 지금쯤 아빠는 돌아가시기 직전일지도 몰라. 내가 이렇게 앉아 있는 동안에 말이지. 이제 더 이상 경찰이 납치범들을 잡아 주길 기다리고 있을 수는 없어. 아빠가 끌려가서 무슨 일을 당하고 계실지 모르는데 도와줄 마음이 전혀 없는 놈들을 마냥 기다리고 있을 수만은 없지.

하현은 교복을 벗고 사복으로 갈아입었다. 저녁은 먹고 싶지 않았다. 그는 집을 나와 집 근처 슈퍼마켓에 있는 현금 인출기에서 자신의 계좌에 있는 돈을 모두 인출했다. 평생 모아 온 용돈이었다. 하현은 그 돈을 지갑에 넣은 뒤 주머니에 손을 찔러넣고 길을 걸어 내려갔다.

하현은 버스를 타고 초열구 근처에서 내렸다. 초열구 안으로 들어가 볼까 했지만 그곳은 너무 위험했다. 그곳에 들어가면 관문을 통과한 지 얼마 되지도 않아서 가진 걸 몽땅 빼앗긴 채 너덜너덜해질 때까지 총을 맞고 죽을 것이다. 그는 초열구 주변을 어슬렁거리다가 초열구에서 가까운 거리에 들어갔다. 무법 지대만 아니었을 뿐 그곳 역시 범죄자들이 들끓는, 치안이 굉장히 나쁜 곳이었다. 하현이 지난주 내내 인터넷으로 검색을 했을 때 이 거리에는 절대 들어가지 말라는 말이 많았다. 하현은 그곳에 도피 중인 범죄자와 불순분자, 반란군, 무기 밀매상, 그리고 청부 범죄자 들이 많이 산다는 얘기를 많이 들었다.

납치범들이 여러 대의 차량을 타고 대놓고 무법 지대로 들어간 것으로 볼 때, 어쩌면 정부에서 무법 지대에 있는 청부 범죄자들에게 납치를 사주했을 가능성도 있다. 가장 좋은 건 무법 지대에 들어가서 그런 의뢰를 받을 만한 조직이 있는지 찾아보는 것이지만, 그건 너무 위험하니 초열구와 가까운 곳에서 청부업자들에 대한 정보를 캐 보자는 게 하현의 생각이었다.

하현은 더럽고 어두운 골목을 정처 없이 걸었다. 이 동네는 전부 위험하지만 어디에 가야 자신이 찾는 것이 있는지 알 수 없었다. 거리에는 위험해 보이는 사람들이 심심찮게 보였다. 얼굴과 목에 문신을 한 어떤 도깨비 남자는 길쭉한 낡은 가방을 들고 가고 있었는데 하현은 크기로 미뤄 그 안에 소총이 들어 있을 거라고 짐작했다.

하현은 으슥한 골목 안을 돌아다니다가 어떤 철문 앞에 도달했다. 이곳이 뭐 하는 곳인지는 알 수 없었지만 한눈에 봐도 평범한 가정집은 아니었다. 하현은 두꺼운 철문을 두드렸다.

잠시 후 눈높이에서 작은 구멍이 열리더니 매섭게 생긴 눈 두 개가 나타났다. 인간 남자였다.

"저기… 얼마 전에 일어난 시위대 집단 납치 사건에 대해서 묻고 싶은데요."

남자는 하현을 위아래로 빠르게 훑어보았다.

"혹시 뭘 좀 아신다면….”

"꺼져.”

그리고 작은 구멍은 순식간에 닫혀 버렸다.

하현은 잠시 가만히 서 있다가 발길을 돌렸다.

"불친절하군.”

하현은 이제 어떻게 해야 할지 생각했다. 이곳에서 위험한 인물들과 접촉을 해야 정보를 얻을 수 있을 것 같기는 하지만 그렇다고 범죄자들의 소굴에 직접 들어가는 건 위험하다. 환대받지도 못할 것이다. 그렇다면 청부업자들에 대한 정보를 잘 아는 사람이 있을 만한 곳이 어디일까. 아마도 범죄자들이 자주 모이는 술집 같은 곳이 이 근처에 있지 않을까? 하현은 동네의 한가운데로 나가서 이곳 주민들이 자주 갈 만한 곳이 있는지 둘러봤다. 그리고 그곳에서 낡은 술집을 하나 발견했다.

하현은 두꺼운 술집 문을 열고 안으로 들어갔다. 은은한 조명이 깔린 술집 안에는 사람이 많지 않았다. 하현이 들어서자 술을 마시던 사람들이 그에게 눈길을 던졌다. 하현은 애써 태연한 척하면서 카운터로 걸어갔다.

바 안에서 술잔을 닦고 있던 바텐더는 시민묘였다. 키가 130센티 정도 되는 새카만 고양이는 술잔을 닦으면서도 하현이 들어오는 순간부터 그에게서 눈을 떼지 않고 있었다. 술집 안이 어두워서 검은 양복을 입은 검은 고양이의 노란 눈만이 공중에서 떠다니는 것 같았다. 하현은 바텐더에게 다가갔다.

"처음 보는 손님이군."

바텐더가 가르랑거렸다.

하현을 응시하는 노란 눈에 호기심이 어렸다. 술집의 옅은 조명을 받아서 고양이의 수염이 움직일 때마다 은빛으로 빛났다.

"여기 바텐더시죠? 여쭤보고 싶은 게 있어요."

"여긴 미성년자 출입 금지야."

바텐더는 하현의 말이 끝나기도 전에 딱 잘라 말했다. 하현은 주눅이 들었다.

"중요한 일이라서 그래요."

"학생이지? 왜 이런 곳에서 얼쩡거리고 있어? 겁도 없군."

바텐더는 그렇게 말하면서도 가르랑거리는 목소리에서 능글맞은 분위기가 묻어났다. 하현은 이 사람에게 매달려 봐야겠다고 결심했다. 그는 주머니에서 지폐를 꺼내 오만 원짜리 세 장을 바텐더 앞에 내려놓았다. 고양이의 눈이 어둠 속에서 반짝였다.

"아는 대로 몇 가지만 대답해 주시면 더 드릴게요."

바텐더는 흠, 하는 소리를 내더니 한 손으로 수염을 쓰다듬었다.

"이 돈이면 조니 워커 블루를 몇 잔 마실 수 있겠는걸."

그렇게 말하며 바텐더는 지폐를 가볍게 그러모아 쥐고 양복 안 주머니에 집어넣었다. 민첩하고 조용한 움직임이었다.

"혹시⋯."

"좋습니다, 손님. 뭘 드릴까요?"

"안 마셔도 돼요."

"돈을 받았으면 대접을 해야지. 뭘 마시겠소?"

하현은 잠시 고민하다가 말했다.

"콜라 주세요."

"펩시, 아니면 코크?"

"아무거나요."

"일반 콜라, 아니면 제로 콜라?"

"아무거나요."

바텐더는 냉장고에서 몸에 좋은 제로 콜라를 한 병 꺼내 술잔에 따라서 하현 앞에 내려놓았다.

"일주일 전에 양천구 신정동에서 일어난 시위대 집단 납치 사건 아시죠? 혹시 그 일을 저지른 납치범들이 누군지 아세요?"

고양이는 말없이 수염을 쓰다듬었다.

"경찰은 놈들이 무법 지대로 숨어들어서 찾을 수가 없대요. 하지만 제 생각에는 놈들의 조직이 무법 지대 밖에도 뻗어 있지 않을까 싶어요. 여기 계시면서 혹시 그런 사람들에 대해 들으신 거 있나요?"

"왜 그렇게 생각하지?"

"아무리 범죄자들이라 하더라도 무법 지대 안에서만 지낼 수는 없잖아요. 그리고 놈들이 사용한 화물차 중 한 대의 번호를 조회했더니 초열구 밖에서 훔친 차로 나왔어요. 그러니 그 조직의 일부가 초열구 밖에도 있지 않을까요?"

"정말 단순한 생각이군. 초열구 밖에서 차를 훔쳤다 해도 조직의 근거지는 초열구에만 한정될 수도 있잖아."

"그건 그렇지만…."

그렇지 않으면 그 사람들을 영영 잡지 못한다는 거잖아요. 하현은 그 말을 하고 싶었지만 범죄자들에게 술을 파는 이 고양이는 애초에 악인을 잡아야 한다는 생각 자체를 하지 않을 것이다. 하현은 자신이 그런 말을 한다면 그가 순진한 자신을 비웃을 거라고 생각했다.

하현은 바텐더의 눈이 자신을 응시하자 기분이 좋지 않았다. 그 눈은 비웃음과 감탄을 동시에 표현하는 묘한 눈이었다. 고양이가 다시 입을 열었다.

"친구가 시위를 하다가 납치되었나 보구나."

"아니에요."

"그럼 여자 친구?"

"저희 아빠가 납치됐어요."

"아빠가?"

고양이가 눈을 치켜떴다.

"하긴 끌려간 사람들 중에 인간도 좀 있었다고 하니까."

"저희 아빠는 도깨비예요."

"도깨비라고?"

고양이의 까만 동공이 커졌다. 이제 그 눈은 완연히 흥미를 담고 있었다. 하현은 그에게 아빠가 거인도깨비라는 말은 하지 않기로 했다.

바텐더는 천천히 고개를 끄덕였다.

"무슨 말인지 알 것 같군. 흥미롭구나."

"우리 아빠를 납치한 조직에 대해서 아시는 대로 설명해 주면 감사하겠습니다."

고양이는 다시 수염을 쓰다듬었다.

"내가 말했다시피 그 조직의 근거지는 어디까지나 초열구에 한정되어 있어. 아주 위험한 자들이지. 초열구에서도 가장 세력이 큰 조직이야. 경찰도 함부로 못 건드려. 애초에 이런 일을 저지르고도 뒤탈이 없는 걸 보면 사이즈가 나오지?"

"원래 이런 식의 납치를 주로 하는 사람들인가요?"

"아니, 그 사람들 전문 분야는 마약 쪽이야. 인신매매도 가끔 한다는 것 같긴 한데 이번처럼 대규모 납치를 벌인 건 아마 처음일 걸."

"놈들이 왜 이런 짓을 했는지 아세요?"

"그건 나도 몰라."

"끌려간 사람들은 지금 초열구 안에 있을까요?"

"그것도 몰라."

"그럼 황궁이 놈들과 어떤 관련이 있는지 아세요?"

고양이가 웃었다.

"넌 내가 황제인 줄 아나 보구나. 난 그냥 바텐더야."

"그건 저도 알아요."

"다행이군. 난 네가 모르는 줄 알았지."

그러더니 고양이는 다른 사람의 주문을 받으러 갔다. 하현은 점점 초조해졌다. 슬쩍 옆을 보니 주변에 있던 사람들이 아까부터 계속 그를 쳐다보고 있었다. 바텐더가 다시 왔을 때 하현이 물었다.

"그럼 제가 아빠를 구하려면 초열구 안으로 들어가는 수밖에 없는 건가요?"

"아빠를 구한다고? 네가?"

고양이가 껄껄 웃었다.

"꿈도 야무지구나. 어차피 들어가도 소용없을 거야. 네 아버지는 이미 노예로 팔려 갔을 테니까."

바텐더는 다시 다른 사람의 주문을 받으러 갔다. 하현은 그 자리에 가만히 서 있었다. 콜라는 아직 김이 빠지지 않아서 거품이 남아 있었다. 그는 우두커니 서서 이제 어떻게 해야 할지 고민했다.

"유중진이라는 이름은 알지?"

갑자기 고양이가 말을 거는 바람에 하현은 움찔했다.

"그게 누군데요?"

"네가 찾는 조직의 회장이야. 유중진 회장은 철저히 초열구 안에 서만 조직을 돌리고 있지만, 유 회장의 조카가 강남에서 가우스라 는 대형 클럽을 하고 있어. 유중진이 가끔 그 클럽에 간다는 말도 있더군."

하현은 몸을 앞으로 내밀었다.

"그 사람 조카도 그 조직이랑 한패인가요?"

"같이 활동하는지는 몰라. 유민태라는 사람인데, 이마에 길게 흉 터가 있어. 자기 클럽에서 자주 사업 얘기를 한다는 것 같더군."

"확실해요?"

"아마도. 우리 단골 중에 그 클럽을 자주 가는 사람이 있거든."

고양이가 윙크를 했다.

"잘해 보라고."

하현은 잠시 서 있다가 오만 원짜리를 한 장 더 꺼내서 내려놓고 바를 나갔다. 바텐더는 돈을 집으며 말했다.

"콜라는 손도 안 댔네."

인류를 위해

만월은 중학생이 되어서도 계속해서 키가 자랐다. 그의 키는 이제 3미터에 달했다. 그는 집에서나 학교에서나 실내에서는 항상 허리를 구부정하게 하고 다녀야 했다. 그의 부모는 아이의 교복과 옷을 맞춰 주기 위해 옷가게에서 비싼 값을 치러야 했다. 재봉사는 이불만 한 천으로 만월의 교복과 옷을 만들어 줬지만, 아이가 쉬지 않고 자라는 바람에 그 옷들은 금방 못 입게 되었다.

만월은 금세 유명해졌다. 이제는 사라진 거인도깨비가 있다는 소식이 신문에도 실렸고, 먼 곳에서 만월을 보러 찾아오는 사람들도 있었다. 그들 중에는 본인이나 가족이 불치병을 앓고 있는 사람들이 대부분이었다. 그들은 마력을 나눠 줘서 자신들을 살려 달라고 만월 가족에게 빌었다.

"거인도깨비는 몸에 있는 마력을 통해 사람을 살릴 수 있잖아요."

그럴 때마다 그의 부모는 사람들을 쫓아 보냈다.

"우리 아이는 아직 성인이 되지 않아서 몸에서 마력이 생성되지 않았어요. 그것도 모르면서 찾아온 겁니까? 나가세요."

만월의 집 앞은 병자들로 늘 북새통을 이뤘고, 내성적인 만월은 집채만 한 몸을 비좁은 방 안에 쑤셔 넣은 채 침울한 표정으로 숨어 있었다.

그의 부모는 시간이 지날수록 걱정이었다.

"만월이가 지금은 아이니까 거절할 수 있어도, 어른이 되어 몸에서 마력이 생기면 온 세상 사람들이 마력을 뽑아 가려고 달려들 거야."

엄마의 말에 아빠가 말했다.

"책에서 보니까 마력을 나눠 주면 거인도깨비의 몸이 조금씩 줄어든다는데, 그럼 오히려 좋은 거 아닌가? 보기 좋은 키가 될 때까지는 마력을 나눠 주는 게 좋지."

"그럼 그다음에는? 만월이가 정상적인 키가 되어도 아픈 사람들이 마력을 뽑아 가려고 할 텐데, 그러다 보면 달걀만 하게 쪼그라들지도 모르잖아."

어쩌면 달걀보다 더 작아질지도 모르는 일이었다.

만월의 키가 3미터를 약간 넘었을 무렵 성장이 멈추었다. 엄마와 아빠는 거기서 멈춘 것에 안도했다. 만월은 자신의 큰 덩치를 늘 숨기고 싶었지만 그렇게 큰 몸이 숨을 곳은 없었다. 그는 가끔 등 하굣길에서 초등학생 때 친구였던 선희와 마주치곤 했다. 선희는 여전히 예쁜 소녀였다. 선희가 밝게 인사할 때마다 만월은 얼굴이 빨개져서 고개를 숙인 채 손을 흔들었다.

중학생 만월이 학교가 끝나고 집에 온 어느 날, 모르는 인간 남자가 집에서 부모님과 대화를 하고 있었다. 만월이 걸어오는 모습이 동네 멀리서부터 눈에 띄었기 때문에 남자는 만월을 기다리고 있던 참이었다.

"이렇게 만나서 정말 반갑구나."

남자는 만월을 옆에 앉혀 놓고 부모님과 하던 얘기를 계속했다.

"아이는 지금보다 더 좋은 교육을 받을 겁니다. 또한 의식주를 포함한 모든 것을 저희가 책임지겠습니다. 부모님께서는 돈을 비롯해서 일체의 부담을 지지 않으실 겁니다."

엄마와 아빠는 긴장한 얼굴로 남자의 말을 듣고 있었다. 만월은 남자의 말에 내 의식주를 책임지려면 돈이 엄청 많이 들 텐데, 하고 생각했다. 그렇지 않아도 식료품점을 하는 부모님은 만월의 식비와 옷을 감당하는 게 늘 힘겨웠다. 뿐만 아니라 두 사람이 살 때는 넉넉했던 집도 이제는 좁아터질 지경이었다.

"말씀은 감사합니다만, 저희는 그 실험이라는 게 좀 걱정이 돼서…"

아빠의 말에 남자는 미소를 지었다.

"저희가 어떤 위험한 실험을 하려는 게 아닙니다. 저희는 그저 만월이가 곧 어른이 되어 몸에서 생겨날 마력을 인류를 위해 좀 더 나은 방향으로 쓰고자 하는 것뿐입니다. 그 과정에서 만월이도 최대한 안전한 방법으로 키가 줄어서 가장 보기 좋은 키가 되어 잘생긴 청년으로 살아가는 거죠. 만월이와 이 나라 전체에 모두 좋은 일이 아니겠습니까?"

잘생긴 청년이라는 말에 만월의 얼굴이 빨개졌다. 남자는 만월에게 웃으면서 말했다.

"만월아, 우리는 오래전부터 너에게 관심이 많았단다."

"저기, 죄송한데 어떤 일을 하시는 분인지 여쭤봐도 될까요?"

남자가 대답했다.

"난 황제 폐하를 위해 일하는 사람이란다."

이름

집에 돌아온 하현은 인터넷으로 가우스라는 클럽에 대해서 검색했다. 대부분 내부가 넓고 음악이 좋다는 평가뿐이었다. DJ들의 수준 편차가 커서 호불호가 갈린다는 평가도 있었다. 그가 찾는 정보는 아니었다. 그 클럽의 사장인 유민태라는 사람에 대해서는 검색을 해도 나오는 게 전혀 없었다.

하현은 인터넷으로 알아낸 동대문의 탐정용품 가게에 찾아갔다. 그는 그곳에서 성능이 좋고 크기가 작은 도청기와 위치추적 장치를 싼값에 살 수 있었다. 그는 가게 주인에게 그 물건들의 사용법을 자세히 들은 후 집에 와서 간단하게 손을 봤다. 도청기의 평평한 부분에 접착테이프를 붙여서 한쪽 면을 떼어내면 쉽게 부착시킬 수 있도록 만든 것이다. 위치추적 장치 역시 마찬가지였다. 하현은 그것들을 가방에 넣고 집을 나섰다.

강남에 가는 것은 오랜만이었다. 중학생 때는 강남을 간 적이 별로 없었고 고등학생이 된 후로는 시간도 없고 갈 일도 없어서 한 번도 간 적이 없었다. 하현은 강남역에서 내려 가우스라는 클럽을 향해 걸어갔다. 초저녁의 강남은 사람들로 붐비고 있었다.

가우스 클럽 앞에는 사람들이 줄을 서서 기다리고 있었다. 하현도 뒤에 가서 줄을 섰다. 클럽에 한 번도 가 본 적이 없는 하현은 무슨 클럽을 들어가기 위해 줄을 서나 싶었다.

자신이 입장할 차례가 가까워지자 하현은 미리 준비해 간 선글라스와 모자를 썼다. 클럽 문 앞에 서 있던 가드는 키가 큰 하현을 보고 신분증을 검사하지 않고 들여보내 주었다.

난생처음 들어가는 클럽은 엄청나게 시끄러웠다. 수많은 사람들이 이상한 음악에 맞춰 날뛰고 있었는데 너무 시끄러워서 바로 옆에 있는 사람하고도 대화를 하지 못할 것 같았다. 하현은 몸을 흔드는 사람들 속에서 주변을 살폈다. 유민태가 지금 이곳에 있다면 춤을 추는 사람들 속에 있을 것 같지는 않았다. 클럽 내부의 가장자리에는 소파와 테이블이 놓인 공간이 있었고 사람들이 그곳에서 술을 마시고 있었다. 2층에는 유리벽과 유리문으로 둘러싸인 넓은 방이 있었다. 하현은 까치발을 하고 그곳을 들여다봤지만 방 안에는 아무도 없었다.

하현은 사람들이 춤을 추는 곳에서 벗어나 작은 테이블에 가서 앉았다. 그는 테이블에 놓여 있던 빈 술병을 한 손에 쥔 채 계속 사방을 살폈다. 하현이 좋아하지 않는 시끄러운 음악은 내내 이어졌다. 그는 한참을 그곳에 앉아 있었다.

그가 이제 어떻게 할까 생각하고 있는데 2층으로 사람 몇 명이 올라가는 게 보였다. 2층 유리문을 열고 두 남자가 안으로 들어가고 있었는데 하현은 그중 한 사람의 이마에 긴 흉터가 있는 것을 놓치지 않았다.

유민태는 검은색 블레이저에 청바지를 입은 중키의 젊은 남자였다. 유민태는 유리벽으로 둘러싸인 방 안에 들어가 소파에 앉아 마주한 남자와 대화를 나누기 시작했다. 유리문 밖에는 경비 한 명이 서 있었다.

하현은 클럽 안에서 술을 파는 곳으로 갔다. 그곳에는 짧은 옷을 입고 팔과 허리에 문신을 한 인간 여자가 술을 팔고 있었다. 하현은 그녀에게 고급술을 한 병 달라고 말했다.

"어떤 거?"

음악 소리 때문에 여자가 고함을 질렀다. 하현은 알고 있는 술 이름이 없어서 잠시 고민하다가 고양이 바텐더가 했던 말이 떠올랐다.

"조니 워커 블루로 주세요."

여자가 가격을 부르자 하현은 처음에 자신이 음악 소리 때문에 잘못 들은 게 아닌가 싶어서 다시 물어봤다. 여자가 다시 가격을 외쳤다.

"아니, 무슨 술이 그렇게 비싸요…."

하현이 망설이는 걸 보고 여자가 얼굴을 찡그렸다. 사지 않을 거면 꺼지라는 표정이었다. 하현은 주저하다가 지갑에서 돈을 꺼냈다. 여자는 하현이 내민 돈을 낚아채더니 은쟁반 위에 술 한 병과여러 가지 과일을 담아서 내밀었다. 하현은 그 쟁반을 들고 2층으로 향하는 계단을 올라가서 유리문 앞까지 걸어갔다. 문 앞에 서있던 경비가 그를 막아섰다.

"사장님이 술을 가져오라고 하셨습니다."

하현이 그렇게 말하자 경비는 잠시 위아래로 그를 훑어봤다. 경비는 의심스럽다는 눈빛이었지만 이내 유리문을 열어 주었다. 문이 뒤에서 닫히자 클럽 안에 가득했던 음악 소리가 작아졌다. 방안은 조용했다. 유민태와 남자가 하현을 쳐다봤다.

"뭐야?"

유민태가 물었다.

"조니 워커 블루입니다."

"난 시킨 적 없는데? 자네가 시켰나?"

"나도 안 시켰어."

하현은 적당히 당황한 표정을 지으며 정중하게 말했다.

"그런가요? 사장님에게 갖다드리라고 하던데…."

유민태는 귀찮다는 듯이 손을 저었다.

"알았으니까 놓고 나가."

하현은 한쪽 무릎을 꿇고 은쟁반을 그들 앞에 있는 탁자에 내려 놓으면서 다른 한 손으로 재빨리 탁자 밑에 도청 장치를 붙였다. 미리 테이프를 떼어 둔 작은 도청 장치는 탁자에 닿자마자 달라붙었다. 하현을 신경 쓰지 않고 계속 대화를 하던 두 사람은 눈치채지 못했다.

"그럼 나가 보겠습니다."

하현이 고개를 한 번 숙인 후 유리문을 나갈 때까지 두 남자는 그를 쳐다보지도 않았다. 하현은 밖으로 나와서 클럽 뒤편에 있는 조용한 담벼락에 가 기대섰다. 그리고 주머니에 있던 이어폰을 꺼내서 귀에 꽂고 그들의 대화를 도청하기 시작했다.

두 사람은 사업에 대한 얘기를 오랫동안 주고받았다. 주로 클럽과 술집 운영에 대한 이야기였다. 상대는 유민태와 사업 관계인 듯했다. 음악 소리가 간혹 커질 때는 두 사람의 대화가 잘 들리지 않기도 했지만 볼륨을 좀 더 높이면 그들이 무슨 말을 하는지 알아들을 수 있었다.

벽에 기대고 서 있는 하현 앞으로 테니스 치마를 입은 인간 남자 한 명이 다가왔다.

"어이 오빠, 담배 있어? 담배 한 대만 주라."

하현은 고개를 흔들고 남자를 쫓아 보냈다.

이후로도 오랫동안 두 사람은 사업에 대한 얘기만을 했다. 유민태는 가우스 클럽 외에도 강남에 술집과 식당 몇 개를 더 갖고 있는 모양이었다. 시위나 납치에 대한 얘기는 전혀 없었다. 하현은 참을성 있게 기다렸다.

잠시 후 두 사람은 하현이 원하는 대화를 하기 시작했다.

"그래서 그건 다음에 다시 이야기하고, 돈은 내가 말했던 날에 줄게."

"벌써 마련했나?"

"지난번에 있었던 일을 삼촌이 정리했어. 끌고 온 시위대는 모두 팔아서 정리했고, 내 몫으로 보너스를 좀 챙겨 주더라."

다 팔아 버렸다고?

하현은 몸이 굳어졌다.

"그리고 다음 주 금요일에 중진이 삼촌이랑 그때 그 친구가 우리 집에서 만날 예정이야. 내가 연결시켜 줬으니까 접대를 하려고."

"잘 풀렸으면 좋겠군."

그리고 그들은 다시 사업 얘기로 넘어갔다. 더 이상 들을 필요가 없는 이야기를 계속 들으면서도 하현은 방금 전에 들은 말 때문에 계속 신경이 곤두서 있었다.

하현은 한 시간가량 더 도청을 하면서 클럽 밖에서 기다렸다. 이윽고 두 남자는 대화를 끝내고 헤어졌다. 음악 소리가 크게 들리는 걸 보니 두 사람 중 한 명이, 혹은 둘 다 문을 열고 유리방을 나간 모양이었다. 하현은 귀에서 이어폰을 빼고 클럽 문 앞으로 가서 기다렸다. 잠시 후 유민태가 클럽에서 나와 주차장으로 걸어가는 모습이 보였다. 그가 주차되어 있던 벤츠의 뒷자리에 타자 기다렸다는 듯이 차가 움직이기 시작했다. 하현은 재빨리 도로로 나가서 지나가는 택시를 잡아타고 기사에게 유민태를 따라가라고 말했다.

쫓아간 지 얼마 지나지 않아 유민태의 차는 삼성동 한가운데에 있는 아파트의 지하 주차장으로 들어갔다. 하현은 주차장 근처에서 택시에서 내린 후 차를 쫓아 주차장으로 내려갔다. 어두운 주차장 저편에서 유민태와 운전기사가 차에서 내리고 있었다. 그들이 주차장 엘리베이터를 타고 올라가는 걸 확인한 후 하현은 유민태의 차로 다가갔다. 주차장 안에는 아무도 없었다. 하현은 검은색 벤츠 밑으로 기어들어 가서 차 밑에 위치추적 장치를 부착했다.

그날부터 하현은 틈날 때마다 유민태의 차 위치를 확인했다. 학교에서도 스마트폰으로 위치추적 프로그램을 계속 켜 놓았고 집에 와서는 노트북을 계속 켜 놓은 채 유민태의 움직임을 감시했다. 유민태는 주로 집과 클럽과 식당, 그리고 강남 곳곳을 돌아다니기만 할 뿐 무법 지대로는 들어가지 않았다. 위치추적 장치의 배터리 수명은 최대 일주일이었다. 그때까지 유민태의 차가 무법 지대에 들어가지 않는다면 다른 방식으로 유민태를 감시해야 했다.

유민태의 차에 장치를 부착한 지 닷새째 되던 날, 하현은 학교에서 수업을 듣고 있었다. 수학 시간에 하현은 스마트폰을 앞에 앉은 아이의 등 뒤에 놓고 유민태의 움직임을 관찰하고 있었다. 칠판과 스마트폰을 번갈아 보면서 하현이 멍한 표정으로 앉아 있는데, 유민태가 집에서 나와 움직이기 시작했다. 유민태는 양천구 쪽으로 향하더니 초열구의 북쪽 입구로 방향을 틀었다. 전에 하현이 택시를 타고 화물차를 쫓아가다가 코앞에서 멈췄던 바로 그곳이었다. 유민태의 위치를 나타내는 작은 빨간색 점은 초열구 관문 앞에서 망설이지 않고 안으로 들어갔다. 하현은 스마트폰을 뚫어져라 쳐다봤다. 빨간 점은 초열구의 황폐한 도로를 달리다가 마침내 어떤 건물 앞에서 멈췄다.

"김하현?"

선생님의 말에 하현은 고개를 들었다.

"앞에 있는 친구의 등에 뭐가 있길래 그렇게 열심히 쳐다보는 거야?"

아이들이 웃음을 터뜨렸다.

"죄송합니다."

하현은 선생님이 스마트폰을 가져가지 않을까 긴장했지만 선생님은 수업에 집중하라는 말만 하고는 칠판으로 몸을 돌렸다. 하현은 다시 스마트폰을 들여다봤다. 화면 속에서 유민태의 차는 여전히 그 건물 앞에 멈춰 있었다. 차는 이후로 한 시간 정도 더 그 자리에 서 있더니 다시 초열구 밖으로 나와 4교시가 끝날 즈음에 유민태의 집으로 돌아왔다. 하현은 차가 서 있던 건물의 위치를 기억

해 두었다.

집으로 돌아오면서 하현은 버스 안에서 계속 생각을 하느라 하마터면 정류장을 놓칠 뻔했다. 유민태의 말대로 유중진이 이미 납치한 시위대를 다 팔아 버렸다면, 이제는 어떻게 해야 하는 걸까? 하현은 자기가 알게 된 사실을 일단 경찰에게 가서 말해 볼까 생각했지만 이내 관뒀다. 경찰의 태도로 볼 때 유중진이 정부의 사주로 시위대를 납치했을 가능성이 높았고, 만약 자신이 유민태에게 접근했다는 사실을 경찰이 알게 된다면 경찰이나 유중진이 자신을 제거할지도 모르는 일이었다.

'윤철호 아저씨에게 부탁을 해 볼까?'

하지만 윤철호 아저씨가 무엇을 할 수 있겠는가? 그는 황궁의 보안 총책임자일 뿐, 물리적인 힘을 행사할 수 있는 어떠한 권력도 없었다. 특히 유중진이 정부와 유착되어 있는데 황궁에서 일하는 윤철호 아저씨가 괜히 나서게 된다면 아저씨가 위험해질 수도 있었다.

하현은 집에 와서 생각에 잠긴 채 거실 겸 부엌의 식탁에 한동안 앉아 있었다. 아빠가 사라진 후로는 좁은 집이 넓고 허전하게 느껴졌다.

한참을 앉아 있던 하현은 의자에서 일어나 장롱을 뒤지기 시작했다. 장롱 안에 걸린 옷들을 들추던 하현은 낡은 옷가지 밑에서 구두 상자 크기의 종이 상자를 하나 발견했다. 상자 안에는 아빠의 물건들이 담겨 있었다.

아빠의 과거 삶이 담긴 상자였다. 아빠가 부모님, 그러니까 하현의 조부모와 살던 시절에 찍은 사진들이 담긴 작은 앨범과 그 시절을 추억하는 기념품 같은 것들이 담겨 있었다. 하현은 아빠에게 옛날 이야기를 무척 많이 들었다. 그래서 예전에 아빠에게 도움을 받은 사람이 누가 있는지, 누가 아빠의 친구였는지를 모두 기억하고 있었다.

하현은 종이 상자에 담긴 물건들을 모두 꺼내서 하나씩 살펴봤다. 도움이 될 만한 거라면 뭐든지 좋았다. 그는 안에 있던 편지 몇 장도 꺼내서 읽어 보았다. 그중에서 그가 기억하는 이름이 하나 나왔다.

… 내 도움이 필요하면 언제든지 연락하게. 자네와 아들이 늘 행복하길 바라네.

—박솜

편지에는 명함이 한 장 동봉되어 있었다. 명함에는 이태원의 가게 이름과 주소가 적혀 있었다. 그에게 필요한 이름이었다.

진심

황립연구소에서 만월은 여러 가지 다양한 실험을 받았다. 그는 도대체 무엇에 쓰는 것인지 알 수 없는 기계들에 둘러싸여 하루의 절반을 보내야 했다. 의사들은 자주 만월의 피를 뽑아 갔다.

그곳에는 만월 말고도 신비한 존재들이 몇 명 더 있었다. 36개나 되는 날개가 달린 천사, 물속에서도 숨을 쉬는 아가미도깨비, 지금은 완전히 사라진 줄 알았던 매우 희귀한 동굴요정 등이었다. 만월은 그들과도 금세 친해졌다. 만월보다 한참 어린 동굴요정 오리는 거대한 만월을 아빠처럼 여기며 따라다녔고, 만월과 같은 또래인 아가미도깨비 희영이는 연구소에서 만월과 함께 수업을 들었다.

만월은 그곳에서 낮에는 학교 수업을 듣고 오후에는 실험을 받았다. 연구소 사람들은 만월에게서 피를 뽑고 세포조직을 떼어 낸 후 그 표본을 가지고 다양한 실험을 했다. 그들은 만월의 몸에서 앞으로 나오게 될 마력을 복제하는 방법을 알아내기 위한 연구를 하고 있었다. 연구소 과학자들의 말에 따르면 만월의 몸에서는 아직 제대로 된 마력 대신 신비한 마력이 되기 전의 물질이 아주 소량 생성되고 있다고 했다. 사실 과학자들은 만월의 몸에서 완전한 마력이 나왔을 때 그것이 모든 종류의 병과 고통으로부터 사람들을 치유할 수 있을지 확신하지 못했다. 역사적 기록에 따르면 근대 이전에 인간이 거인도깨비를 닥치는 대로 사냥해서 멸종시켰기 때문에, 거인도깨비의 마력이 가진 효능과 사용법에 대한 체계적인 연구 자료는 남아 있는 게 전혀 없었다. 연구소 사람들은 만월의 친부모가 어디서, 어떻게 지금까지 살아남았는지조차도 짐작하지 못했다.

과학자들의 고충과는 별개로 만월은 연구소에서의 생활이 좋았다. 그곳에서는 더 이상 만월을 나뭇가지로 찌르는 아이들이 없었고 만월을 보며 놀라서 입을 벌리는 사람들도 없었다. 그리고 연구소에서 만월은 더 이상 가장 이상한 존재가 아니었다. 자신보다 더 이상한 사람들이 있다는 사실은 왠지 모를 안도감을 주었다. 유일한 문제는 선희를 더 이상 볼 수 없다는 것이었다. 만월은 선희 생각을 자주 했다. 그는 마음만 먹으면 언제든지 선희에게 전화를 하거나 선희가 잘 지내는지 보러 갈 수 있었지만 그러지 않았다. 그는 언제부터인가 선희를 만나는 게 부끄러웠다. 만월은 아주 어린 시절에 선희가 자신에게 했던 말을 떠올렸다.

'앞으로는 내가 널 지켜 줄게. 대신 내가 힘들 때는 네가 날 도와주는 거야.'

초등학생 때는 정말 그 말대로 선희가 늘 자신을 지켜 주었다. 선희 덕분에 더 이상 다른 아이들은 만월을 나뭇가지로 찌르지 못했고, 적어도 만월의 코앞에서 손가락질을 하지도 못했다. 중학교로 가면서 선희랑 헤어진 후로는 다시 혼자가 되었지만 말이다. 만월은 선희에게 도움이 필요할 때 자신이 정말 선희를 도울 수 있을지 궁금했다. 나처럼 커다랗고 쓸모없는 애가 선희에게 무슨 도움을 줄 수 있을까?

만월의 부모님은 일주일에 세 번씩 연구소에 와서 만월이 잘 지내는지 확인하고 같이 점심을 먹고 가곤 했다.

"선희는 요즘 어떻게 지내요?"

만월은 점심을 먹으면서 최대한 관심 없다는 말투로 물었다.

"선희는 고등학교 가서도 공부를 잘한다는 것 같더라."

엄마의 말에 만월은 기분이 흐뭇해졌다. 역시, 선희는 어딜 가서도 잘났구나. 만월은 자신이 공부를 잘한다는 칭찬을 받은 것처럼 괜히 기분이 좋아졌다.

"그리고 요즘은 남자 친구랑 연애하기 바쁘다던데?"

숟가락을 쥔 만월의 손이 멈췄다.

"걔는 무슨 고등학생이 연애를 하는 거야."

엄마의 말에 아빠가 핀잔을 줬다.

"연애 좀 하면 어때서? 그리고 선희는 연애하면서도 공부 잘한다면서."

"연애는 대학 가서 해도 늦지 않잖아. 그리고 애인 생기면 성적 떨어지는 것도 한순간이야."

그때부터 만월은 부모님의 말이 귀에 제대로 들어오지 않았다. 만월은 밥을 먹는 둥 마는 둥 하고 부모님과 작별을 했다. 부모님은 커다란 만월을 한 번씩 안아 준 다음에 떠났다.

부모님이 떠나고 나서 만월은 자기 방의 커다란 침대에 앉아서 훌쩍거렸다. 그는 흐느끼면서도 울고 있는 자신이 창피했다.

'왜 우는 거지? 어차피 난 선희랑 잘될 수 없다는 걸 처음부터 알고 있었잖아. 새삼스럽게 왜 우는 거야.'

그는 정말로 그 사실을 처음부터 알고 있었다. 선희와 그는 완전히 다른 사람이었다. 그는 생각했다. 만약 내가 '정상적인 크기'가 된다면 선희와 사귈 수 있을까? 아무리 생각해도, 그래도 좀 힘들었다. 그는 '정상적인 크기'가 된다 해도 여전히 못생긴 도깨비였고 선희는 아주 예쁜 인간 소녀였다. 선희와 자신은 어울리지 않았다.

그날부터 만월은 말수가 줄었다. 오리랑 놀아 줄 때도 기분이 울적했다. 예전에는 피를 뽑을 때의 따끔한 바늘이 무서웠지만 이제는 더 이상 그 고통을 두려워하지도 않았다. 커다란 상실감이 다른 고통을 무감각하게 만든 것 같았다.

"만월아, 요즘 뭔가 좀 달라진 것 같네?"

철호 형이 물었다. 철호 형은 황립연구소의 보안 책임자였는데, 연구소 관련자들 중에서 보기 드물게 만월과 나이 차이가 별로 나지 않는 젊은 사람인 데다 살가운 성격이라서 만월과 쉽게 친해졌다.

"전 예나 지금이나 그대로인걸요. 크기도 그대로고요."

만월의 시무룩한 표정에 철호 형은 걱정스러운 미소를 지었다.

"그럼, 넌 여전히 듬직하지. 다만 예전과 달리 말수도 줄고 표정이 어두워 보였거든."

만월은 주저하다가 선희에 대해서 철호 형에게 털어놓았다. 철호 형은 진지한 표정으로 만월의 말을 듣고 나서는 한숨을 쉬었다.

"정말 슬프다. 정말이야. 뭐라 말해야 할지 모르겠는걸."

그는 고개를 흔들며 말했다.

"솔직히 내 마음 같아서는 너에게 위로를 해 주고 싶어. 너에게 선희가 아니라도 세상에 좋은 여자는 많이 있다고, 아니면 네가 실험을 잘 받아서 보기 좋은 키가 된 다음에 선희를 찾아가도 늦지 않다고 말해 주고 싶단다. 그런데 그렇게 말하는 것조차도 어쩌면 위선적인 게 아닌가 하는 생각이 드네."

철호 형의 솔직한 말에 만월이 대답했다.

"왜냐하면 자기가 절대로 겪지 않을 것 같은 어려움을 겪고 있는 사람에게는 선뜻 위로해 주기 꺼려지니까요."

그 말에 허를 찔린 철호 형은 어색하게 웃었다.

"그런 뜻은 아니었단다. 기분이 상했다면 미안해."

"괜찮아요. 정말 괜찮아요."

"선희라는 친구를 정말 좋아하는가 보구나."

만월은 아무 말도 하지 않았다.

"만월아, 내가 자주 하는 말이지만 넌 세상에서 가장 특별한 아이야. 그리고 앞으로 많은 사람들을 치유할 위대한 사람이지. 그러니까 스스로에 대한 자부심을 가져. 넌 훌륭한 사람이야. 그러니 선희가 널 좋아할지 여부와 별개로 네가 선희 앞에서 너 자신을 부끄럽게 여길 이유가 전혀 없단다."

형이 저라면 그렇게 말하지 못할걸요. 만월은 그렇게 생각했지만 굳이 말하지는 않았다. 철호 형은 만월의 표정을 보고 다시 작게 웃었다.

"역시 내 위로는 위선적으로 들리나 보구나. 미안해. 하지만 진심이야."

"고마워요."

"사람에게 가장 중요한 건 결국 진심이란다. 그건 선희와 너는 물론이고 우리 모두에게 마찬가지야. 이 잔인한 세상에서 우릴 지켜 줄 것은 그것밖에 없어. 내가 보안 책임자라서 잘 알아."

철호 형은 만월의 허리에 팔을 둘렀다. 키가 큰 철호 형이 그렇게 했을 때 보통 사람이라면 어깨에 팔이 둘러졌겠지만 만월에게는 어림도 없었다. 형은 만월의 등을 가만히 토닥였다.

"만월아, 괜찮을 거야. 다 괜찮을 거야."

박솜

강남처럼 이태원에 오는 것 역시 오랜만이었다. 여러 종족들이 모여 사는 걸로 유명한 이태원답게 지하철에서 내리자마자 다양한 비인간 종족들이 눈에 띄었다. 하현이 사는 양천구에도 도깨비들이 많긴 하지만 이태원에는 그보다 훨씬 다양한 비인간 종족들이 거리를 오가고 있었다. 도깨비뿐만 아니라 시민견과 시민묘, 요정들이 많이 보였고 심지어 하현은 길거리에서 천사도 한 명 봤다. 하얀 피부에 등에 하얀 깃털 날개가 달린 그 중년 여자는 손에 에코백을 든 채 걸어가고 있었다. 하현은 지금까지 살면서 천사를 두세 번밖에 보지 못했다. 하현은 자신이 천사라면 걸어 다니지 않고 그 멋진 날개로 날아다니고 싶다고 생각했다. 하지만 대부분의 사람들은 천사를 비둘기라고 부르며 경멸했다. 아마 그 때문에 그 여자도 날지 않고 걸어가고 있었을 것이다. 그리고 도심에서 함부로 날면 과태료를 물기 때문에 어쩔 수 없었다.

하현은 명함에 나온 주소를 찾아서 이태원의 골목 안으로 들어갔다. 알아볼 수 없는 이상한 글자가 새겨진 간판들이 점점 많아졌다. 숲요정들이 먹는 딱딱한 떡을 파는 가게나 난쟁이도깨비들의 이상한 음식을 파는 식당들이었다. 대부분 하현이 먹고 싶지 않은 음식들이었다. 떡집 앞에서 구불구불한 뿔에 앙상한 몸의 숲요정 한 명이 하현에게 말했다.

"학생, 떡 하나 사 주면 안 잡아먹지!"

하현이 대꾸했다.

"그냥 잡아먹으세요."

숲요정은 낄낄거렸다.

하현은 이태원의 복잡한 골목길에서 한참을 헤매야 했다. 그는 스마트폰으로 지도를 보면서도 박솜의 가게를 찾지 못하고 골목을 돌아다녔다. 그리고 으슥하고 좁은 골목의 끝에 들어가서야 간신히 박솜의 골동품 가게를 찾을 수 있었다.

아빠의 말에 의하면 박솜이 아빠를 찾게 된 것은 순전히 우연이라고 했다. 윤철호 아저씨가 골동품 마니아라서 이태원의 다양한 골동품 가게를 돌아다니다가 박솜의 가게까지 오게 되었는데, 기억력이 좋은 박솜은 윤철호를 한 번 보자마자 알아보았고, 그에게 사정을 말하며 만월과 연락을 하게 해 달라고 했다는 것이다.

그 가게는 간판이 아예 없어서 하현은 처음에는 눈앞에서 가게를 지나치고 말았다. 골목 끝에 있는 낡은 벽돌로 된 벽 사이에 작은 문이 하나 있을 뿐이었다. 문을 열자 문에 달린 작은 종이 딸랑거렸다.

가게 안은 골동품으로 가득했다. 도자기와 목각 인형, 청동으로 된 기이한 조각상과 장난감 들이 진열되어 있었다. 사람은 보이지 않았다. 하현은 선반 위에 진열된 물건들을 둘러보았다.

"마음에 드는 물건이 있으세요?"

나지막한 목소리에 하현은 뒤를 돌아봤다.

"젊은 손님이군. 아직 학생 같은데, 골동품에 관심이 많은가 보군요?"

가게 주인은 온화한 표정을 짓고 있었다. 그의 키는 130센티미터 정도로, 하현이 초등학생 때의 키였다. 하현은 상대의 나이를 분간할 수 없었지만 목소리로 짐작할 때 남자는 아빠랑 비슷한 또래 같았다. 하지만 남자는 아무리 봐도 그렇게 보이지 않았다. 하현처럼 인간들은 대부분 시민견의 나이를 파악하지 못했기 때문이다. 그는 털이 새하얀 포메라니안 시민견이었다. 양복바지를 입은 두 다리로 서 있었고 몸에 잘 맞는 양복조끼 차림에 손목에는 작은 시계를 차고 있었다. 복슬복슬하고 구름 같은 털 때문에 그의 얼굴은 언뜻 보면 커다란 솜뭉치 위에 검은 점 세 개가 박혀 있는 것 같았다.

"아니면 길을 잃어서 이곳으로 들어왔나요?"

하현이 빤히 쳐다보자 남자는 웃으면서 말했다. 남자의 목소리는 포메라니안의 외모와 어울리지 않게 낮고 중후했다.

"이곳에 학생이 들어오는 경우는 거의 없거든요."

"사장님이 박솜 아저씨죠?"

하현의 말에 사장은 고개를 끄덕였다.

"그렇소. 내가 박솜이오. 내 이름을 아는 걸 보니 잘못 들어온 건 아니군."

"전 김하현이라고 합니다."

포메라니안은 그 말에 이맛살을 찌푸렸다.

"잠깐, 그 이름을 어디서 들은 것 같은데…."

"우리 아빠가 김만월이에요. 잘 아시죠?"

박솜의 까만 눈이 커졌다. 잠시 가게 안에 침묵이 감돌았다. 박솜이 천천히 입을 열었다.

"네가… 만월이 아들이구나."

박솜은 하현에게 다가와 그를 올려다봤다. 가까이서 본 박솜 아저씨는 커다랗고 하얀 인형 같았다. 아저씨는 하현의 팔을 만져 보며 웃었다.

"정말 반갑구나. 난 네가 아기일 때 한 번 본 게 전부였는데, 벌써 이렇게 컸네. 이제는 아빠보다 훨씬 크겠다. 지금 몇 살이야?"

"고1이요."

"세월이 정말 빠르구나. 아빠는 잘 지내시니?"

"아니요, 안 그래도 아빠 일 때문에 아저씨의 도움이 필요해서 왔어요."

박솜이 얼굴을 찡그렸다.

"무슨 일인데?"

"아빠가 시위에 연루되어서 범죄 조직에 납치당했어요."

"뭐라고? 그게 무슨 말이야?"

박솜의 눈이 커졌다.

"납치라고? 잠깐만, 아버지가 시위에 참가했어?"

"아니요, 시위를 한 건 아니고 가게 밖에서 시위가 일어나서 보러 나갔다가 잡혀가신 거예요."

"얼마 전에 있었던 시위대 집단 납치 사건을 말하는 거지?"

"네, 바로 거기서요."

박솜은 한 손으로 이마를 감쌌다. 그의 하얀 솜뭉치 같은 얼굴에 심각한 표정이 서렸다.

"정부에서 언론을 통제하는데 그 사건에 대해서 알고 계셨군요. 하긴, 통제를 해도 인터넷에서 소문이 쫙 퍼지긴 했으니까."

"당연히 그 정도는 알고 있었지. 시위가 일어난 곳이 너희 집 근처라고 생각하긴 했다만 이런 일이 일어났을 줄이야. 그 일이 일어나고 지금 며칠이 지난 거지?"

"오늘로 정확히 12일이에요. 아빠가 어디 있는지, 아직 살아 계신지는 저도 모르지만 아빠를 납치한 자들에 대해서는 몇 가지 정보를 알아냈어요."

"정말? 내가 알기로는 무법 지대에 있는 놈들이라던데."

"그렇죠. 혹시 유중진이라는 사람을 아세요?"

박솜은 다시 눈을 찌푸렸다.

"무법 지대에서 가장 큰 세력을 가진 놈이잖아. 황실과 유착되어 있다는 소문도 많이 들었어."

"이번 납치를 저지른 게 유중진의 조직이에요."

"오, 그놈이 범인이었군."

박솜은 하얀 털로 수북한 턱을 손으로 문질렀다.

"근데 인터넷에서 유중진에 대한 얘기는 못 봤는데. 그 사실은 경찰이 말해 준 거니?"

"제가 알아냈어요. 경찰은 일부러 수사를 안 하고 있는 것 같아요. 그래서 제 생각에는 유중진이 황실의 청부를 받아서 시위대를 납치한 게 아닌가 싶어요."

"네가 유중진에 대해 알아냈다고? 그건 어떻게 알아낸 거니?"

"바텐더한테서요."

하현은 아빠가 납치된 후 자신이 지금까지 한 일들을 자세히 들려줬다. 이야기를 듣는 박솜의 표정은 점점 심각해졌다.

"하현아, 정말 위험한 행동을 했구나. 넌 아직 어린데 그런 일들을 하다니."

"어쩔 수 없잖아요. 경찰이 아무것도 안 하는데 저라도 아빠를 위해서 뭔가를 해야죠."

하현은 스마트폰을 꺼내서 무법 지대의 지도에 표시된 지점을 가리켰다.

"제 생각에는 이곳이 유중진의 조직이 있는 건물이에요. 유중진은 사흘 후에 조카 유민태의 집에 방문할 계획이래요. 그래서 제가 아저씨를 찾아온 거예요."

박솜은 까만 눈을 깜박였다.

"아저씨, 유중진의 조직에 침입해서 아빠를 구하게 도와주세요."

포메라니안은 한참 동안 말이 없었다. 그는 하현이 방금 한 말의 의미를 깨달았는지 까만 눈동자를 지그시 내리깔았다.

"아저씨가 무기 상인이라는 걸 알아요."

"그것까지 알아낸 거니?"

"아니요, 그건 예전에 우리 아빠가 얘기해 준 사실이에요. 아빠는 옛날 이야기들을 많이 해 주셨고, 그중에는 아저씨에 대한 얘기도 있었거든요."

하현은 박솜을 찾아오기 전에 자신이 망설였던 것을 떠올렸다. 그는 박솜이 시민견이며 골동품 가게로 위장한 무기 상점을 운영한다는 사실 외에는 아는 게 별로 없었다. 아빠가 평생 들려줬던 재미있고 무서운 이야기들 중에서 박솜은 그저 하나의 작은 조각에 불과했다. 하현은 박솜에 대해서 아빠가 들려준 그 단편적인 이 야기 조각 하나를 붙잡고 계속 고민했다. 그는 박솜이 과연 자신을 도와줄지, 또는 오히려 자신을 잡아서 유중진에게 넘기지는 않을까 하는 생각도 했다. 불법 무기 상인이라는 직업을 생각해 봤을 때 박솜이 유중진의 조직과 관련되었을 가능성도 무시할 수는 없었다. 그가 박솜을 찾아오기로 결정한 이유는 딱 하나, 박솜이 아빠에게 보낸 편지였다. 그는 그 편지에서 아빠에게 깊은 고마움을 느끼고 아빠와 자신의 행복을 바라는 따뜻한 마음을 읽을 수 있었다.

"아저씨가 한국에서 가장 큰 무기 상인이라면서요."

"그 정도는 아니야."

"그럼 가장 큰 사람들 중 한 명이라고 해 두죠. 우리 아빠가 허풍을 치는 성격은 아니니까요."

박솜은 턱을 괸 채 짧은 다리로 가게 안을 천천히 걸어 다녔다.

"나한테 지금 유중진의 조직을 치게 도와 달라는 말이지?"

"네."

하현은 포메라니안의 하얀 얼굴이 더 창백해진 것 같다고 느꼈다.

"유민태는 유중진이 이미 납치한 사람들을 다 팔아 버렸다고 했어요. 그렇다면 아빠가 북쪽 변방 지역으로 팔려 갔을지, 아니면 외국으로 갔을지 알 수 없는 일이에요. 어쩌면 노예 매매 회사가 사 갔는지도 모르죠. 그러니까 만약 유민태가 방문한 그 건물이 유중진의 조직 소굴이 맞다면, 그곳에 납치한 시위대를 어디로 팔았는지에 대한 기록이 남아 있을 테고 아빠의 행방을 찾을 수 있을지도 몰라요. 아저씨가 도와주세요. 저랑 같이 그 건물에 들어가서 노예 매매 기록을 찾는 걸 도와주세요."

"나도 같이 들어가자고?"

"저 혼자로는 부족하니까요. 최소한 두 명은 되어야 한다고 생각하거든요."

박솜은 한참 동안 말이 없었다.

"위험한 일이라는 거 알아요. 하지만…."

"그건 위험한 수준이 아니란다."

박솜이 고개를 저었다.

"무법 지대가 어떤 곳인지 모르는구나."

"알아요."

"아니, 넌 모르는 것 같아. 그곳은 경찰이나 군대도 개입하지 못하는 곳이야. 매일같이 조직들 간에 전쟁이 벌어져서 항상 도시 곳곳에 시체들이 걸려 있지. 심지어 문기부마저도 추적하던 반란군이 무법 지대에 숨으면 손을 떼. 이 정도면 말 다 했지?"

문기부에 대해서는 하현도 악명 높은 이야기를 많이 들었다. 문기부, 즉 문화기획부는 황제 직속의 특수 조직으로서 반란군을 색출해서 끔찍하게 고문하고 심문하는 게 그들이 주로 하는 일이었다. 그들에 대해서 그 이상은 알려진 게 없었다. 문기부의 존재는 거의 도시 괴담과 같은 수준으로 사람들 사이에서 떠돌았다. 그들의 능력과 잔인함은 귀신이나 다름없기 때문에 문기부에 대한 소문은 괴담으로 잘 어울렸다.

"문기부도 그 정도인데 우리가 뭘 할 수 있겠니? 우리가 그곳에 들어가는 순간 그 즉시 사방에서 우리를 노릴 거다. 우리 둘이 그 건물 앞까지 도달하는 것조차 불가능해."

"몰래 들어가는 방법은 없을까요?"

"그것도 불가능해. 예전에 그곳으로 진입하려는 조직들이 몇 번 있었는데, 그들 모두 초열구 안에서 몇 발짝 떼기도 전에 발각돼서 모조리 학살당했어. 무법 지대는 범죄 조직들의 무한 자유 공간이자 마계 그 자체야. 지금까지 초열구로 진입을 시도해서 성공한 사람은 아무도 없어."

"그래서 아저씨를 찾아온 거잖아요."

"내가 도와줄 수 있는 건 없단다. 이건 정말이야."

가게 안은 조용했다. 그러고 보니 가게 안의 많은 골동품들이 먼지를 조금씩 뒤집어쓰고 있었다. 골동품 판매가 주가 아니라서 상품 관리에 그다지 신경을 쓰지 않는 것 같았다.

하현은 마른침을 삼켰다.

"아저씨가 우리 아빠한테 목숨을 빚졌다는 걸 알아요."

포메라니안은 한숨을 쉬었다.

"그렇지."

"그리고 우리 아빠는 그 대가로 아무것도 요구하지 않으셨죠."

박솜은 말없이 바닥을 쳐다봤다. 하현은 좀 더 목소리를 높였다.

"아빠는 자신의 생명을 잘라 내서 죽어 가던 아저씨를 살리셨어
요, 그렇죠? 아무 대가 없이 말이에요. 저도 이제 와서 아저씨에게
돈이나 일체의 대가를 요구하고 싶지는 않아요. 단지 우리 아빠가
아저씨의 생명을 구한 것처럼, 이번에는 아빠의 생명을 구할 수 있
게 아저씨가 좀 도와 달라는 것뿐이에요."

박솜은 오랫동안 말이 없었다. 그는 수심에 잠겨 양쪽 귀를 축
늘어뜨리고 있었다. 하현은 박솜에게 다가가 그의 손을 잡았다.

"아저씨, 제발 도와주세요. 전 우리 아빠를 꼭 살려야겠어요. 아
저씨가 아빠에게 생명을 빚진 것처럼 저 역시 아빠한테 생명을 빚
지고 있어요. 전 무슨 일이 있어도 아빠를 반드시 구하고 싶어요.
제발 도와주세요, 아저씨."

한참을 생각하던 박솜은 천천히 고개를 끄덕였다.

"나를 따라오렴."

그러더니 그는 가게 안쪽의 커튼 뒤로 사라졌다. 하현은 그를 따
리갔다.

가게 뒤편은 먼지가 잔뜩 쌓인 골동품들로 가득했다. 박솜은 골
동품들을 지나 칙칙한 회색 벽으로 다가가 벽 위에 손가락으로 복
잡한 선을 그렸다. 그러자 벽이 열리면서 은색 엘리베이터 문이 모

습을 드러냈다. 하현은 아저씨를 따라서 엘리베이터에 탔다.

"나에 대해서 아버지가 어디까지 얘기해 주셨니?"

엘리베이터 안에서 박솜이 물었다.

"무기를 파신다는 것 정도밖에 못 들었어요."

"그럼 직접 보면 놀라겠구나."

엘리베이터 문이 열리자 하현은 눈이 휘둥그레졌다. 그의 눈앞에는 넓은 공간이 펼쳐져 있었는데 방 안은 셀 수도 없이 많은 무기류로 가득했다. 넓은 방 안에는 다양한 총기와 탄창이 걸린 금속 거치대가 도서관의 책장들처럼 빼곡하게 채워져 있었다. 더욱 놀라운 것은 그곳이 전부가 아니라는 사실이었다. 엘리베이터 버튼은 지하 15층까지 있었는데, 그들이 내려온 것은 이제 겨우 지하 1층이었다.

하현은 걸음을 옮기며 총들을 살펴보았다. 그가 알고 있는 총도 많았지만 생전 처음 보는 총들도 많았다. 그리고 그 방의 안쪽으로 갈수록 정체를 알 수 없는 이상한 무기들이 나타났고, 그중에는 이게 과연 무기가 맞나 싶을 정도로 괴상하게 생긴 기계장치들도 있었다. 방의 가장자리 벽에는 사람이 입는 특수 강화 슈트가 여러 벌 진열되어 있었는데 크기와 모양이 제각각이었다. 그중에는 비닐 우비만큼 얇고 투명한 슈트가 있는가 하면 우주복보다 두껍고 무거워 보여서 과연 그걸 입고 걸어 다닐 수나 있을까 싶은 것들도 있었다.

하현은 걸려 있는 총 하나를 가리키며 소리쳤다.

"이건 분자 해체 소총이잖아요! 이런 게 어떻게 여기 있는 거죠?"

"오, 그걸 바로 알아보다니. 총에 대해서 상당히 잘 아는가 보구나?"

하현은 입을 다물지 못하며 그 옆에 있는 다른 총을 가리켰다.

"그리고 이건 생체 추적 총알을 발사하는 총 맞죠? 세상에!"

"와, 그것도 바로 알아본다고? 이걸 본 적이 있니?"

"인터넷에서요. 이건 총기가 합법화된 나라에서도 대부분 판매 금지된 총으로 알고 있는데…."

"맞아. 살상력이 너무 뛰어나서 거의 모든 나라에서 금지된 총이지. 사실 내가 가진 무기의 절반 정도는 지구 전체에서 민간인에게 판매가 금지된 것들이란다."

하현은 입을 벌린 채로 박솜을 돌아보았다. 그는 이 작고 복슬복슬한 포메라니안의 말이 믿어지지 않았다.

"아저씨가 이렇게 무서운 사람일 줄은 몰랐어요. 전 그냥 단순히 총기를 밀매하는 사람 정도로 생각했는데…."

"맞아. 난 그냥 총기 몇 개를 팔아먹는 걸로 근근이 생계를 유지하는 사람이란다. 내 존재를 아는 조직도 드물고 나도 아무한테나 팔지는 않아. 그래서 수많은 총들이 이렇게 걸려 있는 채로 녹슬고 있지."

"어떻게 이렇게 많은 무기를 갖고 계신 거예요?"

박솜은 턱을 매만졌다.

"말하자면 좀 길단다. 짧게 요약하자면 우리 아버지는 서울에서 활동하는 모든 무기 제작 및 밀매 조직을 통일하는 데 평생을 바쳤어. 아버지는 그걸 '천하통일'이라고 불렀지. 그리고 아버지는 무기 단체를 통일한 후 한국의 모든 조직들에 공급하는 무기를 자신이 조절하고자 했어. 그리고 그 때문에 분노를 산 나머지 거의 모든 조직들과 척지고 몰락해 버렸지. 아버지는 조직이 무너지기 전에 자신이 모은 모든 무기를 여기에 숨기고 죽었단다. 그리고 조직이 완전히 박살 난 후에는 외아들인 내가 아버지의 보물창고 위에 골동품 가게를 차려서 먹고살고 있지. 난 원래 아버지의 사업에 관심이 없었단다. 다만 이 많은 무기를 황제에게 신고하고 싶지도 않았고, 그렇다고 다른 조직들과 활발히 거래를 하고 싶은 마음도 없어서 그냥 가끔 총 몇 자루를 팔면서 살고 있어."

"정말 대단하시네요."

하현은 진심으로 말했다.

"이 정도면 몇 개 대대는 무장시킬 수 있겠어요."

"우리 아버지는 무기를 손에 넣는 데만 집착했기 때문에 이렇게 쓸데없이 많은 무기를 모았단다. 그래서 모든 걸 가진 순간 모든 걸 잃고 말았지."

하현은 벽에 걸린 회색의 기다란 총을 손으로 만져 봤다. 아주 좁고 길쭉해서 총보다는 칼에 가까워 보이는 물건이었다. 놀랍게도 하현이 총을 건드리자 총은 하현의 손길에 반응해 부드럽게 진동하기 시작했다. 그 아름다운 모습에 하현은 전율했다. 그 모습을 보면서 박솜이 조심스럽게 말했다.

"음, 내 생각에 너 지금 약간 성적으로 흥분한 것 같아. 우리 아까 하던 얘기를 다시 해 볼까? 그리고 그건 자꾸 만지면 안 좋아. 총에 내장된 자아가 특정인의 손에만 반응하게 되거든."

하현은 총에서 손을 뗐다.

"정말 놀라워요. 그래서 아저씨, 이제 저를 도와주시는 건가요?"

"솔직히 나도 아직 어떻게 해야 할지 모르겠구나. 난 무기는 많이 가지고 있지만 우린 두 명뿐이잖니. 그리고 우리가 상대해야 하는 적은 황제를 제외하고는 지상에서 대적할 수 있는 자가 아무도 없어. 유중진은 무법 지대의 왕이야."

"누군가에게 좀 도와 달라고 하면 안 될까요?"

"누구한테?"

"음… 아저씨, 혹시 주변에 이런 일을 도와줄 만한 사람 없나요?"

"내가 너에게 묻고 싶구나. 물론 내가 원한다면 지금 당장이라도 청부업자들에게 범죄를 의뢰할 수는 있어. 하지만 그들 중에 유중진의 기지를 털라는 의뢰를 받을 사람은 아무도 없어. 왜 그런지 아니?"

"왜요?"

"지금 활동 중인 거의 모든 청부업자들이 직간접적으로 유중진과 연결되어 있기 때문이야. 모든 청부업자들이 적어도 한 번 이상은 유중진을 통해서 하청을 받은 적이 있기 때문에 누군가가 어떤 청부를 하든 간에 결과적으로 유중진이 그 사실을 모르거나 유중진의 조직을 거치지 않는 경우가 없지. 이쪽 세계에서 조직원이나 개인 청부업자가 유중진을 건드린다는 건 9급 공무원이 황제와 싸우려는 것과 마찬가지야."

"그럼 경찰에게 유중진에 대해서 알리는 건 어떨까요?"

스스로도 바보 같은 질문이라고 생각하면서도 하현은 물었다.

"그건 더 위험하지. 너 경찰이 유중진과 얼마나 유착되어 있는지 모르는구나."

박솜은 딱 잘라 말했다.

"그래도 아저씨가 이렇게 많은 무기를 갖고 있는데 뭐든 해 볼수 있지 않겠어요? 비록 우리 둘밖에 없다 해도 말이에요. 애초에 우리는 유중진의 조직을 박살 내려는 게 아니라 아빠의 행방을 찾으려는 것뿐이잖아요."

포메라니안은 벽에 걸린 총으로 시선을 던졌다. 그는 한참을 생각하다 말했다.

"네가 유민태라는 놈의 대화를 도청했을 때, 유중진이 이번 주금요일에 유민태의 집에 오기로 했다고 그랬지?"

"네."

"그럼 그때를 노리는 건 어떨까?"

"네?"

"유중진이 무법 지대를 나왔을 때라면 가능성이 조금 있지 않을까? 물론 놈이 초열구를 나올 때 상당한 호위 병력이 따라붙긴 하겠지만, 그래도 무법 지대만큼 위험하지는 않을 테니까."

"놈을 강남에서 치자는 말인가요?"

"그래, 어차피 유민태 말대로 놈들이 이미 시위대를 다 팔아 버렸다면 만월이가 없는데 굳이 놈들의 본부로 들어갈 필요는 없잖아. 우리에게 필요한 건 만월이가 어디로 팔려 갔는지에 대한 정보야."

"잠깐, 지금 유중진을 납치하자는 말씀이세요?"

박솜은 고개를 끄덕였다.

"네가 나를 찾아오기로 했을 때부터 예상한 거 아니었니? 미친 짓이 벌어질 거라는 걸 말이야."

"그런 사람을 납치하면 뒷감당을 어떻게 하시려고요?"

"그러니까 제대로 해치워야지. 유중진을 납치해서 정보를 캐내는 게 유중진의 집으로 직접 쳐들어가는 것보다는 훨씬 낫다."

박솜의 한쪽 입꼬리가 올라갔다.

"네가 알아낸 유중진의 집 주소가 필요할 것 같구나."

충전기

연구소에서는 만월의 몸에서 마력이 생성되기 시작하면 그때부터 마력을 채취해 본격적으로 연구를 할 계획이었다. 그래서 만월은 어른들이 주는 약을 규칙적으로 먹고 매일 검사를 받으며 살았다. 그는 어느새 그런 일상에 익숙해져 있었다.

그런데 그가 연구소에 들어온 지 몇 년이 지났을 무렵, 외국에서 어떤 전염병이 발생했다. 호흡기를 통해 감염되는 이 질병은 순식간에 전 세계를 휩쓸었고, 수많은 나라가 국경을 건너 쳐들어온 그 병에 속수무책으로 함락됐다. 많은 나라에서 사람들이 너무 많이 쓰러져서 병원 침대가 부족할 지경이었고 너무 많은 사람이 죽어 무덤이 부족할 정도였다. 또한 전염병의 엄청난 여파로 무역은 중지되고 세계 경제는 크게 악화되었다.

한국은 처음에는 그 전염병에 나름대로 선방했다. 황제는 전염병을 완전히 막아 내겠다고 장담했고 방역 시스템은 초기에는 병을 잘 막아 내는 듯했다. 하지만 시간이 지나면서 한국 역시 전염병의 무시무시한 위력에 무릎을 꿇고 말았다. 감염자는 삽시간에 전국으로 퍼져 나갔고 매일 엄청난 수의 확진자가 발생했다. 전국의 모든 의료진이 이 전염병과의 싸움에 투입되었지만, 급기야는 의료진 중에서도 감염자가 속출했다. 감염자는 몇 주간 호흡곤란과 열에 시달리다가 죽고 말았다. 감염된 사람은 대부분 죽었고 살아남은 사람도 심각한 후유증에 시달려야 했다. 지금까지 사람이 만들어 낸 어떤 약도 소용없었다. 바이러스는 삽시간에 나라를 뒤흔들었다. 급기야 정부는 국가비상사태를 선포했다. 사람들이 집단으로 모이는 게 금지되었고 가게는 강제로 문을 닫아야 했다. 심지어 통행마저 제한되었다. 전 국민이 가택연금을 당한 꼴이었다. 하지만 그럼에도 질병의 전파는 멈추지 않았다.

그런 상황에서 1년이 지났다. 단 1년 만에 나라는 초토화되었다. 만월이 있던 연구소의 인력들은 전부 전염병 관리 부서로 옮겨졌다. 연구소는 결국 무기한으로 문을 닫게 되었다.

연구소가 문을 닫으면서 만월은 집으로 돌아가게 되었다. 만월이 마력을 쓸 수 있게 된 것은 그즈음이었다. 처음에 만월은 자신의 몸에 생긴 변화를 바로 알아차리지 못했다. 그가 자신의 능력을 깨닫게 된 것은 부모님이 전염병에 걸렸을 때였다.

그가 집에 온 지 얼마 안 돼서 부모님이 둘 다 병에 걸려 쓰러졌다. 이상하게도 전염병은 집채만 한 만월을 피해 가고 만월에 비하면 인형처럼 작은 부모님만 건드렸다. 만월은 부모님을 열심히 병간호하다가 부모님의 손을 잡고 정신을 집중하면 자신의 마력을 흘려보낼 수 있다는 것을 알게 되었다.

만월이 부모님에게 마력을 주입한 후에도 부모님은 바로 쉽게 일어나지는 못했다. 하지만 죽음 직전까지 갔던 부모님은 결국 기적적으로 살아나게 되었다. 그리고 그때부터 만월은 자신의 마력을 주변 사람들에게 마구 나눠 주기 시작했다. 그는 동네에 감염자가 생겼다는 말을 들으면 달려가서 자신의 마력을 주었다. 학교 친구들이 쓰러졌을 때도 가서 마력을 주었다. 그들 중에는 어렸을 때 만월을 나뭇가지로 찌르던 아이들도 있었다.

거인도깨비가 병에 걸린 사람들을 치유하고 있다는 소문이 퍼지자 수많은 사람들이 만월의 집으로 찾아왔다. 그들은 병에 걸린 몸을 이끌고 오거나 병에 걸린 가족을 업고 와서 만월에게 치유해 달라고 했다. 만월은 그들의 요구를 모두 받아들였다. 그는 닥치는 대로 아픈 사람들의 손을 잡고 그들의 몸속에 마력을 흘려보냈다. 그렇게 마력을 수혈받았더라도 그들 중 일부는 끝내 병을 이겨 내지 못하고 죽었다. 하지만 대부분은 결국 병을 이겨 냈다. 애초에 거인도깨비의 마력은 강력한 치유력이 있을 뿐이지 만병통치약이나 불로장생의 명약은 아니었다. 하지만 그것은 아직까지 치료제를 개발하지 못한, 감염이 되면 곧 죽는 것이나 다름없는 이 끔찍한 전염병을 이길 가능성이 있는 사실상 유일한 약이나 마찬가지였다.

연구소에서 곧바로 만월을 다시 데려갔다. 의사들은 만월의 몸에서 마력을 뽑아내 연구하기 시작했다. 하지만 그들은 온갖 실험을 거듭했음에도 마력을 복제하는 방법을 끝내 알아내지 못했다. 그리고 그 마력은 만월 본인이 직접 상대의 손을 잡고 몸속으로 흘려보내지 않는 이상 아무런 효력이 없었다. 그래서 만월은 그때부터 연구소로 찾아오는 병에 걸린 황실과 고위층 사람들을 치유하게 되었다.

만월 덕분에 연구소는 다시 문을 열었다. 만월은 고위층 사람들뿐만 아니라 감염된 의료진에게도 마력을 나눠 주었다. 그는 또한 병에 걸린 연구소 사람들에게도 마력을 주었다. 동굴요정 오리가 쓰러졌을 때도 그는 오리에게 마력을 주었다. 철호 형이 감염되었을 때도 그는 마력을 주었다. 그들은 둘 다 병을 이겨 냈다.

외국의 고위층들도 만월에게 치료를 받기 위해 하나둘씩 한국으로 오기 시작했다. 그들은 아주 긴 순번을 기다려야 했다. 만월의 마력을 받는다고 해서 감염자가 병을 이겨 낸다는 확실한 보장은 없지만, 병에 걸린 사람들에게 만월은 유일한 구명줄이었다.

만월은 어느 순간부터 자신의 키가 줄어들고 있다는 것을 발견했다. 그의 큰 키는 처음에는 눈에 띄지 않게 서서히 줄어들었다.

그러다가 어느 순간부터 눈에 띄게 빠른 속도로 줄어들었다. 원래 3미터가 넘었던 키는 어느새 2미터 50센티까지 작아졌다. 그의 몸집도 키에 맞춰서 작아졌다. 또한 마력을 열심히 나눠 주자 마치 피가 빠져나간 것처럼 현기증이 나고 온몸에 식은땀이 흘렀다. 한번은 하루에 50명이나 되는 사람들에게 마력을 주고 난 뒤 그는 피를 토하고 쓰러졌다. 정신을 차렸을 때 그는 인간용 침대에 누워 있었다. 하룻밤 만에 키가 20센티나 줄어들어서 그의 키는 2미터 30센티가 되어 있었다.

어느 날 만월의 부모님이 연구소를 찾아왔다. 만월이 잘 지내는지 보러 온 부모님은 그의 해골 같은 몰골을 보고 충격에 빠져 말을 잃었다.

"전 괜찮아요."

그는 부모님을 위로하려고 웃어 보였다.

"드디어 정상적으로 변하고 있잖아요. 아직도 너무 크다고 생각해요. 아픈 사람들에게 마력을 더 나눠 주고 싶어요."

만월의 어머니가 울기 시작했다. 아버지도 핏발이 선 눈으로 고개를 세차게 흔들었다.

"이건 아니야."

아버지는 고함을 질렀다.

"지금 당신들은 이 아이를 쥐어짜 내고 있어. 마력을 복제하는 연구만 한다며? 애가 이렇게 됐다는 말은 안 했잖아!"

"아빠, 진정하세요."

만월의 만류에도 부모님은 소동을 피웠다.

"우리 아들이 실험용 쥐인 줄 알아? 도대체 언제까지 얘한테서 마력을 뽑아낼 건데?"

연구소의 보안 경비가 나타나 부모님을 끌고 나갔다. 그들은 끌려가면서도 소리를 질렀다.

"만월아, 여기서 나가야 해! 저 사람들은 네가 죽을 때까지 네 몸에서 생명을 뽑아낼 거야!"

만월은 부모님이 질질 끌려나가는 걸 보면서 자기도 모르게 눈물이 났다. 그는 그날 밤 의사들에게 물었다.

"제가 언제 여기서 나갈 수 있는 거죠?"

"아직은, 아직은 아니란다. 너의 도움이 필요한 사람들이 아직도 많단다."

"제가 마력을 모두 소진할 때까지 전 여기 있어야 한다는 건가요?"

그들은 답을 하지 않았다. 그리고 같은 하루가 계속 반복되었다. 하루에도 수십 명씩 되는 사람들이 만월의 방 앞에 줄을 서서 기다렸다. 그는 아침에 일어날 때마다 자신에게서 마력을 뽑아 가기 위해 방문 앞에 서 있는 그 긴 줄을 보면서 역겨움에 구역질이 났다. 만월은 점점 공포에 질렸다. 몸이 작아지는 속도도 점점 빨라졌다. 어느 순간부터 만월은 자신의 몸이 줄어드는 게 생생하게 느껴졌다. 그때마다 도저히 말로 표현할 수 없는 현기증이 들었다. 만월은 이곳에 계속 갇혀 있다가는 자신이 완전히 작아져서 결국 사라져 버릴 것 같다고 느꼈다. 그는 의사들에게 울먹였다.

"나가고 싶어요. 이제 그만할래요."

그는 결국 마력을 주는 걸 거부했다.

"절 풀어 주세요. 더 이상 못 하겠어요."

연구소 사람들은 처음에는 만월을 달래며 설득했다. 전염병이 끝날 때까지만 이 일을 계속하자는 것이었다. 하지만 전염병은 언제 끝날지 알 수 없었고, 만월은 그 사실을 잘 알고 있었다. 그는 자신이 거인도깨비에서 난쟁이도깨비가 되고 끝내는 아기들이 안고 자는 인형만 하게 줄어들지도 모른다는 공포를 느꼈다. 공포가 심해질수록 그는 완강하게 거부했다.

어느 날 자고 일어난 만월은 낯선 방 안에 갇혀 있었다. 그는 침대 위에 가죽끈으로 묶여 있었다. 만월은 풀어 달라고 소리쳤다. 그러나 방 안에는 아무도 들어오지 않았다. 겁에 질린 만월은 울기 시작했다. 그가 한참을 울고 있는데 의사들이 휠체어를 밀면서 방 안으로 들어왔다. 휠체어에는 처음 보는 젊은 인간 남자가 앉아 있었다. 남자는 산소호흡기를 쓴 채 힘겹게 숨을 쉬고 있었다. 남자 옆에는 양복을 잘 차려입은 나이 든 남자가 초조하게 서 있었는데, 젊은 남자의 아버지로 보였다.

의사는 만월에게 그가 어떤 사람이라고 소개했다. 하지만 만월은 그 말이 귀에 들어오지 않았다. 다만 그가 높은 사람이라는 것만 막연히 짐작될 뿐이었다.

"만월아, 이분에게 마력을 드려라."

만월은 고개를 흔들었다.

"싫어요."

의사가 한숨을 쉬었다.

"만월아, 네가 이렇게 협조하지 않으면 우리도 어쩔 수가 없단다. 어서 마력을 줘."

"싫어요."

그러자 의사들은 만월의 몸에 전선을 붙이기 시작했다. 만월은 겁에 질려 떨었다.

"뭐 하는 거예요?"

몸에 전선을 다 연결하자 한 명이 만월의 입에 수건을 강제로 물렸다. 그러자 벽에 붙어 서 있던 사람이 기계장치를 눌렀다.

그 순간 전기가 만월의 몸을 관통했다. 고통으로 뇌가 하얗게 변하는 것 같았다. 만월은 수건을 문 채 비명을 질렀다.

몇 초간의 전기충격이 끝나자 만월은 펄떡거리며 경련했다.

"만월아, 어서 마력을 나눠 주거라. 그렇지 않으면 넌 하루 종일 이걸 당하게 될 거야. 넌 죽고 싶어도 죽을 수도 없어. 우린 네가 죽지 못하게 계속 생명을 유지시킬 거야."

만월은 그들을 비난하고 싶었지만 입에 물린 수건 때문에 웅얼거리는 소리밖에 내지 못했다.

"이분에게 어서 마력을 드려라. 알겠다면 고개를 끄덕여."

만월은 고개를 흔들었다.

"고집이 센 아이네요."

벽에 서 있던 사람이 말했다.

"원래 이런 아이가 아닌데…. 착한 아이예요. 어쩔 수 없군. 다시 해 봐요."

남자가 다시 기계를 누르자 만월은 미친 듯이 비명을 질렀다. 이번에는 아까보다 전기충격이 더 강했다. 몇 초가 지나고 전기가 그의 몸을 훑고 사라지자 다시 온몸에 경련이 일어났다. 오줌을 싸서 바지가 축축해졌고 입에 문 수건 사이로 거품이 흘러나왔다.

"만월아, 아직도 싫어?"

의사의 말에 만월은 고개를 저었다.

"마력을 줄 거지?"

만월은 가까스로 고개를 끄덕였다.

"그래, 처음부터 이랬으면 얼마나 좋아. 한쪽 손을 풀어줄게. 이분에게 마력을 제대로 주지 않으면 다시 묶여서 전기충격이 시작될 거야, 알았지?"

의사들은 만월의 오른손을 풀어준 뒤 휠체어를 밀어서 만월의 옆으로 남자를 이동시켰다. 만월은 남자의 떨리는 손을 잡고 마력을 주었다. 일이 끝나자 의사들은 다시 만월의 팔을 묶고 나서 남자에게 말했다.

"이제 됐습니다. 이제부터는 운에 맡겨야지요."

남자가 방을 나서자 의사들은 허리를 숙여 배웅했다.

만월의 새로운 삶은 그렇게 시작되었다. 그는 묶인 채로 사람들에게 마력을 공급하는 충전기로 살게 되었다.

지옥

다음 날부터 하현은 학교를 빠지고 박솜의 가게에서 하루 종일 작전을 준비했다. 시간이 이틀밖에 없었다. 그들은 가게 지하 8층에 있는 회의실에서 어떤 식으로 작전을 할지 의논했다. 박솜은 커피를 마셨고 하현은 에너지 드링크를 연거푸 마셨다.

박솜은 회의실 스크린 위에 커다란 지도를 띄워 놓고 초열구에서 강남으로 가는 몇 가지 경로를 그렸다.

"유중진은 아마 이 경로로 유민태의 집으로 가겠지. 이게 가장 빠른 길이니까. 놈은 리무진을 타고 가면서 리무진을 둘러싼 여러 대의 차량으로 호위를 받을 거야. 그러니 빠르게 치고 빠져야 해."

"그럼 도로 중간에서 유중진의 리무진을 습격하자는 거죠?"

"그렇지. 그런 다음 유중진을 낚아채서 차에 태우고 달아나는 거야."

박솜은 그렇게 말하며 아주 두꺼운 책 한 권을 꺼냈다.

"내가 보유한 무기들의 목록인데, 이 중에서 우리가 사용하기에 가장 적절한 걸 골라 보자."

하현은 첫날 박솜 아저씨와 거의 열다섯 시간가량을 얘기하면서 보냈다. 그들은 몇 시간 동안 지도와 무기 목록을 보면서 의논을 하다가, 배가 고프면 밖으로 나가서 이태원의 특이한 식당들 중 한 곳에서 이국적인 음식으로 끼니를 해결했다. 그리고 밥을 먹은 후에는 다시 돌아와서 회의를 계속했다. 박솜은 하현이 초등학생 때부터 사격을 해 왔다는 말에 동그란 까만 눈을 치켜떴다.

"그럼 어디 실력 좀 볼까?"

박솜은 하현과 함께 엘리베이터를 타고 지하 9층으로 내려갔다. 그곳에는 넓은 실내 사격장이 있었다. 박솜은 하현 앞에 놓인 여러 가지 총을 가리키며 말했다.

"한번 아무거나 골라서 쏴 봐."

하현은 가장 무난한 것으로 시작하기로 했다. 그는 K2 소총을 집어 들었다. 총은 이미 장전이 되어 있었다. 하현은 영점조정을 한 다음에 말했다.

"움직이는 과녁은 없어요?"

하현의 말에 박솜은 앞에 있는 버튼을 하나 눌렀다. 그러자 공중에서 여러 개의 과녁이 내려오더니 양옆으로 빠르게 움직였다. 과녘들은 벽 안쪽으로 사라진 후 다시 반대편 벽에서 튀어나왔다.

"더 빨리 해도 괜찮아요."

과녁이 더 빨리 움직이기 시작했다. 하현은 과녁들이 양옆으로 사라지기 전에 빠르게 총을 움직이며 발사했다. 하현은 정확히 열 발의 총알로 20미터 떨어진 열 개의 과녁의 중앙을 꿰뚫었다.

"맙소사."

박솜이 입을 딱 벌렸다. 하현은 그 모습이 깜짝 놀란 강아지 같아서 웃음을 터뜨릴 뻔했다.

"다른 걸로도 해 볼까요?"

그는 K2를 내려놓고 권총을 집어 들었다. K5였다. 하현은 박솜 대신 버튼을 눌렀다. 그러자 과녁들이 다시 움직이기 시작했다.

"이번에는 모두 7점만 맞혀 볼게요."

하현은 한 치의 망설임 없이 열 발의 총을 쐈다. 탄피 열 개가 바닥에 떨어지면서 딸그락거렸다. 버튼을 다시 누르자 빠르게 움직이던 과녁들이 멈췄다. 열 개의 과녁에는 모두 숫자 7에만 구멍이 뚫려 있었다.

"아니 무슨…. 넌 하루 종일 총만 쏘면서 사니?"

"그건 아니에요."

"이 정도면 웬만한 청부업자들보다 잘 쏘는데?"

하현은 겸연쩍게 웃었다.

"정말 대단하구나. 네 실력을 보니까 우리 작전을 좀 더 과감하게 가도 되겠다."

"근데 제가 사람을 쏴 본 적은 없어요."

"괜찮아. 사람은 저 과녁보다 더 크고 더 느리거든."

"아뇨, 그러니까 제 말은, 제가 한 번도 사람한테 총을 쏜 적이 없어서 막상 작전을 할 때 제대로 쏠 수 있을지 모르겠어요."

"사람을 쏘는 게 두렵니?"

"네."

박솜 아저씨는 하현을 잠시 쳐다봤다.

"그래, 과녁을 쏘는 것과 사람을 쏘는 건 다르지. 근데 아빠를 구하려면 어쩔 수가 없잖아."

"그렇긴 한데, 제가 만약 작전 당일에 떨려서 실수를 하거나 차마 사람을 쏘지 못하면 어떡하죠?"

"그럼 지금은 어때? 작전을 위해서 사람을 쏠 마음의 준비는 되어 있는 거야?"

하현은 잠시 망설이다 말했다.

"잘 모르겠어요."

"흠."

박솜은 턱을 쓰다듬었다.

"그것까지 해결해 주는 무기는 없단다. 마음을 굳게 먹는 수밖에."

그들은 여러 가지 작전을 세우고 소거하길 반복했다. 인원이 둘

밖에 없기 때문에 계획할 수 있는 행동이 그리 많지 않았다. 그들은 결국 가장 단순한 방식으로 가기로 했다.

그들이 계획을 정했을 때는 어느새 한밤중이라 지하철이 끊긴 뒤였다. 하현은 박솜의 가게 소파에서 잠을 청했다.

다음 날 하현은 박솜 아저씨가 골라 준 특수 강화 슈트를 입고 자유롭게 움직이는 연습을 하루 종일 해야 했다. 박솜이 이번 작전에 가장 적절하다고 판단한 그 슈트는 신체 능력을 극대화시켜 주는 강력한 강화 슈트였다. 연한 파란색 표면은 특수 합금으로 만들어졌으며 슈트에 내장된 반응 회로와 인공 신경 물질을 통해 착용자의 반사신경과 몸이 움직이는 속도를 극대화시켜 줬다. 그리고 무엇보다도 이 슈트는 착용자의 근력을 50배 이상 강화시키는 놀라운 기능을 갖고 있었다.

"이것보다 더 강력한 강화 슈트도 있긴 한데 그건 이것보다 둔하거든. 사실 슈트 말고도 강화 알약이 하나 있긴 하거든? 근데 그건 이번 작전처럼 엄청난 총알 세례가 예상되는 경우에는 적절하지 않을 거라 판단했어. 그걸 먹더라도 웬만한 권총 이상은 막아 주지 못하거든."

"강화 알약이라고요?"

"응, 굉장히 희귀한 거야. 나도 딱 하나밖에 없는데 인간용으로만 쓸 수 있는 거지. 하나뿐이라 신중하게 써야 하기도 하지만 슈트만큼 인체를 강화시켜 주지는 못하니까 이번 작전에는 어울리지 않지."

박솜이 슈트가 들어 있는 유리문을 열면서 말했다.

"아무튼 그래서 이번 일에는 이게 가장 좋다고 봐. 근데 유일한 문제는 이걸 포함해서 내가 갖고 있는 전투용 강화 슈트들은 전부 인간용으로 제작된 것들뿐이라 나는 입지 못해. 너 키가 몇이지?"

"182센티요."

"훌륭해. 너에게 딱 맞겠어."

그들은 슈트를 갖고 지하에 있는 훈련실로 갔다. 박솜은 하현이 슈트를 입는 걸 도와주고 헬멧까지 씌워 준 뒤 슈트를 작동시켰다.

"기분이 어때?"

"와, 잠깐만요. 기분이 이상해요!"

하현은 슈트를 입고 제자리에 선 채로 외쳤다.

"이건 마치… 마치 달 표면에 서 있는 기분이에요. 중력이 거의 느껴지지 않아요!"

"제대로 작동하는군. 자, 이제 조심하면서 걸어 보렴."

하현은 천천히 한쪽 발을 뗐다. 느낌이 정말 이상했다. 몸이 너무 가볍게 느껴져서 발을 조금만 세게 구르면 공중으로 날아가 버릴 것 같았다. 하현은 훈련실 안을 걷는 걸로 훈련을 시작했다. 걷는 데 익숙해지자 박솜은 하현에게 이제 천천히 뛰어 보라고 했다.

하현이 한쪽 발을 살짝 세게 딛자 그는 공중으로 튀어 올라 천장에 머리를 찧고 바닥으로 떨어졌다. 박솜이 곁으로 달려왔다.

"괜찮아? 아프니?"

"전혀요."

"지금 네 근력이 50배가 강해졌기 때문에 너에게는 중력이 평소의 50분의 1로 느껴질 거야. 안 되겠다, 일단 슈트의 근력 강화 장치를 10배로 맞춘 다음에 점차 늘려 나가는 식으로 훈련을 하자."

하현은 그렇게 하루 종일 훈련을 했다. 슈트가 몸에 익숙해질 때까지 그걸 입은 채 훈련실 안을 걷고 달리고 굴렀다. 그는 과녁을 향해 모형 수류탄을 던지는 연습도 했다. 살짝 던졌을 뿐인데 수류탄은 총알처럼 빠르게 날아갔다. 몸을 움직이는 것에 익숙해지자 그는 슈트를 입고 총을 쏘는 훈련도 했다. 근력이 엄청나게 강해졌기 때문에 평범한 사람은 들어 올릴 수도 없는 거대한 총들을 들고 쏘는 것도 어렵지 않았다. 평범한 인간용 소총은 그에게 무게가 거의 느껴지지 않았다. 하현의 뛰어난 사격 실력은 슈트를 착용해도 여전해서 훈련을 한 지 몇 시간이 지나자 그는 슈트를 입고도 총을 잘 쏠 수 있게 되었다.

"이번 작전에서 쓸 총이야. 이걸 쓰도록 해."

박솜은 하현에게 처음 보는 총 한 자루를 가져다주었다. 그것은 살상 광선이 발사되는 돌격소총이었다. 스위치를 누르면 보라색 광선이 발사되고, 반동이 거의 없으며 매우 빠르게 연사가 가능한 총이었다.

"이 총 앞에서는 실탄을 막는 방탄조끼도 무용지물이지. 매우 희귀한 총이야."

하현은 슈트를 입은 채 광선총을 쏘는 연습을 했다. 광선총은 쏠때마다 가장 낮은 음의 기타 줄이 울리는 듯한 소리를 냈다.

하현과 박솜은 훈련을 하다가 배가 고파지면 밖으로 나가서 밥을 사 먹고 돌아와 훈련을 재개했다. 박솜은 점심을 먹은 뒤, 하현이 처음 골동품 가게로 오는 길에 마주쳤던 숲요정의 떡집에 들러서 이상한 맛이 나는 딱딱한 떡을 간식으로 여러 개 샀다. 포메라니안들이 좋아하는 떡인 것 같았다. 숲요정은 이번에도 나무껍질 같은 얼굴로 낄낄거리며 농담을 했다.

"학생, 떡 사 줬으니 안 잡아먹지!"

떡집 사장이 좋아하는 농담인 듯했다. 박솜은 떡을 하나 물면서 말했다.

"이 학생이 얼마나 무서운 사람인지 모르니까 그런 말을 하지."

그들은 몇 시간 동안 훈련을 하고 다시 작전을 검토했다. 하현은 슈트를 입은 채로 책상 위의 지도를 보면서 박솜과 의논을 했다.

그날 밤 열한 시가 되었을 때 그들은 지쳐서 소파 위에 쓰러졌다. 하현은 헬멧만 벗은 채로 이상한 떡을 하나 집었다.

"가장 중요한 건 유중진이 얼마나 많은 호위 병력을 데리고 나올지 모른다는 거잖아요."

"그렇지. 나도 이런저런 소식통을 통해서 알아보고 있는데 확실하지 않더군. 내일 유중진이 어떻게 움직일지 아는 사람이 없어. 어쩌면 유중진은 초열구에서 강남까지 가는 도로를 완전히 교통 통제를 해서 올지도 몰라. 유중진이라면 충분히 그렇게 할 수 있 지."

하현은 무표정하게 떡을 씹었다. 그는 머릿속에서 내내 맴돌던 생각을 불쑥 내뱉었다.

"만약 실패하면 어떻게 될까요?"

박솜도 무표정하게 말했다.

"상상하기도 싫구나."

박솜도 떡을 집어서 씹었다. 떡을 오물거리는 그의 얼굴은 커다 랗고 하얀 인형 같았다. 하지만 순해 보이는 얼굴과 달리 이 시민 견의 눈빛은 날카롭게 허공을 응시하고 있었다.

"그저께 네가 우리 가게 문을 열고 들어오기 전까지만 해도, 나 는 지금까지 살면서 유중진을 납치하는 일을 상상도 하지 못했어. 그러니까 우리 작전에 실패하는 경우는 생각하지 말자."

"네."

"지옥에 가는 것과 분노한 유중진에게 끌려가는 것 둘 중에 하나 를 고르라면 나는 감사한 마음으로 지옥에 가겠어."

"전 지옥 같은 건 믿지 않아요. 하지만 만약 지옥이 있다면 반드 시 유중진을 그곳으로 보내 주고 싶어요."

박솜은 눈을 가늘게 뜨고 하현을 쳐다봤다.

"유중진을 지옥으로 보낸다는 것 역시 나는 상상도 못 해 본 일이야. 도대체 너는 여태까지 어디에 있다가 갑자기 나타난 거니?"

"전 그냥… 그냥 아빠를 구하고 싶을 뿐이에요. 그게 다예요."

하현은 캔 커피를 한 모금 들이켰다.

"우리 아빠를 납치한 놈이라면 그게 유중진이 아니라 황제라 해도 가만히 있으면 안 되죠. 유중진이 얼마나 대단한 놈이든 간에 반드시 내일 여기로 끌고 올 겁니다. 그래요, 아저씨 말대로 우리 실패하는 건 생각하지 말자고요. 근데 차량 운전 같은 건 연습 안 해도 돼요?"

"지금은 그럴 시간이 부족해. 지금 우리의 계획 자체에도 허점이 너무 많단다."

중년의 포메라니안은 하현의 손등을 가볍게 두드렸다.

"오늘은 이만 자렴. 내일 제대로 뛰려면 잠을 푹 자야지."

웃기는 일

금요일 오후 네 시경, 무법 지대 초열구의 한 건물에서 한 무리의 차들이 출발했다. 검은 리무진을 중심으로 검은 레인지로버들이 리무진을 호위하며 달리기 시작했다. 여러 대의 차량들은 초열구를 나와 강남으로 향하는 도로를 탔고, 미리 교통 통제를 한 덕분에 막힘 없이 길을 달렸다.

그들이 초열구를 나오는 동안 초열구의 공중에 떠 있던 드론이 그 모습을 지켜보고 있었다. 드론에 달린 카메라는 그들이 이동하는 걸 주시하면서 차량을 따라갔다.

"저기 온다. 이제 눈으로 보여."

박솜이 말했다.

"엄청나게 많군. 우리가 생각했던 것보다 훨씬 많아."

하현이 보기에도 그랬다. 그건 호위 병력이라기보다는 군대라 해야 할 수준이었다. 리무진을 중심으로 수많은 검은 차들이 달리는 모습은 도로 위로 거대한 검은 양탄자가 움직이는 것 같았다.

"이런 젠장, 이건 예상치 못한 일인데."

리무진은 한 대가 아니었다. 네 대나 되는 리무진들이 띄엄띄엄 떨어진 채 한 줄로 달리고 있었는데, 리무진들 사이와 양옆을 수많은 레인지로버들이 둘러싸고 있었다. 리무진들은 모두 똑같은 검은색 메르세데스 마이바흐 풀만이었다. 그리고 당연하게도 모두 방탄차일 거라고 하현은 짐작했다.

"일단 첫 번째와 마지막은 아니야. 두 번째와 세 번째 중 하나에 유중진이 타고 있을 거야."

"잠깐만요, 혹시 유중진이 풀만이 아니라 레인지로버에 타고 있을 수도 있잖아요?"

그 말에 박솜이 멈칫했다.

"만약 그렇다면 저 많은 SUV들을 하나씩 다 열어 봐야 하는 건가요?"

"아니야, 그럴 리는 없어. 똑같은 리무진을 네 대나 준비했는데 유중진이 레인지로버에 타고 있지는 않겠지."

"오히려 그걸 역이용하는 것일 수도 있잖아요."

하현과 박솜은 논현동의 한 건물 옥상 위에 있었다. 그들이 이 건물을 고른 이유는 이곳 옥상까지 올라오는 경로가 CCTV의 사각

지대이기 때문이었다.

하현은 슈트를 입은 채 옥상에 서서 유중진의 군대를 내려다봤다. 검은 물결이 점점 다가오고 있었다.

"그럼 저 많은 차들을 일일이 다 열어 볼 거야? 그럴 수도 없잖아. 말했다시피 교통 통제가 되고 있는 지금 도로에서 공격해야 해. 그래야 시민들에게 가는 피해를 최소화할 수 있어."

박솜이 말했다.

"내가 아는 유중진의 성격상 그는 분명 리무진에 있어. 중요한 건 두 번째 아니면 세 번째라는 거야."

"잠깐만요, 만에 하나 맨 앞에 있을 가능성도 있잖아요."

"그럴 가능성은 낮아."

"그럴 가능성도 놓치면 안 된다고 봐요. 기회는 한 번밖에 없잖아요."

"시간이 없어! 그래서 어떻게 하겠다는 거야?"

"처음부터 열어 볼게요."

"정말? 그게 가능하겠어?"

"그러니까 최선을 다해야죠. 아저씨가 많이 도와줘야겠지만."

이제 차들은 그들이 있는 건물 앞을 지나고 있었다.

"지금이에요."

박솜은 옥상에 엎드려 긴 대물 저격총의 조준경을 들여다보고 있었다. 그 총은 인간용이기 때문에 인간보다 훨씬 작은 시민견이 사용할 수 있도록 박솜이 총에 특수한 보조장치를 부착해 둔 상태였다.

박솜이 방아쇠를 당겼다.

30밀리미터 구경의 총알이 날아가 첫 번째 리무진의 엔진을 꿰뚫었다. 장갑차를 상대하는 총알답게 방탄차 정도는 쉽게 찌그러뜨렸다. 맨 앞에 있던 마이바흐 풀만 가드가 요동을 치더니 도로에 멈춰 섰다.

박솜은 연이어 계속 총을 쐈다. 그는 쉬지 않고 다른 레인지로버들을 쏴서 하나씩 깨뜨렸다.

하현은 건물 위에서 뛰어내렸다. 그는 가볍게 땅에 착지한 다음 맨 앞에 있는 풀만을 향해 달려갔다. 차는 앞부분이 완전히 찌그러진 채 연기를 내뿜고 있었다. 하현은 차의 뒷좌석 창문을 주먹으로 깨뜨린 다음 문짝을 잡고 통째로 뜯어냈다. 뒷좌석에는 아무도 없었다.

"있어?"

하현의 헬멧 안에서 박솜의 목소리가 흘러나왔다.

"첫 번째는 아니에요."

박솜은 다시 뒤에 오는 리무진을 쏴서 멈춰 세웠다. 그러자 수십 대의 차량들이 우왕좌왕하다가 서더니 차에서 기관단총을 든 남자들이 내려 하현을 쏘기 시작했다.

총알이 폭포처럼 하현을 휩쓸었다. 하현은 자신에게 퍼붓는 총알 세례를 그대로 맞으면서 앞으로 달려갔다. 그는 총을 쏘는 사람들을 가볍게 뛰어넘은 뒤 순식간에 두 번째 차에 도착했다. 하현은 다시 뒷좌석 문을 뜯어냈다. 다음 순간 하현의 얼굴 앞에 총이 겨눠졌다. 뒷좌석에 탄 남자가 기관단총을 갖고 있었던 것이다. 하현이 쓴 헬멧 얼굴로 수십 발의 총알이 쏟아졌다. 하현은 남자의 손에서 총을 낚아챈 뒤 얼굴을 확인했다. 그는 유중진이 아니었다.

"두 번째도 아니에요."

하현은 남자를 내버려 두고 다시 다음 차로 가려고 했으나 어느새 수많은 레인지로버들이 그의 앞을 가로막고 있었다. 차에서 내린 남자들이 그에게 총을 쐈다. 하현의 온몸에서 슈트가 총을 맞고 있다는 신호가 느껴졌다. 아프지는 않지만 피부로 전기신호를 감지할 수는 있었다. 하현은 총알의 급류를 거스르며 총을 쏘는 남자들을 껑충 뛰어넘었다.

"나머지 리무진들이 뒤로 후진하고 있어. 빨리 가야 될 거야."

박솜은 맨 뒤에 있던 레인지로버들을 빠르게 하나씩 쐈다. 그렇게 해서 멈춰 선 SUV들에 가로막혀 리무진들이 달아나지 못하게 하려는 것이었다. 30밀리미터 총알의 위력은 엄청났다. 콜라병만 한 총알은 단번에 레인지로버를 종잇장처럼 구겨 버렸다. 도로는 부서진 SUV들로 가득해졌다.

"모든 차들이 너한테 모여들고 있어. 서둘러."

하현이 세 번째 리무진에 도달하기 전에 그의 앞을 가로막은 차들에서 다시 수십 명의 남자가 내렸다. 그들은 앞서와 달리 기관단총이 아닌 RPG를 들고 있었다.

"어, 이런."

"젠장! 매사에 작정하고 다니나 보군."

과연 유중진의 조직은 평범한 조직이 아니었다. 하현은 재빨리 등에 메고 있던 광선 소총으로 놈들을 쐈다. 강화 슈트가 기관단총을 막을 수는 있었지만 그 이상은 무리였다. 그는 뒤에서 자신을 쏘는 기관단총들은 무시하고 앞에서 RPG를 들고 있는 사람들만 빠르게 하나씩 쏘아 맞혔다. 보라색 광선이 벼락을 치듯 번쩍였다. 하현은 앞에 있는 사람들을 순식간에 모두 쓰러뜨리고 차·사이를 지나갔다.

"뭐야?"

그의 앞에는 총을 든 수많은 사람들이 일렬로 서서 그를 기다리고 있었다. 그들은 하현을 보자마자 엄청난 화력을 퍼부었다. 수십 개의 기관총이 퍼붓는 총탄에 밀려 하현은 뒷걸음질 쳤다. 그는 자신도 모르게 양손을 내저었지만 소나기 같은 총알에 맞아 두 손이 뒤로 휙 젖혀졌다. 등에 멘 광선총을 앞으로 당겼지만 순식간에 총알의 거센 물결에 녹아 너덜너덜해졌다. 슈트에 경고 신호가 켜졌다. 잘못하면 슈트마저 총알에 녹아내리는 건 시간문제였다.

그때 앞에 있던 사람들의 몸이 폭발했다. 그들의 몸은 왼쪽에서부터 파도타기를 하듯 차례대로 폭죽처럼 터져 나갔다. 박솜이 미니건으로 그들을 갈아 버리고 있었던 것이다. 순식간에 산산조각 난 인간의 잔해가 도로에 가득해졌다. 리무진과 하현 사이에는 피와 살점들이 장벽처럼 놓여 있었다. 하현은 재빨리 그 선을 넘어갔다. 그는 세 번째 풀만으로 달려가면서 그 안에 유중진이 있을 거라고 확신했다. 놈들이 필사적으로 세 번째 리무진을 막는 것에서 느낌이 왔다.

리무진 운전석에서 내린 기사가 하현에게 총을 쐈다. 하현은 그를 지나쳐 달려가면서 팔을 휘둘러 기사를 옆으로 쳐 냈다. 남자는 화살처럼 날아가 다른 차에 부딪혀 부서졌다. 하현이 세 번째 리무진의 문을 뜯어내자 안에 있던 남자 한 명이 권총으로 헬멧을 쐈다. 헬멧 안에 탕, 하는 소리가 울렸다. 하현은 권총을 쥔 남자의 손목을 잡고 차 밖으로 끌어냈다. 그는 다른 사람이었다. 하현은 그를 집어 던지고 다시 차 안으로 고개를 들이밀었다.

그 안에 있었다. 유중진은 충격과 공포로 하얗게 질려 있었다. 그는 허겁지겁 맞은편 문을 열고 나가려 했다. 하현은 빠져나가려는 그의 발목을 낚아챘다. 유중진은 비틀어진 관절 인형처럼 차 밖으로 끌려 나왔다.

"유중진을 잡았어요."

"됐어. 이제 그곳에서 빠져나와."

하현이 유중진의 허리를 한 팔로 감싸 안고 그곳을 빠져나가려는데 총을 든 사람들이 다시 그의 앞을 가로막았다. 잘못하면 유중진이 총에 맞을 수 있었다. 하현은 재빨리 유중진을 땅에 내려놓고 그의 등을 밟아 고정시킨 다음 운전기사가 떨어뜨린 소총을 집어 들었다. 그리고 자신에게 총을 쏘는 사람들을 순식간에 쓸어 버렸다. 하현은 한 손에는 총을 들고 다른 한 팔로 유중진의 허리를 감아쥔 채 차 사이를 뛰어넘었다. 뒤에서 하현에게 총을 쏘는 자들은 모두 박솜이 미니건으로 해결했다.

"약속 장소로 와, 최대한 빨리!"

하현이 유중진을 들고 뛰는 동안 박솜은 대전차 로켓으로 바꿔 들고 아직 멀쩡한 레인지로버 하나를 향해 쐈다. 차가 폭발하면서 주변에 있던 조직원들이 사방으로 날아갔다. 박솜은 로켓을 몇 번 더 쏴서 놈들을 흐트러뜨린 다음 총에 부착해 둔 시민견용 보조장치를 모두 떼어 냈다. 그런 뒤 보조장치들만 챙겨서 재빨리 옥상에서 내려왔다.

하현은 박솜이 미리 조사한 대로 CCTV가 닿지 않는 경로를 골라서 열심히 뛰었다. 발을 한 번 내디딜 때마다 그는 10미터씩 앞으로 날아갔다. 허리춤에 잡고 있던 유중진이 소리를 지르며 발버둥 쳤지만 그는 신경 쓰지 않았다. 하현은 계속 달려서 박솜과 만나기로 한 건물 앞까지 도달했다. 이 건물의 지하 주차장에는 CCTV가 없었다. 그는 유중진을 들고 계단 서른 개를 한 번에 뛰어내려 착지했다. 어두운 주차장에는 먼저 도착한 박솜이 기다리고 있었다. 하현이 붙잡고 있는 동안 박솜은 재빨리 유중진을 결박했다. 그들은 소리를 지르는 유중진에게 재갈을 물리고 얼굴에 자루를 씌운 뒤 미리 준비한 차의 트렁크에 쑤셔 넣었다. 그들은 유중진을 트렁크에 넣기 전에 그의 주머니에서 휴대폰을 빼내는 걸 잊지 않았다.

트렁크 문을 닫은 후 하현은 슈트를 입은 채로 차에 탔다. 헬멧을 벗자 땀으로 흠뻑 젖은 얼굴에 머리카락이 달라붙어 있었다. 박솜이 차를 운전했다. 그들은 평범한 은색 그랜저를 타고 주차장을 빠져나왔다. 한강 다리를 건널 때 그들은 위치추적을 막기 위해서 유중진의 휴대폰을 다리 밑으로 던졌다. 한강 강물 아래로 스마트폰이 가라앉았다.

이태원으로 오면서 하현은 혹시라도 경찰의 갑작스러운 검문을 받지는 않을까 긴장했다. 하지만 아무 일도 없었다. 박솜도 긴장했는지 별말이 없었다. 박솜은 차 안에서 이렇게 말했을 뿐이었다.

"내 말이 맞지? 세 번째 차에 있었잖아."

"그러게요. 아저씨 말대로 할 걸 그랬어요."

"괜찮아. 성공했으니까 됐지."

그들은 좁은 골목길로 들어가 가게 뒤편에 차를 세웠다. 그리고 주변에 아무도 없는 걸 확인한 후 트렁크에서 유중진을 꺼냈다. 하현은 마구 발버둥 치는 유중진을 들고 가게 안으로 들어갔다. 박솜은 가게 문에 종이를 하나 붙인 뒤 하현을 따라 들어갔다.

'오늘 가게 쉽니다'

그들은 유중진과 함께 엘리베이터를 타고 지하로 내려갔다. 하현이 슈트를 입고 훈련을 하던 곳이었다. 그곳에 도착해서야 하현은 비로소 슈트를 벗을 수 있었다.

하현이 슈트를 벗는 동안 박솜은 의자에 유중진을 묶은 뒤 얼굴에 씌운 자루를 벗겼다. 유중진은 충혈된 눈으로 가쁜 숨을 몰아쉬고 있었다. 입에 물린 재갈을 벗기자 그는 입에 고인 침을 뱉으며 헐떡거렸다.

"반갑네, 유중진. 정신이 좀 드나?"

그는 눈앞의 하얀 포메라니안을 노려보았다. 유중진은 눈매가 뱀처럼 매서운 중년 사내였다. 키가 작고 마르긴 했지만 나이에 비해서 몸이 단단해 보였다. 언뜻 보기에는 성실한 중년 신사 같았지만 속이 서늘해질 정도로 날카로운 눈빛과 아주 얇은 입술에서 그의 악의가 느껴졌다.

"당신한테 물어볼 게 있어서 데려왔어."

"네 이름이 박솜이던가?"

유중진의 말에 박솜이 움찔했다.

"아마 맞겠지. 네놈의 애비를 알고 있다. 내 손으로 죽였으니까."

하현은 놀라서 박솜을 쳐다봤다. 박솜의 얼굴에 잠시 공포가 스쳐 지나갔다.

"애비와 똑같이 생겼군. 네놈 애비는 숨긴 무기가 어디 있는지

끝까지 말하지 않아서 결국 내 손에 죽었다. 그건 너도 알고 있지? 그런데 결국 이렇게 나에게 복수를 하는군."

"복수하려고 이러는 거 아니야."

박솜이 바닥을 보며 쓸쓸하게 웃었다.

"난 복수 같은 거 하는 성격이 아니야. 그리고 하려면 진작에 했겠지, 왜 이제 와서 이러겠어."

"그때 네놈을 끝까지 찾아내서 죽였어야 하는 건데…."

유중진의 말에 박솜은 고개를 저었다.

"복수 아니라니까."

"그럼 이게 뭐 하는 짓이야!"

유중진이 고함을 질렀다. 그의 목소리는 금속을 울리는 것 같았다.

"이분 아버지의 복수가 아니야. 우리 아빠의 복수지."

유중진은 하현에게 시선을 옮겼다. 그의 표정이 일그러졌다.

"너는 또 뭐야?"

"난 이 아저씨하고는 다른 성격이거든. 보름 전에 있었던 시위대 집단 납치 사건, 그거 네가 저지른 거 맞지?"

유중진은 신경질을 냈다.

"박솜, 이 꼬맹이는 대체 뭐야? 내가 누군지 알고는 이러는 거야!"

"묻는 말에 대답이나 해. 네가 시위대를 납치하라고 지시했지?"

"입 닥쳐, 이 씨발놈아. 어린 놈의 새끼가⋯."

유중진은 하현에게 침을 뱉었다.

"아, 진짜. 더럽게⋯."

하현은 옷에 묻은 침을 닦았다. 박솜이 말했다.

"유중진, 좋은 말로 할 때 대답해. 네가 납치한 시위대 중에 이 아이의 아빠가 있어. 거인도깨비인데 지금은 키가 줄어서 150센티 정도래. 혹시 알고 있나?"

"네놈들이 지금 무슨 짓을 하고 있는지 알아? 우리 애들이 너희를 못 찾을 것 같지? 아마 오늘 안에 찾아낼 거야. 그리고⋯."

"젠장, 말이 너무 많네. 안 되겠다, 하현아. 저거 붙이자."

"네."

그들은 옆에 놓여 있던, 미리 준비해 둔 전선을 유중진의 몸에 붙였다. 유중진은 발버둥 쳤지만 의자에 묶여 꼼짝할 수 없었다.

"이 개새끼가!"

"어허, 그런 말을."

박솜이 버튼을 누르자 유중진이 비명을 질렀다. 그는 새된 비명을 지르다가 박솜이 전기충격을 멈추자 고개를 축 늘어뜨렸다.

"어때, 이제 묻는 말에 대답할 마음이 들어?"

박솜이 유중진의 뺨을 때렸다. 유중진이 대답을 안 하자 그는 유중진의 귀를 잡고 거기에 대고 말했다.

"이봐, 안 들려?"

유중진은 갑자기 웃기 시작했다. 하현은 그 모습에 소름이 돋았다. 박솜도 살짝 당황했는지 멈칫했다.

"멍청한 새끼들…. 박솜, 널 네 애비보다 더 보기 좋게 썰어 줄게. 묶어 놓고 사흘 동안 산 채로 토막 내 주겠다."

박솜은 그 말에 잠시 가만히 있다가 버튼을 눌렀다. 유중진은 다시 소리를 질렀다.

"어떻게 생각하니?"

박솜이 갑자기 하현에게 물었다.

"뭐가요?"

"이놈이 이렇게 자신만만한 태도를 얼마나 오래 보여 줄 거라고 생각하니?"

"글쎄요, 30분 정도 반복하면 되지 않을까요?"

"음, 그건 너무 짧은데. 난 내심 더 길었으면 하거든. 그래야 더 오래 고문할 수 있잖아."

박솜의 말대로 유중진은 30분 넘게 버텼다. 하지만 한 시간이 지나자 결국 그는 무너졌다. 유중진은 박솜의 말에 고분고분하게 대답했다.

"시위대를 왜 납치했나?"

"황실이 청부했거든."

역시. 하현은 입술을 깨물었다.

"그래서 시위대를 황실에 넘겼나?"

"아니."

"그럼 어떻게 했는데?"

하현이 끼어들었다.

"설마 외국으로 팔았어?"

유중진은 천천히 고개를 저었다.

"기은성한테 전부 넘겼어."

"기은성? 그건 또 누구야?"

"황제의 오촌."

"뭘 하는 놈이지?"

유중진이 입을 벌리자 입술에 맺힌 침이 방울지며 떨어졌다.

"기은성은 IKC라는 노예 매매 회사를 운영해. 외국으로 노예를 팔기도 하고 북방으로 공급하기도 하지."

"잠깐만, 그러니까 청부는 황실이 했지만 시위대는 기은성에게 넘겼다, 이거지?"

"그렇지."

유중진은 고개를 주억거렸다.

"황실은 늘 시위 때문에 골머리를 앓지. 그 양반들은 얼마 전부터 시위대를 진압할 겸 기은성한테 넘겨서 노예로 만드는 식으로 처리하기 시작했어."

"우리 황제 폐하다운 방식이구만."

박솜이 한숨을 쉬었다. 하현이 물었다.

"혹시 김만월이라는 사람을 알아?"

유중진은 대답 없이 눈알을 굴렸다. 하현은 답답해서 유중진의 어깨를 잡고 흔들었다.

"내 말 좀 들어 봐. 네가 납치한 시위대 중에는 우리 아빠도 있는데, 우리 아빠는 거인도깨비야. 거인도깨비 알지?"

유중진이 멍한 눈으로 하현을 올려다봤다. 그 눈은 더 이상 뱀처럼 날카로운 눈이 아니었다. 고문이 그의 몸에서 영혼의 일부를 거세한 것 같았다. 하현은 순간 이 사람도 아빠처럼 몸에서 어떤 마력이 빠져나간 게 아닌가 싶었다.

"거인도깨비? 요즘 세상에 그게 있다고? 거인도깨비가 내 손에 들어왔다면 내가 알았을 텐데."

"우리 아빠는 마력을 너무 많이 나눠 줘서 키가 아주 작아. 키가 150센티 정도인데, 혹시 우리 아빠를 본 적 있어?"

유중진은 고개를 저었다.

"우리 애들이 거인도깨비를 낚았다는 말은 듣지 못했어. 난 모르는 일이야. 네가 뭔가 오해를 하는 거야."

"오해는 무슨!"

하현이 소리쳤다.

"우리 아빠는 내가 보는 앞에서 네 부하들에게 끌려갔어. 그러니까 잘 생각해 봐."

유중진이 말이 없자 박솜이 하현을 가로막았다.

"잠깐만, 그럼 아빠보다 우선 기은성에 대해서 물어보자. 어이 유중진, 기은성에 대해 좀 더 설명해 봐. 네가 물어다 준 노예들을 기은성이 어떻게 했는지 말해 보라고. 혹시 외국에 팔았나? 아니면 북쪽 국경 지대로 보낸 거야?"

"아니."

유중진은 천천히 앞뒤로 몸을 흔들었다. 그는 말을 하면서 조금씩 경련을 일으켰다.

"기은성은 내가 넘긴 시위대를 가지고 도박을 할 거라고 했어."

박솜의 동그란 눈이 커졌다.

"오, 이런."

하현이 물었다.

"도박? 그게 무슨 뜻이지?"

"그러니까…."

옆에서 박솜이 말했다.

"말 그대로 노예를 가지고 도박을 한다는 뜻이야. 보통 카지노에서는 돈을 걸고 도박을 하잖아. 그런데 가끔 노예를 많이 가진 사람들은 돈 대신 노예를 걸고 도박을 하기도 해. 기은성이 그걸 하려는 모양이야."

"애초에 도박용으로 쓸 노예를 얻으려고 황실을 통해 나한테 청부를 했던 거야. 그 새끼는 도박이라면 사족을 못 쓰거든."

유중진의 말에 박솜이 천천히 고개를 끄덕였다.

"그래서 이렇게 된 거였군. 이제 알겠어."

하현은 얼굴을 찌푸렸다.

"이런 미친놈들 같으니. 지금 사람을 걸고 도박을 한다는 거야? 게다가 그러려고 시위대를 납치했다고?"

"사람이 아니라고. 노예라니까."

"노예가 사람이지, 멍청아! 게다가 우리 아빠는 노예도 아니었다고!"

"나보고 어쩌라는 거야."

유중진이 경련을 일으키며 내뱉었다.

"어차피 황실은 시위 때문에 불편하고, 기은성은 도박에 쓸 노예가 많을수록 좋지. 난 돈을 받고 둘 다 좋아하는 일을 해 준 것뿐이야."

"널 좀 더 세게 지져 주면 좋아할 사람들이 많을 텐데."

하현의 말에 유중진이 눈을 치켜떴다. 반쯤 감긴 그 눈꺼풀 밑으로 다시 면도칼처럼 날카로운 눈빛이 새어 나왔다.

"꼬마야, 내가 여기서 나가게 되면 널 반드시 내 손으로 죽이겠다."

"꿈 깨라. 넌 여기서 못 나가."

박솜이 그의 머리를 툭 쳤다.

"그래서 기은성은 어디서 게임을 하지? 애초에 노예 도박을 할 수 있는 곳은 많지 않잖아."

"한강 카지노에서 자주 노예 도박을 한대. 거의 매주 가는 걸로 알고 있어."

"한강? 하긴, 거기가 기은성한테 제일 어울리긴 하네. 하현아, 너 혹시 한강에 있는 카지노 가 봤니?"

"아뇨, 거기에 큰 카지노가 있다는 말만 들었어요."

"굉장히 큰 곳이야. 우리나라에서 노예 도박을 할 수 있을 만큼 큰 카지노는 몇 군데 없는데 그중에서도 한강 카지노가 가장 크지. 유중진, 그럼 네가 납치한 시위대는 지금쯤 한강에 있는 노예 수용 시설에 있겠네?"

"그 이상은 나도 잘 몰라."

그 후로도 그들은 유중진을 계속 족쳤지만 그는 같은 말을 반복했다. 거기까지가 유중진이 알고 있는 전부인 듯했다.

박솜과 하현은 몇 시간 동안 유중진을 심문하고 나서 둘 다 힘이 빠졌다. 고문을 당한 건 유중진인데 두 사람도 기운이 없었다. 작전을 시작할 때부터 지금까지 아무것도 먹지 못했기 때문이다. 그들은 유중진이 혀를 깨물어 자살하지 못하도록 입에 재갈을 물려 두고 밖으로 나왔다. 두 사람은 난쟁이도깨비들이 하는 식당에 들어가 저녁을 먹었다.

"이 정도면 된 것 같아. 유중진이 알고 있는 건 다 분 것 같아."

"이제 저 사람을 어떻게 하죠?"

"계속 지하실에 가둬 놔야지. 저 친구는 이제 아무 데도 못 가.

평생 저 안에서 살아야 해. 어쩔 수 없지, 저 친구가 밖으로 나가게
되면 우리가 죽으니까."

"하긴 그렇겠네요."

그들은 밥을 먹은 후 디저트로 나온 아이스크림까지 먹었다. 하
현이 입맛이 없어서 아이스크림을 몇 숟갈 뜨다 만 것과 달리 박솜
은 아이스크림을 바닥까지 싹싹 핥아먹었다.

"그거 안 먹을 거니?"

"네, 드세요."

하현은 박솜이 아이스크림을 맛있게 떠먹는 걸 지켜봤다.

"그러니까, 기은성이라는 사람이 우리 아빠를 걸고 도박을 할 거
라는 얘기잖아요."

"그럴 계획인가 봐. 상황이 좀 복잡해졌구나."

"도박이라니, 상상도 못 했어요."

"기은성이나 유중진만큼 돈이 많은 사람이라면 노예 도박을 할
수 있겠지. 그리고 내 경험상, 부자들은 할 수 있는 건 가급적 하더
라고."

하현이 잠시 가만히 있다 물었다.

"아저씨, 뭐 좀 물어봐도 돼요?"

"물어보렴."

"아까 유중진이 한 말이 사실인가요?"

"어떤 거?"

"아저씨 아버지가 유중진한테 돌아가셨다는 거요."

박솜은 순간적으로 손을 멈췄다. 하지만 이내 다시 아이스크림을 떠먹었다.

"사실이야."

"그렇군요. 죄송합니다."

"괜찮아. 그럴 수도 있지."

박솜은 입술을 핥으며 말했다.

"난 우리 아버지가 그렇게 죽은 게 자업자득이라고 생각해. 애초에 이 바닥에서 구르다 보면 결말은 항상 둘 중 하나야. 죽거나, 죽이거나. 아버지는 평생 자신보다 약한 자들을 열심히 죽였고, 그러다 결국 자신보다 강한 자에게 죽었지. 다 자기가 자초한 일이지, 뭐."

하현이 조심스럽게 물었다.

"아버지가 그렇게 돌아가신 게 슬프거나 화가 나지는 않으세요?"

"글쎄, 솔직히 말해서 나도 잘 모르겠구나. 전혀 슬프지 않다면 거짓말이겠지만, 딱히 슬퍼해야 할 이유도 없다고 느껴지거든. 우리 아버지는 범죄자였어. 범죄자의 최후가 다 그런 거지, 뭐. 하긴 나도 범죄자니까 딱히 할 말은 없다만."

박솜은 숟가락을 내려놓고 냅킨으로 입을 닦았다.

"넌 어때?"

"뭐가요?"

"아빠를 납치한 유중진한테 복수하고 싶은 마음 없어?"

"네?"

"네 아버지를 납치한 자가 우리 가게 지하실에 묶여 있잖아. 유중진은 알고 있는 정보를 다 털어놓은 것 같으니 더 이상 필요 없겠지. 그러니 네가 원한다면 전기 고문보다 더한 것을 해도 난 말리지 않을게. 애초에 전기 고문도 복수심 때문이 아니라 정보를 캐내기 위해서 한 거잖아. 그러니 돌아가서 네가 유중진에게 무슨 짓을 하든지, 난 그냥 지켜만 볼게."

하현은 눈앞의 포메라니안을 말없이 응시했다. 그는 농담을 하는 게 아니었다. 하현은 생각했다. 어쩌면 이 사람은 내 손을 빌어서 자기 아버지의 복수를 하려는 건 아닐까? 자신은 복수를 하고 싶지 않다고 했지만, 자기 아버지를 끔찍하게 죽인 사람을 내가 대신 벌하는 모습을 보고 싶어서 이러는 건 아닐까?

그렇다면 그의 소원을 들어주는 게 좋을까?

하지만 하현은 고개를 저었다.

"그건 좋은 생각이 아니라고 봐요. 유중진이 지금은 일단 알고 있는 걸 다 말했다고 해도 저런 거물을 붙잡아 두고 있으면 나중에 어떻게든 써먹을 수 있을 거예요. 그러니 그때를 위해서 가능하면 말끔하게 보관해 두는 게 좋겠죠."

박솜은 한동안 말없이 하현을 쳐다봤다. 그의 얼굴에 천천히 미소가 번졌다.

"재미있구나."

"뭐가요?"

"아주 합리적인 생각이야. 네 말이 맞아. 유중진은 갖고 있으면 유용한 물건이야. 그러니 잘 보관해 둬야지."

박솜은 자리에서 일어나며 하현의 어깨를 탁 쳤다.

"잘 먹었나? 그만 돌아가자고, 똑똑한 학생."

그들은 가게로 돌아오면서 가볍게 수다를 떨었다.

"난 저 집에서 자주 점심을 먹는데 밥보다도 후식으로 주는 아이스크림이 더 좋더군."

"그런가요? 제 입맛에는 별로던데. 아이스크림에서 소나무 향이 나서요."

"송진 가루를 넣은 아이스크림이거든. 저 식당 사장의 마누라가 숲요정이래. 그래서 그런가 봐."

그들은 다시 유중진을 보러 지하실로 갔다.

"혹시 배고픈가? 안색이 어둡구만. 먹을 것 좀 줄까?"

박솜이 다정하게 물었다. 유중진은 여전히 멍한 표정이었다. 그는 뭔가를 뚫어져라 보고 있었다. 하현은 처음에 그가 박솜을 보고 있는 줄 알았다. 하지만 그는 박솜 뒤에 있는 자신을 보고 있는 것이었다.

"네 아버지가 거인도깨비라고 했지."

유중진의 목소리는 어떤 먼 곳에서 들려오는 메아리 같았다.

"나는 네 아버지를 한 번 만난 적이 있어."

"뭐라고?"

"난 어렸을 때 전염병에 걸렸어. 그때는 전염병 약이 없어서 나는 죽을 운명이었지. 그런데 어느 날 내 아버지가 나를 황립연구소로 데려가더군. 그리고 그곳에서 어떤 도깨비가 침대에 묶여 있는 걸 보게 되었어."

하현의 얼굴에서 핏기가 가셨다.

"그때는 그게 말로만 듣던 거인도깨비였는지 몰랐어. 난 휠체어에 앉은 채 힘겹게 숨을 쉬고 있었지. 의사들은 도깨비에게 마력을 주라고 했지만 그는 처음에는 거절했어. 그래서 전기충격을 몇 번 주니까 비로소 나에게 마력을 주더군. 그 이후로 난 서서히 낫기 시작해서 보다시피 이렇게 살아남았다."

하현은 뭐라고 말을 하고 싶었지만 말이 나오지 않았다.

"그 후로 네 아버지가 어떻게 되었는지 들은 바가 없다만, 오늘 이렇게 널 만나게 되는구나. 참고로 그때는 네 아버지가 나보다 키가 컸단다."

유중진은 하현을 보며 활짝 미소 지었다. 입 안의 모든 이가 다 드러날 만큼 커다란 미소였다.

"세상일이 참 웃기지 않니?"

평범한 삶

만월은 몇 주 동안 묶인 채로 각계 고위층들에게 자신의 마력을 나눠 줬다. 만월 덕분에 전염병에 걸린 고위층의 대다수는 병에서 나을 수 있었다. 만월을 찾아오는 건 고위층뿐이라 대부분은 인간이었지만 가끔은 비인간 종족도 있었다. 어느 날은 만월 또래의 포메라니안 시민견이 치유를 받으러 왔다. 박솜이라는 사람이었다. 나중에 듣기로 그의 아버지는 철강 회사를 운영하는 사람인데 불법 무기 사업을 크게 한다는 안 좋은 소문이 난 자라고 했다.

만월은 묶인 채로 마력을 나눠 주면서 다시 키가 줄었다. 한때 3미터가 넘었던 키는 이제 평범한 성인 인간보다 더 줄어들어 있었다. 그는 더 이상 저항하지 않았다. 전기 고문을 몇 번 받고 나자 저항심이 사라졌다. 그는 하루에 수십 명씩 찾아오는 낯선 사람들에게 고분고분 자신의 마력을 나눠 줄 뿐이었다. 의사들은 만월이 저항하지 않자 침대에서 풀어 줬다. 만월은 넓은 독방에 갇혀서 삼시 세 끼 영양식을 먹으며 지냈다. 의사들은 만월이 자살하지 않는지 엄중히 감시했다.

그런 하루가 반복되던 중 어느 날이었다. 한밤중에 침대에 누워 멍하니 천장을 보고 있던 만월은 갑작스러운 큰 소리에 몸을 일으켰다. 고함 소리가 사방을 뒤흔들고 있었다. 만월의 방에는 창문이 없었기 때문에 그는 밖에서 무슨 일이 일어나고 있는 것인지 알 수가 없었다.

소리는 점점 커져 갔다. 만월은 문을 두드렸다.

"거기 밖에 무슨 일이에요?"

만월이 문을 잡아당기는데 갑자기 방 안의 불이 꺼졌다. 그러더니 철컥, 하면서 문이 열렸다. 연구소 발전기가 고장 나면서 전기로 여닫히는 문고리가 풀렸던 것이다.

만월은 문을 밀었다. 연구소 복도가 나타났다.

그는 믿을 수가 없었다.

복도에서 사이렌이 한차례 울리더니 맥없이 꺼져 버렸다. 만월은 오래 생각하지 않았다. 그는 긴 복도를 달려 나갔다. 의사들은 모두 몸을 피했는지 보이지 않았다. 보안 경비 몇 명이 그를 지나쳐 뛰어갔다. 사방에서 고함 소리가 들렸다.

연구소 밖으로 나오니 난장판이 펼쳐져 있었다. 수백 명의 폭도들이 사방을 때려 부수고 있었다.

만월은 모르고 있었지만, 그때 연구소가 있는 지역에서는 폭동이 일어나고 있었다. 전염병 때문에 심각한 불황이 오랫동안 이어지자 시위가 일어나고, 그것이 폭동으로 발전한 것이었다. 폭도는 황립연구소를 습격해서 모조리 때려 부수는 중이었다.

만월은 오리나 철호 형 같은 다른 사람들을 찾아야 하는 건 아닌지 잠시 망설였다. 하지만 그들의 안위까지 챙길 여유가 없었다. 만월은 폭도를 피해 연구소를 완전히 빠져나갔다.

그는 곧장 부모님이 살고 있는 집으로 달려갔다. 부모님은 만월을 보고 기쁨과 슬픔과 분노의 울음을 터뜨렸다.

그들은 한밤중에 함께 멀리 떠났다. 폭동은 전국으로 확산되었다. 전염병 때문에 장기간 이어진 극심한 불황으로 눈에 핏발이 선 시민들은 가게를 습격해서 생필품을 훔쳐 갔고 급기야는 공공기관을 습격하기에 이르렀다. 심지어 이 폭동에는 경찰과 군인마저 일부 가세했다. 만월이 있던 황립연구소는 완전히 불타 사라지고 말았다. 만월은 철호 형이 무사한지, 오리와 희영이 등 다른 친구들은 어떻게 되었는지 알지 못했다.

만월은 부모님과 함께 경기도로 가서 살기 시작했다. 그는 그때부터 자신의 정체를 감추고 키 157센티미터의 도깨비가 되어 살아갔다. 키가 작아진 거인도깨비는 일반적인 도깨비들과 다를 게 없었다. 그는 원래 자신의 키의 절반이 되고 나서야 비로소 평생

간절히 원하던, 평범한 삶을 얻게 되었다. 그는 그것을 소중히 아
꼈다.

주소

그들이 저지른 사건은 언론에 대서특필되었다. 강남의 도로 한복판에서 시가전이 일어나 수십 대의 차량이 완파되고 2백 명이 넘는 사상자가 발생한 사건이었기에 2주 전 시위보다 훨씬 크게 보도되었다. 사상자는 전부 유중진의 조직원이었다.

유중진이 납치되었다는 소식은 삽시간에 어둠의 세계에 쫙 퍼졌다. 박솜은 하현에게 유중진의 부하들이 눈에 불을 켜고 자기들 회장을 찾는 중이라고 알려 줬다. 하현은 나쁜 생각을 하지 않으려고 노력했다. 유중진의 부하들에게 잡히면 어떤 일이 일어날지, 그런 생각을 되도록 하지 않으려고 했다. 만약 그렇게 된다면 박솜 아저씨의 말대로 차라리 지옥에 가는 게 나을 것이다. 박솜과 하현은 자신들이 작전 과정에서 흔적을 남기는 실수를 하지는 않았는지

복기했지만 적어도 그들이 생각하기에는 없었다. 박솜은 옥상 위에 다량의 무기를 놓고 왔지만 자신이 미리 꼼꼼히 확인하고 정리했기 때문에 그걸로 그들이 추적될 일은 없을 거라고 자신했다.

"제가 입었던 강화 슈트는 쉽게 구할 수 없는 거잖아요. 그걸 보고 놈들이 아저씨를 떠올리면 어떡하죠?"

하현의 말에 박솜은 고개를 저었다.

"그 부분은 안심해도 된단다. 나는 평생을 유중진의 눈을 피해 살아왔어. 내가 어딘가에 살아 있다는 사실을 유중진의 조직은 절대 알 수 없을 거야. 나랑 거래를 하는 사람들도 나를 일반적인 무기상 정도로 알고 있을 뿐 내가 그런 특수한 무기를 갖고 있는지는 몰라."

하현과 박솜은 기은성의 노예 매매 회사를 조사했다. 임페리얼 코리안 컴퍼니, 즉 IKC는 유중진의 말대로 주로 북쪽 변방 지역에 군용 노예를 공급하거나 외국으로 노예를 수출하는 회사였다.

"내가 혹시 몰라서 IKC 대리점에 가서 확인해 봤는데 만월이라는 이름의 도깨비를 보유하고 있지는 않다고 하더라. 거인도깨비도 당연히 없고."

외출했다가 가게로 돌아온 박솜이 말했다.

"혹시 그 회사의 노예 판매 기록을 알아볼 수는 없나요?"

"그것도 당연히 안 된대. 우리가 정부에서 나오지 않은 이상 IKC한테 노예 매매 기록을 내놓으라고 할 수는 없어."

하현과 박솜은 그 회사 주변을 수색했다. 그리고 하루 만에 IKC 회사 인근 공터의 주차장에서 하현이 택시를 타고 쫓았던 화물트럭을 발견했다. 아빠를 싣고 초열구로 들어갔던 바로 그 차였다.

"틀림없어요. 이 차예요."

하현이 말했다.

"제가 똑똑히 기억하고 있어요."

그 차는 이미 번호판을 바꿔 단 상태였다. 하지만 하현은 자신이 택시를 타고 쫓아가면서 뒤에서 본 그 화물차의 뒤범퍼 모서리가 약간 찌그러진 모양이 이 차와 똑같다고 말했다. 주차장에는 같은 종류의 화물차가 여러 대 세워져 있었다. 모두 납치 사건 당시에 시위대를 실었던 차였다. 유중진의 조직은 시위대를 납치한 후 차까지 통째로 IKC에 넘겼던 것이다.

그들은 밤중에 몰래 주차장으로 가서 하현이 지목한 화물차의 자물쇠를 볼트 커터로 잘라 냈다. 화물칸을 열자 퀴퀴한 냄새가 뿜어져 나왔다. 그들은 손전등을 들고 화물칸 안으로 들어갔다. 화물칸은 텅 비어 있었지만, 벽과 바닥에 핏자국이 군데군데 묻어 있었고 열쇠 같은 작은 물건들이 굴러다니고 있었다. 갇혀 있던 시위대가 떨어뜨린 물건 같았다.

"이것 보세요!"

차 안을 살펴보던 하현이 작게 외쳤다. 그는 목소리에서 흥분을 감추지 못했다.

"아빠의 지갑이에요!"

지갑 안에는 아빠와 하현이 함께 찍은 작은 사진이 들어 있었다. 하현이 일곱 살 때 찍은 사진이었다. 박솜도 눈을 빛냈다.

"유중진의 말이 사실이었군."

그들은 차 안을 샅샅이 뒤졌지만 다른 특별한 것은 없었다. 두 사람은 만월의 지갑을 갖고 다시 박솜의 가게로 돌아왔다. 박솜이 스마트폰으로 뭔가를 검색하는 동안 하현은 소파에 앉아 아빠의 지갑을 만지작거렸다. 아빠의 얇은 갈색 지갑을 만지고 있자니 아빠에게 점점 가까워지고 있는 것 같은 기분이 들었다.

"내 생각에 만월은 지금쯤 한강 카지노의 노예 수용시설에 있을 거야."

박솜이 말했다.

"한강 카지노에는 노예를 거래하는 외국인들이 도박을 하기 위해 많이 오는데, 그들이 딴 노예를 배로 실어갈 수 있도록 카지노 옆에 거대한 노예 수용시설을 만들어 놓았거든."

박솜은 스마트폰 화면을 하현에게 보여 줬다.

"바로 이거야."

화면에는 정육면체 모양의 회색 건물 사진이 떠 있었다.

"아, 이 건물 본 적 있어요. 이게 노예 수용시설이었구나."

"그렇지. 기은성은 매주 카지노에 간다고 했으니 유중진에게 시위대를 넘겨받은 직후 이곳에 사람들을 집어넣었을 거야. 그래야 판돈으로 쓸 수 있거든."

"그럼 이곳에 잠입해서 아빠를 구하는 건 어때요?"

박솜은 고개를 저었다.

"이 건물은 상상을 초월할 만큼 보안이 튼튼한 곳이야. 노예해방 전선이 벌써 여러 번 이 건물을 노리고 공격했지만 끄떡없었어. 이 곳을 누가 지키는 줄 아니? 바로 황궁을 지키는 친위대와 같은 종 류의 강철 군대가 지키고 있단다."

강철 군대라는 단어에서 하현은 위압감을 느꼈다. 하지만 그는 계속 매달렸다.

"그래도 우린 유중진을 납치하는 일도 성공적으로 해냈잖아요. 이번에도 지난번처럼 무력으로 밀고 들어가는 건 어떨까요?"

박솜은 볼에 바람을 넣었다.

"우리가 두 명이 아니라 스무 명이고, 내가 가진 모든 무기를 다 동원한다고 해도 힘들걸. 지난 수십 년 동안 여러 번의 진입 시도 를 모두 물리친 곳이야. 천하의 노예해방전선조차 단 한 번도 성공 하지 못했어."

하현은 초조한 마음에 아빠의 지갑을 손가락으로 두드렸다.

"그럼 어떡하죠?"

"차라리 카지노 쪽으로 가 보면 어때?"

"카지노요?"

"그래, 기은성은 도박을 즐긴다고 하니까 그쪽으로 공략해 보는 거야. 그러면 무기를 쓰지 않아도 되잖아."

"기은성과 도박을 하자는 말씀인가요?"

하현은 황당해서 물었다.

"포커 잘하세요?"

"하는 방법만 알아."

"그럼 어떻게 도박으로 아빠를 구해요? 아저씨 친구 중에 카드 게임을 잘하는 사람 있나요?"

"없어. 혹시 너희 아버지 친구 중에는 있니?"

"우리 아빠요?"

"그래, 수많은 사람들이 만월에게 목숨을 빚지고 있잖아. 그중에 카드 잘하는 사람이 한 명 정도는 있지 않겠어?"

"그런 사람이 있는지도 모르겠지만, 그들 중 누구도 아빠하고 연락하고 지내지 않았어요. 아저씨랑 철호 아저씨를 빼고요."

"배은망덕하군."

박솜은 하현 옆에 털썩 주저앉았다.

"아무튼 우린 더는 시끄럽게 움직이면 안 돼. 특히 유중진이 당했기 때문에 기은성은 바짝 긴장하고 있을 거야. 안 그래도 지금 유중진의 부하들이 서울 전역을 들쑤시고 다니고 있어. 놈들은 눈에 뵈는 게 없을 거야. 그런 상황에서 우리가 다시 작전을 시도하려면 굉장히 조심해야 돼. 지난번처럼 단순하게 움직이는 건 위험해."

하현은 손에 쥔 아빠의 지갑을 내려다봤다.

"눈에 뵈는 게 없다…."

"그럴 수밖에 없지 않겠어?"

하현은 눈을 가늘게 떴다. 뭔가가 생각날 것 같았다.

"눈에 뵈는 게 없다면…."

하현은 갑자기 자리에서 벌떡 일어났다.

"아저씨, 저 집에 좀 가 봐야겠어요."

"갑자기 왜?"

"아빠의 물건을 좀 뒤져 봐야겠어요. 도움이 될 만한 게 있을지
도 몰라요."

그는 지갑을 주머니에 쑤셔 넣으며 가게 문을 나섰다.

"집에 가서 다시 연락할게요."

하현은 집에 가자마자 장롱부터 뒤지기 시작했다. 박솜 아저씨
의 편지를 찾을 때 이미 한 번 뒤져 봤지만, 그는 이번에는 장롱뿐
만 아니라 집 안 전체를 다 뒤졌다. 그는 아빠의 사진첩이나 아빠
가 모아 둔 물건들을 모두 쏟아 내서 하나씩 살펴봤다. 그 과정에
서 철호 아저씨와 박솜 아저씨한테서 받은 편지 몇 통을 추가로 발
견했다. 하지만 자신이 찾는 것은 없었다. 그는 서재와 부엌, 그리
고 자기 방까지 뒤져 봤지만 아무것도 나오지 않았다.

하현은 지쳐서 부엌 식탁 의자에 주저앉았다. 이제 어떡하지?

그는 생각했다. 웬만한 곳은 다 열어 봤는데. 그는 혹시 몰라서 부엌 찬장까지 열어 봤지만 소금과 설탕, 후추통뿐이었다.

하현은 다시 식탁 의자에 앉았다. 그는 사실 자신이 찾고 있는 것이 무엇인지 스스로도 정확히 알지 못했다. 그 사람이 보낸 편지? 아니면 같이 찍은 사진? 가장 좋은 건 박솜 아저씨처럼 그 사람의 주소와 전화번호가 있는 명함 같은 물건일 것이다. 하지만 그런 건 어디에도 없었다.

하현은 생각에 잠겨 있다가 주머니에서 아빠의 지갑을 꺼냈다. 그는 지갑 안에 있는 것들을 하나씩 꺼내 식탁 위에 올려놓았다. 지폐 몇 장과 카드 몇 장, 자신과 아빠의 사진, 그리고 각종 할인 쿠폰과 적립 쿠폰 몇 장. 아빠는 주민등록증이 없었다. 이발소도 할머니 명의로 낸 가게였다.

하현은 더 남은 게 있나 보려고 지갑을 벌리다가 카드를 넣는 얇은 칸에서 작은 종잇조각을 하나 발견했다. 명함 크기 정도로 접힌 종이였는데, 얼마나 오랫동안 지갑 안에 있었는지 누렇게 바래 있었다. 펼쳐 보니 종이에는 주소 하나가 적혀 있었다.

하현은 종이를 뒤집었다. 그리고 숨을 크게 삼켰다.

'오리'

거기에는 그렇게 적혀 있었다.

오리

"좀만 천천히 걷자. 힘들어."

박솜이 멈춰 서서 숨을 골랐다. 다리가 짧은 그는 긴 다리의 하현을 계속 잰걸음으로 따라오느라 지친 상태였다. 그는 혀를 쏙 내밀고 헥헥거렸다.

"저런, 많이 힘들어 보이시네요. 괜찮으세요?"

"응, 이제 괜찮아졌어. 아직 멀었니?"

하현은 종잇조각을 펼쳤다. 아빠의 지갑에서 발견한 그 종이였다.

"거의 다 왔어요. 이 근처예요."

그들은 대림동의 한 골목길을 올라가는 중이었다. 하현은 종이가 하도 낡아서 오리라는 사람이 아직도 종이에 적힌 주소에 살고 있을지 의심스러웠지만, 일단은 그 주소가 그들이 잡을 수 있는 유일한 연결 고리였다.

"정말일까? 정말 요즘 세상에 동굴요정이 있다고?"

박솜이 미심쩍다는 듯 물었다.

"아빠도 요즘 세상에 거인도깨비가 있냐는 말을 어린 시절부터 닳도록 들으셨대요."

"하긴 그건 그렇네. 나도 너희 아버지를 만나지 않았다면 거인도깨비가 실존한다는 걸 믿지 못했을 거야. 그래도 동굴요정이라니, 이건 진짜 믿을 수 없는 일이잖아. 황궁 지하에 용이 있다는 소문은 들어 봤지만 동굴요정에 대해서는 소문조차 들어 보지 못했어."

사실 하현도 반신반의하고 있었다. 까마득한 옛날에 멸종한 것으로 알려진 동굴요정이 아직까지 존재한다는 건 정말 믿기 어려웠다. 더욱이 동굴요정은 그 옛날에도 극히 희귀한 소수 종족이었다고 알려져 있었다.

"하지만 우리 아빠가 실없는 거짓말을 하지는 않으셨을 거예요. 전 우리 아빠 성격을 알아요."

하현은 힘주어 말했다.

"너 그 얘기를 언제 들었는데?"

"어린 시절에 몇 번 들어 본 게 다예요."

"그럼 어린 너를 즐겁게 해 주려고 이야기를 지어낸 건 아닐까?"

"그렇게 말한다면 할 말은 없지만, 전 일단 아니라고 봐요. 우리 아빠는 그런 식으로 이야기를 지어내는 사람도 아니었고, 무엇보다도 이 낡은 종이가 그 증거죠."

하현은 종이를 흔들었다.

"오리라는 사람이 진짜 동굴요정이 아니라면 뭐 하러 이런 종이를 그렇게 오랫동안 지갑 속에 소중히 간직하고 계셨겠어요."

"모르겠다, 나도 만월의 말이 사실이었으면 좋겠어. 하지만 워낙 믿을 수 없는 얘기라서."

"전 믿어요."

우리 아빠 자체가 믿을 수 없는 존재였으니까. 하현은 중얼거렸다.

"혹시 아빠가 동굴요정이 어떻게 생겼는지도 말해 주셨니?"

"그러고 보니 그런 기억은 안 나네요. 말씀하셨는데 제가 잊어버린 것 같기도 하고."

그들은 오리를 만나러 가기 전에 인터넷에서 동굴요정에 대해 검색해 봤지만 그에 대해 찾을 수 있는 자료는 극히 적었다. 그게 도대체 어떻게 생겼는지만이라도 미리 알아보고 가려 했지만, 그림이나 사진을 한 장도 찾을 수 없었다. 동굴요정은 선사 시대에 모두 멸종한 것으로 알려졌으니 그럴 수밖에 없었다. 심지어 동굴요정의 생김새에 대해 묘사하는 기록조차도 없었다. 딱 하나 찾은 것은 고대의 어떤 문헌이었는데, 그조차도 그 생김새에 대해서 '몹시 기괴하게 생긴 것으로 알려졌다.'고 설명하는 게 고작이었다.

"솔직히 난 조금 무섭기도 해."

"뭐가요? 오리라는 사람이요?"

"그래. 동굴요정에 대해서 알려진 게 전혀 없으니 그가 위험한 생물일 수도 있잖아."

하현은 웃음을 터뜨렸다.

"에이, 그분은 아빠의 친구였대요. 그리고 아저씨가 우리 아빠를 잊지 않은 것처럼 오리라는 분 역시 아빠를 끝까지 잊지 않았으니까 이 종이를 남긴 거겠죠."

그는 손에 쥐고 있던 종이를 흔들었다. 하지만 박솜은 여전히 표정이 어두웠다.

"그래도 난 조금 걱정이 되는구나. 뭐랄까, 왠지 기분이 안 좋아."

이런 게 인간은 이해할 수 없는 개의 직감인 건가? 하현은 그런 생각이 들었지만, 이내 그것이 차별적인 생각이라고 느껴져서 재빨리 그런 생각을 털어 냈다.

두 사람이 올라가는 길은 옥탑방이 모여 있는 곳을 가로지르고 있었다. 작은 건물 위에 한 칸짜리 작은 방들이 옹기종기 모여 있었는데, 좁고 가파른 계단을 올라갈수록 그런 방들이 점점 많아졌다. 그런 식으로 지어진 작은 집들이 하도 많아서 그들은 잠시 길을 잃고 헤매기도 했다. 그러다가 두 사람은 마침내 그들이 찾는 주소가 붙어 있는 문을 발견했다.

문에 초인종이 없어서 하현은 노크를 했다.

안에서 전혀 반응이 없어서 그들은 한동안 기다려야 했다. 하현은 다시 노크를 했다. 여전히 반응이 없었다. 문에 있는 콩알만 한 구멍으로 안을 들여다봐도 아무것도 보이지 않았다.

"집에 없나?"

"일하러 간 거 아닐까요? 이분의 직업이 뭔지는 모르지만 만약 평범한 회사원이라면 평일 이 시간에 회사에 있는 게 자연스러우니까요."

"동굴요정이 평범한 회사원으로 일할 수는 없을 거야."

그들이 그런 말을 주고받고 있는데 갑자기 문이 열렸다. 문에 보안 고리가 걸려 있어 한 뼘 정도 열린 게 고작이었다. 문 너머에서 아주 이상한 높은 목소리가 흘러나왔다.

"누구세요?"

하현은 최대한 예의 바르게 물었다.

"실례지만 혹시 오리라는 분 맞으신가요?"

방 안이 어두워서 하현에게는 그 사람의 얼굴이 잘 보이지 않았다. 그의 실루엣은 언뜻 숲요정과 비슷해 보였지만 뿔이 없었다.

"누구신데 그래요?"

그 목소리는 정말 듣기 싫은 높은 고음의 끔찍한 목소리였다. 목소리에 강한 경계심이 묻어나서 더욱 무서웠다. 귀신이 말을 하면 그런 목소리일 것 같았다. 하현은 저절로 소름이 끼쳤다. 옆에 있던 박솜도 긴장했다.

"혹시 김만월이라는 사람을 아세요?"

어둠 속에서 상대의 실루엣이 멈칫하는 게 느껴졌다.

"김만월?"

"네."

"글쎄, 잘 모르겠는데. 무슨 일인데 그러시죠?"

"김만월이 저희 아빠예요. 전 김하현이라고 합니다."

하현은 최대한 차분하게 말하려고 애썼다.

"저희 아빠가 얼마 전 양천구에서 일어난 시위대 집단 납치 사건 때 끌려가셨어요. 그래서 도움을 구하려고 왔습니다. 아저씨가 오리가 맞으시면, 제발 저희 아빠를 구할 수 있게 도와주세요. 부탁드립니다."

상대는 잠시 침묵하다가 물었다.

"네가 진짜 김만월의 아들이라는 걸 어떻게 믿지?"

"아빠한테서 아저씨에 대한 이야기를 들었어요. 황립연구소에서 우리 아빠랑 같이 계셨다고요. 예전에 전염병이 전 세계를 휩쓸었을 때, 병에 걸려 죽어 가던 아저씨를 아빠가 마력을 줘서 살려 냈다고 들었어요. 지금 우리 아빠는 납치당해서 어딘가에 갇혀 있을 거예요. 이번에는 아저씨가 아빠를 살릴 수 있게 도와주세요. 제발 부탁입니다, 저희를 좀 도와주세요."

"이 주소를 어떻게 알았지?"

"아빠의 지갑에 이게 들어 있었어요."

하현은 문 안으로 종잇조각을 건넸다. 상대는 그걸 낚아채서 살펴보더니 갑자기 문을 쾅 닫아 버렸다.

"뭐야?"

박솜이 당황해서 말했다.

"저 친구 목소리 들었니? 이 세상 목소리가 아니야."

"좀 무섭긴 하네요."

"저 친구가 추궁했다면 유중진한테 전기 고문도 필요 없었을 것 같군. 정말 소름 끼치는 목소리야."

잠시 후 안에서 보안 고리를 벗기는 소리가 들리더니 문이 열렸다.

"들어와. 문 잠그는 거 잊지 말고."

소름 끼치는 목소리가 말했다.

박솜과 하현은 조심스럽게 신발을 벗고 어두운 방 안으로 들어갔다. 두꺼운 커튼으로 창문을 모두 막아서 빛이 거의 없는 방 안에서는 지독한 냄새가 났다. 묵은 공기에 떠도는 쓰레기 냄새가 코를 찔렀다. 마치 어둡고 더러운 동굴 안에 들어온 것 같았다. 하현보다 훨씬 냄새를 잘 맡는 박솜은 작고 까만 코를 손으로 싸쥐었다. 그는 진심으로 고통스러워하고 있었다.

"맙소사, 이게 도대체 뭐야."

그 사람이 물었다.

"뭐라고? 아저씨, 무슨 문제 있어?"

어둠 속에서 보이는 그의 실루엣은 마치 인체의 뼈 모형처럼 바싹 마른 몸이었다. 가늘고 긴 팔다리가 어둠 속에서 춤추듯 움직였다. 그 모습은 정말 기괴하기 짝이 없었다. 하현은 그 더럽고 무서운 곳에서 도망치고 싶은 마음을 꾹 참고 말했다.

"저기 아저씨, 불 좀 켜도 돼요?"

"켜도 되긴 하는데 추천하지 않아."

"왜요?"

"내가 못생겼거든. 사람들은 나를 보면 막 비명을 지르더라고. 난 그럴 때마다 상당히 상처를 받아."

"저희는 그런 사람이 아니에요."

"진짜야?"

"진짜예요. 외모로 사람을 차별하면 안 되죠. 저희는 그런 사람이 아닙니다."

그때 옆에서 박솜이 하현의 옷을 잡아당겼다.

"저기 하현아, 그냥 저 사람 말대로 불을 안 켜는 게 나을 것 같아."

"에이, 왜 그러세요, 아저씨."

"아무래도 느낌이 이상해. 저 사람을 보게 되면…."

그때 어둠 속에서 실루엣이 말했다.

"알았어, 그럼 불을 켤게. 다시 말하지만 놀라지 마. 그러면 난 상처받는다고."

"놀라지 않을게요."

불이 켜졌다.

하현과 박솜은 비명을 질렀다.

쓰레기

"악!"

"뭐야!"

하현은 눈을 질끈 감고 고개를 돌렸다. 박솜도 작고 하얀 손으로 눈을 가렸다.

"이런 씨발! 역시 그럴 줄 알았어. 내가 말했잖아!"

동굴요정은 마구 날뛰었다.

"놀라지 않는다며!"

"맙소사, 왜 저렇게 생겼어?"

박솜이 비명을 질렀다. 그 말에 동굴요정은 울부짖었다.

"뭐라고? 어떻게 그런 말을 할 수가 있어! 으앙!"

하현은 양손을 휘저었다.

"저기, 진정들 하세요. 흥분하지 마세요."

"야, 저 포메라니안이 나보고 왜 저렇게 생겼냐고 하잖아! 씨발 너무해!"

"이분이 놀라서 그런 것뿐이에요."

"너도 날 보니까 기분 나쁘지? 귀여운 포메라니안이랑 같이 다니다가 날 보니까 기분 나쁜 거잖아!"

동굴요정이 울면서 소리를 질렀다.

"아니에요, 진정하세요. 아저씨를 만나게 돼서 정말 기뻐요. 진짜예요."

"개 좆 빠는 소리 하고 있네! 너 저 포메라니안 좆 빨아 본 적 있냐?"

"아니요."

"하하! 그럼 아저씨, 내 고추 좀 빨아 볼래?"

동굴요정은 박솜 앞에서 허리를 흔들었다. 그러자 그의 성기도 흔들렸다. 그는 알몸이었다. 박솜은 토할 것 같다는 표정을 지었다.

"뭐라고? 어떻게 초면에 그런 말을 할 수가 있지? 그것도 벌거벗은 채로!"

"난 집에서 옷을 안 입어. 사실 집 밖에서도 안 입지."

"미개한 새끼."

"넌 개새끼."

그러더니 그는 스타카토 박자로 웃어 댔다. 자기가 한 농담이 마음에 드는 것이었다. 그의 웃음소리는 손톱으로 칠판을 긁어 대는 것 같았다. 하현은 귀를 막았다. 박솜은 다시 비명을 질렀다.

"하현아, 난 여기서 못 버티겠어. 이 쓰레기장 같은 냄새하며 저 거지 같은 놈 면상을 더 이상 못 보겠다고. 난 나가 있을게."

"안 돼! 우리 집에 들어온 이상 내 허락 없이는 아무도 못 나가!"

"개소리하고 있네!"

"멍멍! 크르릉 왈왈!"

동굴요정은 엎드려서 짖어 댔다. 하현은 난감했다.

"두 분 다 진정하세요. 어른들이 대체 왜 이래요? 지금 이럴 때가 아니라고요. 지금 이 순간에도 우리 아빠는 어딘가에 갇혀 있단 말이에요!"

그 말에 두 아저씨는 동시에 입을 다물었다. 동굴요정은 몸을 일으켰다.

"듣고 보니 맞는 말이군. 내가 사과할게. 난 오리라고 해."

오리가 가까이 다가와서 손을 내밀었다. 그가 몸을 움직일 때마다 마르고 길쭉한 음경이 흔들렸다. 그 음경만큼이나 그의 팔다리도 가늘었다. 하현은 내키지 않았지만 그와 악수를 했다. 그의 손은 차갑고 기분 나쁘게 까칠까칠한 촉감이었다. 동굴요정이 가까이 올 때 하현은 역겨운 냄새가 나지 않을까 두려웠지만 그의 몸에서는 아무 냄새도 나지 않았다. 오리는 박솜에게도 손을 내밀었다.

"자, 악수."

"싫어."

박솜이 고개를 돌리자 오리는 다시 비명을 질렀다.

"씨발 너무하잖아! 이 강아지가 내 악수를 거절했다고!"

박솜이 그를 노려봤다.

"지금 날 강아지라고 불렀나?"

하현이 얼른 말했다.

"아저씨, 그런 말을 쓰시면 안 돼요. 그건 차별 발언이잖아요."

"그게 왜 차별 발언이야? 강아지한테 강아지라고 하는 건데."

"이분은 시민견이잖아요. 개가 아니라고요."

동굴요정은 잘 이해가 되지 않는다는 표정을 지었다. 그러자 무서운 얼굴이 약간 우스꽝스럽게 변했다.

알몸의 동굴요정은 정말 꿈에서도 보고 싶지 않은 모습이었다. 갈비뼈 위에다 바로 가죽을 걸친 듯한 얄팍한 몸통에 팔다리가 앙상하고 길쭉했다. 온몸이 거무튀튀한 회색이었고 몸통에서 아래로 내려갈수록 이끼 같은 빛깔이라서 덜렁거리는 성기는 역겨운 초록색이었다. 손가락과 발가락이 아주 가늘고 길쭉했는데 마치 구부러진 젓가락 같았다. 그의 온몸이 기괴했지만 그중에서도 가장 소름 끼치는 것은 그의 얼굴이었다.

그는 길쭉한 회색 얼굴에 아주 커다랗고 까만 눈을 갖고 있었다. 흰자위 없이 온통 까만색인 그 눈이 너무 커서 마치 선글라스를 쓴 것 같았다. 코는 없는 거나 다름없었고 높이 솟은 광대뼈 아래에는 동굴처럼 커다란 입이 뻥 뚫려 있었는데 입을 벌릴 때마다 그 안에 빼곡한 날카로운 이빨들이 드러났다. 말을 할 때마다 비명을 지르는 것처럼 입이 움직였다. 하현은 귀신이 있다면 이런 얼굴일 것 같다고 생각했다. 그 얼굴은 정말로 구천을 떠도는 귀신의 얼굴이었다. 하현은 아빠가 동굴요정에 대한 얘기를 많이 하지 않았던 이유가 이 얼굴 때문은 아니었을까 하는 생각마저 들었다. 생각조차 하고 싶지 않은 끔찍한 얼굴이었기 때문이다. 박솜도 그 얼굴을 똑바로 보지 못했다.

"강아지한테 강아지라고 부르지 말라는 게 차별 아니냐?"

동굴요정이 찢어질 것처럼 높은 목소리로 물었다. 그 목소리는 쓰레기장 같은 집 안에서 음산하게 울렸다. 불이 켜지고 보니 그 집은 정말 쓰레기장이 따로 없었다. 과자 봉지를 비롯한 온갖 쓰레기 더미들이 집 안 가득 산처럼 쌓여 있었다.

"정말 쓰레기 같은 작자군. 하긴, 쓰레기장에서 사는 걸 보니까 쓰레기가 맞을지도 모르겠네."

박솜의 하얀 인형 같은 얼굴은 내내 불쾌한 표정이었다. 박솜의 말에 동굴요정이 외쳤다.

"이 버릇없는 개새끼! 중성화시켜 주랴?"

"어떻게 그런 말을!"

"제발 그만 좀 해요!"

하현은 소리를 질렀다. 그러자 두 사람은 다시 조용해졌다.

"우린 지금 싸울 때가 아니에요. 힘을 합쳐도 모자란 상황에 뭐 하시는 거예요?"

동굴요정은 커다란 두 눈을 징그럽게 깜박였다.

"하현이라고 했지?"

"네."

"너희 둘이야말로 어느 날 갑자기 내 집에 쳐들어와서 날 귀찮게 하고 있잖아. 내 집에서 나한테 뭐라고 하지 않아 줬으면 좋겠어."

"죄송해요, 다만 상황이 워낙 심각해서…."

"지금 몇 살이지?"

"고1이요."

"넌 인간이잖아. 만월이 형이 널 입양한 건가?"

"그런 셈이죠. 그래도 우리 아빠는 항상 저를 가슴으로 낳았다고 하셨어요."

그 말에 오리는 미친 듯이 웃었다. 박솜은 다시 얼굴을 찌푸렸다.

"뭐가 그렇게 웃긴가? 남의 가족 일이 웃기나?"

"가슴으로 애를 어떻게 낳아! 만월이 형도 진짜 웃기네! 하긴 그 형은 옛날부터 지나치게 감상적인 면이 있었어. 물론 그래서 많은 사람들을 살리긴 했지만. 내가 그 형이었다면 크게 돈을 벌었을 텐데 그 형은 미련하게 행동하다가 꽁꽁 묶여서 마력 퍼 주는 충전기로 전락해 버렸지."

하현은 입술을 깨물었다. 하지만 오리는 아랑곳하지 않고 계속
말했다.

"그렇게 감상적이니까 나이 들어서도 시위나 참가하고 그러는
거지."

"아빠는 시위에 참가하신 게 아니에요. 시위대가 끌려가는 소리
를 듣고 무슨 일인가 싶어서 보러 나왔다가 같이 붙잡힌 거예요."

"그거나 그거나. 그걸 왜 구경하냐."

"아저씨, 아빠를 구하는 걸 도와주시겠어요?"

"아니."

오리는 가볍게 잘라 말했다.

"그 시위대는 무법 지대로 끌려갔잖아. 그렇게 위험한 일을 나보
고 도와 달라고?"

"우리 아빠는 지금 무법 지대에 있는 게 아니에요. 한강 카지노
의 노예 수용시설에 있는 걸로 추정돼요."

"그럼 무법 지대에 있는 거랑 다를 게 없네. 너 거기가 어떤 곳인
지 알아?"

박솜이 말을 받았다.

"그래서 당신 도움이 필요한 거야."

"내가 어떻게 도와줘?"

"당신은 동굴요정이잖아."

153

"이봐 아저씨, 동굴요정은 신이 아니라고."

박솜은 한숨을 쉬었다.

"정말 생긴 대로 노는 친구로군. 이것 봐, 당신이나 나나 만월에게 목숨을 빚지고 있어. 나 역시 전염병에 걸렸었는데 만월이가 마력으로 치유해 줬거든."

"오, 그 형이 아저씨도 구해 줬어?"

"그래, 당신 목숨을 구해 준 것처럼 말이야. 그걸 잊으면 안 되지."

"그래서 이제 와서 빚을 갚으라는 거야?"

"네."

하현의 말에 동굴요정은 커다란 눈을 끔벅이며 할 말을 찾았다.

"만월이 형은 나를 살리면서 아무 대가를 요구하지 않았어. 나뿐만 아니라 모두에게 마찬가지였지."

"저도 아저씨한테 대가를 요구하고 싶지는 않아요. 하지만 누군가가 목숨을 살려 줬다면 그걸 갚아야죠. 우리 아빠는 평생 수많은 생명을 구했지만, 그 사람들은 대부분 아빠의 생명에 관심이 없었어요. 아저씨는 그런 쓰레기 같은 사람이 아니죠?"

"나 쓰레기 맞는데."

오리는 애써 농담을 했다. 그는 기다란 손가락으로 박솜을 가리켰다.

"저 아저씨도 나한테 그랬잖아, 쓰레기라고."

"아저씨, 은혜를 입었으면 갚아야 하는 거예요."

하현이 나지막하게 말했다.

"그것도 그냥 은혜가 아니죠. 아빠는 아저씨의 목숨을 구해 줬잖아요. 아빠가 누군가에게 마력을 줄 때마다 아빠의 키가 줄어든 거 아시죠? 마력이 한 번 빠져나갈 때마다 거인도깨비는 키만 줄어드는 게 아니라 생명력도 같이 빠져나가요. 우리 아빠는 말 그대로 자신의 생명을 깎아서 아저씨를 살렸는데, 아저씨는 우리 아빠의 생명이 위태로운 상황에서 아무것도 안 하실 건가요?"

오리는 바닥을 내려다보며 변명했다.

"아니, 근데 만월이 형이 한강 카지노에 갇혀 있다면서. 너 거기서 노예를 빼내려다 걸리면 어떻게 되는지 몰라?"

"걸린 사람도 노예가 되어 판돈으로 사용되죠."

"그걸 알면서 하겠다고?"

"잡히지 않으면 되죠. 아저씨는 동굴요정이잖아요. 아저씨, 부탁이에요. 제발 우리 아빠 좀 구해 주세요."

오리는 난처한지 커다란 까만 눈을 굴렸다. 그는 이 상황에서 빠져나가고 싶었지만 적절한 말이 생각나지 않는 모양이었다.

"아, 이거 참…."

박솜이 말했다.

"난처해 보이는군."

"그걸 말이라고 해? 지금 한강 카지노를 털게 도와 달라고 하고 있잖아."

"나도 난처해. 근데 이 아이의 말이 맞아서 어쩔 수 없어."

박솜은 씁쓸하게 웃었다.

"누군가가 자기 목숨을 쪼개서 내 목숨을 살려 줬다면 나도 그 사람 목숨을 살리기 위해 목숨을 걸어야지. 안 그러면 사람이 아니지."

"난 쓰레기야."

동굴요정은 열심히 고개를 저으며 방 안을 돌아다녔다. 쓰레기로 가득한 집 안을 떠다니듯 걸어 다니는 그의 모습은 바싹 마른 귀신 같았다.

"난 쓰레기야. 은혜 같은 거 모른다고."

"아저씨는 쓰레기가 아니에요."

하현이 목소리를 높였다.

"아저씨는 세상에 한 명밖에 없는 동굴요정이에요. 그래서 아빠가 아저씨를 살리신 거예요. 아저씨의 목숨이 귀중한 것처럼 우리 아빠의 목숨도 하나밖에 없어요. 마력은 나눌 수 있어도 목숨은 하나밖에 없다고요. 그러니까 제발 부탁드립니다."

하현은 간절히 말했다.

"우리 아빠 좀 살려 주세요."

올바른 말

만월은 몇 년 동안 일용직 노동을 하면서 살아갔다. 그동안 온 세상을 뒤집어 놓았던 전염병은 서서히 자취를 감추었다.

그사이에 아버지가 돌아가셔서 그는 어머니와 단둘이 생활을 꾸려 나가야 했다. 만월의 마력은 큰 병이나 사고로 죽어가는 생명을 구할 수는 있었지만, 한 사람에게 많아야 두세 번밖에 통하지 않았다. 숙환으로 누워 있는 아버지의 목숨을 영원히 지속시킬 수는 없었고, 아버지도 그것을 원치 않았다.

"만월아."

아버지는 돌아가시기 전에 만월의 손을 잡고 말했다.

"앞으로는 남에게 너의 생명을 주지 말거라. 부탁이다. 이제 너 자신을 위해서 살아라."

아버지가 돌아가시고 몇 달이 지났을 무렵, 그는 철호 형이 어떻게 되었는지 궁금해져서 형의 집으로 찾아갔다. 철호 형은 원래 살던 곳에 아직도 살고 있었다. 형은 만월을 보고 크게 놀라더니 그를 껴안고 눈물을 흘렸다.

"살아 있었구나. 정말 다행이다."

그는 철호 형에게 지금까지 있었던 일을 얘기했다. 철호 형은 연신 눈물을 닦으며 만월이 멀쩡하게 살아 있어 준 것을 고마워했다. 그리고 자신의 이야기를 들려주었다.

만월이 도망친 직후 연구소는 폭도들에 의해 불바다가 되었다. 철호 형은 다치기 직전에 간신히 연구소를 빠져나왔다고 한다. 그리고 지금은 황궁의 보안 부서로 옮겨 갔다고 했다.

"황궁은 아마 세상에서 가장 튼튼한 건물일 거야. 문기부장이 조종하는 친위대가 지키고 있는 데다 눈에 보이지 않는 강력한 방어막이 황궁 전체를 감싸고 있어. 난 그 방어막을 관리하는 부서에서 일하고 있지. 거기다 소문에 따르면 황궁의 지하에는 용이 살고 있다고 하더구나. 황궁이 침공을 받았을 때 마지막 방어 수단으로 쓰는 최종 병기인 셈이지. 사실 용이 정말 있는지는 나도 잘 몰라."

연구소가 불타면서 연구소에 있던 만월과 다른 피험자들에 대한 모든 기록도 소실되었다. 만월은 탈출했지만 연구소에 갇혀 있던 다른 희귀한 종족 몇 명은 폭동에 휘말려 죽고 말았다. 그중에는 희영이도 있었다.

살아남은 피험자들은 많지 않았다. 그중에는 만월이 살려 준 동굴요정 오리도 있었다. 탈출에 성공한 오리는 그 후로 가끔 철호 형을 찾아왔다고 했다. 철호 형은 서랍에서 작은 쪽지를 꺼냈다.

"나중에 자기 도움이 필요하면 너한테 여기로 찾아오라며 이걸 주고 갔어."

종이에는 오리의 주소가 적혀 있었다. 오리가 가장 편안하게 여기는 장소라고 했다.

"앞으로 어떻게 할 생각이야?"

"이제 더 이상은 숨어 살지 않아도 될 것 같더라고요. 보시다시피 지금은 그냥 키가 작은 평범한 도깨비처럼 보이잖아요. 그래서 그냥 조용한 일을 하면서 조용히 살아가고 싶어요. 이발사 일을 배워 볼까 하는데, 이 근처에 싼 집이 있어서 거기서 살까 해요."

철호 형은 고개를 끄덕였다.

"그렇구나."

두 사람은 잠시 말이 없었다. 철호 형은 한참을 침묵하다가 말했다.

"만월아, 미안하다."

"미안하긴요."

"나도 공범이야."

"형이 어떻게 할 수 있었던 것도 아니잖아요."

"아니야, 나도 공범이야."

두 사람은 한참 동안 아무 말도 하지 않았다. 만월은 철호 형에게 원망도, 용서도 하지 않았다. 그들은 그저 오랫동안 말없이 앉아 있었다.

만월은 과거의 조각들을 시간이 날 때마다 하나씩 찾아내서 맞추기 시작했다. 그중에서도 가장 궁금했던 건 선희의 소식이었다. 만월은 선희의 행방을 수소문했다. 선희를 찾는 건 어렵지 않았다. 선희는 가까운 도시로 이사를 가서 그곳에서 직장을 다니고 있었다. 만월은 선희를 다시 만날 수 있다는 사실에 마음이 설렜다. 그는 드디어 오랫동안 꿈꿔 왔던 '평범한 사람'이 되어 선희를 만나게 된 것이다.

선희는 만월이 연락을 하자 깜짝 놀랐다.

"만월아! 정말 너야? 너 살아 있었구나!"

다시 만난 선희는 여전히 눈부시게 예뻤다. 그리고 만월의 눈에는 기억 속에 있던 옛날의 그 귀여운 소녀의 모습이 아직도 남아 있는 것 같았다. 선희는 자신보다 작아진 만월을 보고 놀라서 말을 잇지 못했다. 만월은 선희에게 지금까지 자신이 겪었던 일들을 모두 털어놓았다. 얘기를 듣는 내내 선희는 눈물을 쏟았다.

"너 어렸을 때 내가 했던 말 기억나?"

선희가 말했다.

"앞으로는 내가 너를 지켜 주겠다고 했잖아."

"뭐야, 그 말을 아직도 기억하고 있는 거야?"

만월은 웃다가 눈물을 흘릴 뻔했다. 어쩌면 눈물을 감추려고 웃는 척했던 것인지도 몰랐다.

"진심이었으니까. 우린 제일 친한 친구였잖아."

"너도 참."

"그런데 중학생이 된 후 네가 어느 날 갑자기 사라지는 바람에 그때는 참 마음이 아팠어. 네가 황립연구소로 갔다는 소식을 듣고 그저 잘 지내길 바랄 수밖에 없었지. 그런데 네가 그곳에서 그런 일들을 겪었을 줄이야."

선희가 그렇게 말하자 만월은 홀가분한 느낌이 들었다. 차라리 다행이라는 생각도 들었다. 그 모든 일을 겪은 끝에 평범한 사람이 되어 선희를 만날 수 있게 되었으니까. 그들은 한참 동안 이야기를 나눴다. 선희는 대학을 나와서 작은 회사에 다니고 있었다. 만월이 바라던 평범한 사람의 삶이었다. 선희는 전염병이 온 세상을 휩쓸었을 때도 용케 병을 피해 갈 수 있었다. 만월은 그 사실에 감사했다.

"참, 내가 올해 결혼하거든. 너도 결혼식에 와 줄 거지?"

"응?"

선희는 행복한 미소를 지었다.

"직장에서 만난 사람이야. 결혼 전에 너한테도 한번 소개시켜 주고 싶어. 참 좋은 사람이거든. 너처럼."

선희의 말에 만월은 아무 말도 하지 못했다. 그는 무슨 말을 해야 할지 한참을 고민했지만, 말이 나오지 않았다. 결국 그는 그가 해야 할 올바른 말을 할 수밖에 없었다.

"잘됐다. 축하해."

그는 진심으로 말했다.

"당연히 가야지. 소중한 친구의 결혼식인데."

카지노

한강 한복판에는 세계에서 가장 사치스러운 카지노가 있었다. 물 위에 떠 있는 이 높은 건물에는 내외국인이 모두 이용하는 여러 가지 도박 시설이 있었는데, 그중에서도 가장 유명한 것은 역시 VIP들만이 입장할 수 있는 꼭대기 층의 노예 도박이었다.

"야, 여기는 진짜 올 때마다 장난이 아니라니까."

오리가 말했다. 그는 검은색 옷과 모자로 온몸을 휘감은 채 무알코올 칵테일을 홀짝이고 있었다.

"한탕 벌어서 이런 곳에서 살아야 하는 건데 말이지."

그들은 한강변의 고층 빌딩에 있는 고급 바에 앉아 있었다. 그들의 발밑으로는 한강 카지노 주변에 형성된 유흥가의 야경이 번쩍이고 있었다. 세상에서 가장 사치스러운 카지노를 둘러싸고 수많은 술집과 클럽과 호텔과 집창촌이 모여 있었다. 그들의 눈앞에서 놀이동산의 대관람차가 천천히 돌아가고 있었다.

"내가 당신 같은 능력으로 범죄를 저지른다면 제일 먼저 카지노부터 떠올렸을 텐데. 아니면 은행을 털든가."

박솜은 시민견에게 잘 어울리는 고급 양복을 입고 있었다. 잘 빠진 스리피스 슈트를 입고 검은색 나비넥타이를 맨 위풍당당한 모습의 새하얀 포메라니안은 참으로 볼만했다.

"아저씨는 배포가 존나게 큰 것 같은데, 난 그렇지 않수. 난 어렸을 때부터 연구소에서 자랐어. 주사기와 각종 기계장치에 둘러싸여서 평생을 보냈다고. 만에 하나 내 존재가 알려진다면 나는 다시 붙잡혀서 얘네 아빠처럼 꽁꽁 묶인 채로 평생 생체실험을 당하다가 죽을걸?"

오리는 앞에 앉은 하현을 가리키며 말했다.

"차라리 그렇게 죽으면 다행이지. 과학자들은 나를 오랫동안 연구하기 위해 마음대로 죽지도 못하게 할 거야."

"그래서 그렇게 좀도둑질이나 하면서 평생을 쓰레기장에서 사셨구만."

박솜이 빈정거렸다.

"들키지 않고 살려면 최대한 조용히 살아야지. 어쩔 수 없잖아. 하현아, 만약 네가 동굴요정이라면 뭘 하고 싶냐?"

"아빠를 구하고 싶어요."

"정말 재미없는 녀석이네. 이봐, 넌 보면 볼수록 도무지 꼬맹이 같지가 않아. 내가 네 나이 때는 백화점에서 비싼 과자를 잔뜩 훔쳐 먹으면서 즐겁게 살았어. 사람이 낭만이 있어야지."

"낭만 같은 소리 하고 있네. 그건 범죄야."

박솜이 대꾸했다.

"너네도 범죄자 아냐? 따지고 보면 난 좀도둑에 불과하지만 너희는 초대형 범죄자잖아. 지금 너희가 날 가지고 하려는 것도 엄청난 범죄지."

"우린 아빠를 구하려는 거잖아요."

"나도 평생을 나 자신을 구하기 위해 살아왔어."

오리는 파랗고 긴 혀로 가느다란 입술에 묻은 술을 핥았다. 하현이 물었다.

"근데 아저씨의 그 능력은 혹시 시간제한 같은 게 있는 거예요?"

"무슨 뜻이야?"

"투명해지는 거 말이에요."

동굴요정은 몸이 투명해지는 능력을 가진 유일한 종족이었다. 어쩌면 오리가 지구상의 마지막 동굴요정일 수도 있으니 그는 현 시점에서 이 세상의 유일한 투명 능력자라고 봐도 무방했다. 신은 동굴요정에게 추악한 외모와 그것을 숨길 수 있는 재주를 동시에 준 것이다.

"그러니까 몸이 투명해질 수 있는 시간의 제한 같은 게 있냐는 거죠."

"전혀. 난 내가 원하는 만큼 얼마든지 오랫동안 투명하거나 불투명한 상태를 유지할 수 있어. 그래서 난 하루 종일 투명한 상태일 때도 많지. 집 밖으로 나올 때는 무조건 투명해지니까."

"도대체 그런 엄청난 능력을 갖고 있으면서 왜 여태까지 좀도둑질이나 하면서 산 거야?"

박솜이 물었다.

"말했잖아. 혹시라도 붙잡히면 다시 평생을 실험실에 갇혀 지낼까 봐 무서워서 사린 거라고. 그래서 여태까지 큰 사고는 치지 않았던 거야. 이 세상에 투명 능력을 쓰고 싶은 건 너희 둘이 전부가 아니야. 내 정체가 드러나는 순간 온 세상 사람들이 나한테 달려들걸? 솔직히 지금도 무서워 죽겠다고. 그나마 만월이 형이라서 돕는 거지."

"저도 많이 무서워요. 하지만 아저씨는 잘하실 거예요. 연습한 대로만 하면 잘되겠죠."

오리를 설득해서 박솜의 가게로 데려온 후, 그들은 곧장 만월을 구할 방법을 의논하기 시작했다. 그들은 처음에 카지노의 노예 수용시설에 오리가 잠입해서 만월을 구해 내는 방법을 검토했다.

"나보고 그 건물에 들어가라고?"

오리가 말했다.

"거긴 강철 군대가 지키고 있잖아."

"강철 군인도 투명해진 동굴요정은 못 보지 않나요?"

하현이 물었다.

"그렇긴 하지. 젠장, 그래도 남의 일이라고 쉽게 말하네. 그리고 이 방식에는 큰 문제점이 있어."

오리가 잘라 말했다.

"내가 그곳에 몰래 들어갈 수는 있겠지. 강철 군인이나 CCTV에 들키지 않고 말이야. 하지만 문제는 내가 들어갈 수는 있어도 만월 이 형을 데리고 나올 수가 없다는 거야."

그랬다. 바로 그것이 가장 큰 문제였다.

"안 그래? 내가 들어가서 만월이 형을 발견했다 치자. 그럼 어떻 게 데리고 나올 건데? 만월이 형은 동굴요정이 아니잖아."

박솜이 고개를 끄덕였다.

"그렇긴 하지. 내가 조사해 봤는데, 그 건물은 온통 감시 카메 라투성이더군. 감방 내부와 화장실을 포함한 건물의 모든 공간에 CCTV가 설치되어 있어서 노예들을 24시간 감시한대. 그야말로 사 각지대가 아예 없는 셈이지."

"맙소사, 그건 완전 인권침해잖아."

오리가 혀를 내둘렀다. 하현도 불쾌해졌다.

"우리 아빠가 지금 그런 곳에 갇혀 있는 거예요?"

"노예 수용시설이니까. 노예는 인권이 없잖아. 그러니까 빨리 구 해야지."

"진짜 엿같네. 좋아요, 그럼 일단 오리 아저씨가 아빠에게 접근은 할 수 있지만, 문제는 앞서 말한 대로 아빠가 빠져나올 수가 없다는 거군요."

"내가 접근할 수 있다는 것도 확실하진 않아. 만월이 형이 그 건물 안 어디에 갇혀 있는지도 모르고, 건물의 구조도 잘 모르잖아. 자세한 건 건물의 구조를 제대로 알아야 가능할 텐데. 포메라니안 아저씨, 혹시 수용시설의 도면을 구할 수는 없나?"

하현이 물었다.

"그걸 어떻게 구하죠?"

박솜이 손을 흔들었다.

"자, 다들 들어 봐. 우리 복잡하게 생각하지 말자고. 더 확실하고 안전한 방법이 있잖아."

하현은 박솜과 눈이 마주쳤다. 그들은 같은 생각을 하고 있었다.

"어떤 방법인데?"

오리가 물었다.

"설마 기은성과 카지노에서 노예 도박을 하는 거?"

"그렇지. 그리고 이 녀석이 기은성의 카드를 훔쳐보는 거지."

"이런, 이런."

오리가 감탄했다.

"이런 사기꾼들을 봤나."

"어때, 마음에 드나?"

오리의 커다란 눈이 빛났다.

"정말 멋진 생각이야."

그렇게 해서 일은 빠르게 진행되었다. 박솜이 알아낸 바에 따르면 기은성이 가장 좋아하는 게임은 세븐 포커였다. 그는 유중진의 말대로 주말마다 한강 카지노에 가서 세븐 포커를 한다고 했다. 하현은 그 말을 듣고 기은성의 패를 모스 부호처럼 전달하는 방식을 제안했다. 그래서 오리가 기은성의 카드를 훔쳐본 뒤 하현에게 재빨리 다가와 미리 약속한 부호로 어깨를 두드려서 카드의 무늬와 숫자를 전달하는 것이었다.

하현은 카드의 무늬 네 개와 숫자 열세 개를 손가락으로 두드려서 최대한 빨리 전달할 수 있는 방식을 고안해 부호를 만들었다. 왼쪽 어깨와 오른쪽 어깨, 그리고 등을 모두 한 번씩 건드림으로써 부호를 두드리는 시간을 최소화하는 것이었다. 그런 다음 하현과 오리는 그날부터 하루 종일 하현이 만든 부호를 암기하고 전달하는 연습을 했다. 오리가 카드 네 벌의 기호와 숫자를 보고 하현의 어깨와 등을 두드리면 하현이 그걸 맞히는 식이었다. 오리는 생각보다 빨리 부호를 외웠다. 그들은 완벽해질 때까지 연습을 반복했다. 하현은 연습을 하면서 오리에게 최대한 조용히 걸어 달라고 부탁했다. 오리에게 그것은 어렵지 않았다. 동굴요정은 가벼운 몸을 아주 조용하고 민첩하게 움직일 수 있었다. 하현이 보기에 동굴요정은 스파이나 암살자가 되기 위해 만들어진 존재 같았다. 오리가 투명해진 상태로 움직이면 그가 방 안에 있다는 걸 알면서도 어깨를 건드리기 전까지는 오리의 인기척이 전혀 느껴지지 않았다.

하현과 오리가 가게 안에서 카드 부호를 연습하는 동안 박솜은 기은성에게 접근하기 위한 준비를 했다. 박솜은 우선 카지노의 VIP가 되어 꼭대기 층의 게임에 참가하기 위해 아버지에게 물려받은 막대한 재산을 사용했다. 한강 카지노에서 VIP가 되기 위해서는 카지노에서 엄청난 돈을 써야 했다. 박솜은 일주일 내내 카지노에 가서 일부러 도박에 많은 돈을 탕진했다. 그런 다음 노예 도박에서 판돈으로 쓰기 위해 노예 매매 회사에서 200명이나 되는 노예들을 샀다. 그는 여기에도 엄청난 돈을 지불했다. 박솜이 산 노예들은 도깨비와 숲요정, 인간 같은 흔한 종족들이 대부분이었지만 희귀한 종족인 흑요정과 백요정도 각각 20명씩 포함되어 있었다. 박솜은 그 노예들을 카지노 옆에 있는 노예 수용시설에 집어넣고 그들의 정보를 자신의 계정에 등록했다. 이제 그 노예들은 박솜이 원할 때마다 판돈으로 걸 수 있는 칩이 된 셈이었다.

세 사람은 주말이 오기 전까지 준비를 마쳤다. 작전 당일인 오늘, 그들은 지금 호텔 바에서 카지노를 내려다보며 한잔하는 중이었다. 하현은 콜라를 마시면서 창문에 비친 자신의 모습을 살펴봤다. 그는 흰색 셔츠에 박솜만큼 잘 빠진 검은 슈트를 입고 있었다. 그렇게 입으니 대학생 정도의 나이로 보였다. 그의 오늘 역할은 예의 바른 비서였다. 그는 자신이 최대한 비서처럼 보이길 바랐다.

"내가 고용한 심부름꾼이 기은성이 나타나면 알려 주기로 했어."

박솜이 말했다.

"기은성이 카지노에 들어가면 우리도 곧바로 따라 들어가자고."

"도박에서 노예를 따면 이곳에서 바로 데려갈 수 있는 거죠?"

"맞아, 게임에서 노예를 따는 즉시 노예들의 소유권을 갖게 되는 거야. 하지만 우리가 딴 노예를 전부 데려갈 필요는 없지. 기은성한테서 최대한 많은 노예를 딴 다음에 저 건물로 가서 우리가 얻은 노예들을 그 자리에서 바로 해방시켜 주자. 우린 너희 아빠만 데려가면 되는 거니까."

박솜이 노예 수용시설을 가리키며 말했다. 화려한 아라베스크풍의 카지노 건물과 그 옆에 있는 회색의 정육면체인 수용시설은 극단적으로 대비되었다.

"잘하면 아빠뿐만 아니라 많은 사람들을 해방시킬 수 있겠네요."

오리가 술을 홀짝이며 말했다.

"링컨이 된 기분이군."

하현은 수용시설을 보며 생각에 잠겼다. 저 커다란 회색 상자 안에 아빠가 있을 것이다. 그는 어린 시절에 읽었던 『어린 왕자』가 떠올랐다. 사막에 조난당한 비행사는 양을 그려 달라고 조르는 어린 왕자가 짜증 나서 상자를 그려 줬다. 그리고 왕자가 원하는 건 상자 안에 들어 있다고 말했다. 여기서 보니 저 건물도 하현이 원하는 걸 담고 있는 콘크리트 상자 같았다.

어린 왕자는 마음의 눈으로 보면 상자 안에 있는 양이 보인다고 했던 것 같다. 잘 기억은 안 나지만 대충 그런 내용이었던 것 같다.

하지만 하현의 눈에는 그저 회색 상자만 보일 뿐이었다.

박솜의 휴대폰이 진동했다. 그는 문자를 확인하더니 말했다.

"기은성이 카지노에 도착했대. 우리도 출발하자."

그들은 바에서 일어나 호텔 방으로 향했다. 오리는 객실에 들어가 옷을 모두 벗은 다음 알몸이 된 상태에서 투명하게 변했다. 하현은 그 모습을 이미 여러 번 봤지만 다시 봐도 신기했다. 오리는 마치 스위치를 눌러 불을 끈 것처럼 순식간에 몸이 사라졌다.

"빌어먹을, 하필 겨울이라서 추운데 다 벗고 밖으로 나가야 하잖아."

허공에서 오리가 투덜대는 목소리가 들렸다.

"호텔에서 카지노까지 가깝잖아. 좀만 참아."

박솜이 말했다.

"자, 출발하자고."

그들은 다시 호텔 객실을 나왔다. 호텔 복도의 CCTV에는 하현과 박솜만이 포착될 뿐이었다. 하현과 박솜, 그리고 투명한 오리는 호텔 엘리베이터를 타고 1층 로비로 내려왔다.

박솜의 말대로 카지노는 호텔에서 멀지 않은 곳에 있었다. 그들은 수상 카지노로 연결된 다리를 건너 문 안으로 들어갔다. 입구를 들어서자마자 휘황찬란한 빛이 쏟아졌다. 거대한 카지노 내부는 사방이 온통 붉은색 벽이었다. 천장에 매달린 샹들리에들도 붉은색이었으며 그 아래에 놓인 수많은 테이블마다 게임이 벌어지고 있었다. 세 사람은 테이블을 지나 안쪽에 있는 환전소로 갔다. 박솜은 그곳에서 스마트폰 어플로 본인 확인을 한 후 자기 계정에 등록된 노예들에 해당하는 칩을 받았다.

그들은 여러 가지 색깔의 칩으로 가득 찬 작은 상자를 들고 엘리베이터에 탔다. 꼭대기 층을 누르자 투명한 엘리베이터 벽 밖에서 한강의 수면이 점점 멀어졌다. 그들이 하늘로 올라갈수록 긴장도 점점 커져 갔다.

"오리 아저씨."

"왜?"

"지금 떨고 있죠?"

"어떻게 알았어?"

"아저씨가 떠는 게 느껴져요."

"미안, 너무 바짝 붙었나?"

"그건 상관없어요. 다만 작전 중에는 이렇게 떨면 안 돼요."

"알았어."

오리가 떨리는 목소리로 말했다.

"떨지 말고 최대한 침착하게 하자고. 그리고 오리 당신, 기은성의 몸에 닿지 않게 조심해. 카드를 훔쳐보다가 기은성을 건드리면 모든 게 끝장이야."

박솜이 강조했다.

"알겠어, 알겠어, 알겠어."

오리는 긴장을 풀려고 크게 심호흡을 했다. 하현도 긴장해서 식은땀을 흘렸다. 강남에서 유중진의 군대와 한판 붙기 직전보다 지금이 더 떨렸다.

엘리베이터가 최상층에 도착하고 문이 열렸다. 화려한 붉은 복도 끝에 노예 도박실 입구가 보였다. 그들이 입구로 다가가자 건장한 도깨비 경호원이 그들을 가로막았다. 키가 2미터가 넘는 거구라서 하현은 그도 거인도깨비가 아닐까 하는 생각이 들었다.

"입장권을 갖고 계신가요?"

박솜이 입장권을 내밀며 말했다.

"우린 일행이오."

경호원은 입장권을 확인하더니 그들을 안으로 들여보내 줬다.

내부에는 테이블이 그리 많지 않았다. 넓은 방 안에는 은은한 음악이 흐르고 있었고 테이블에서 좀 떨어진 곳에는 작은 바가 있었다. 방 안에서는 열 명 정도 되는 사람들이 게임에 열중하고 있었다. 도깨비 두 사람을 제외하고는 모두 인간이었다. 기은성은 그중 한가운데에 있는 널찍한 테이블에 앉아 세 사람과 게임을 하고 있었다. 셋 다 외국인이었다. 하현과 박솜, 그리고 투명한 오리는 바에 가서 앉았다. 박솜이 옆에 있는 웨이터를 불러 뭐라 말하자 웨이터가 기은성에게 가서 그의 말을 전했다.

포커에 열중하던 기은성은 웨이터의 말에 고개를 들어 그들을 쳐다봤다. 그의 얼굴에 의아한 표정이 스쳤다. 잠시 후 웨이터가 하현 일행에게 와서 기은성의 말을 전했다.

"알겠으니 이번 판이 끝날 때까지만 기다리시라고 합니다."

하현은 먼 곳에서 기은성을 살펴봤다. 그는 훤칠하고 피부가 창백한 잘생긴 남자였다. 나이는 사십 대 중반 정도로 보였고, 적당히 달라붙는 검은 슈트로 드러나는 몸매는 말랐지만 덩치가 크고 단단해 보였다.

"저 사람이 황제의 오촌이라 그랬죠? 황제랑 꽤 닮았네요."

하현이 속삭였다.

"나도 그렇게 생각해. 우리가 사진으로 보는 황제의 얼굴이 진짜라면 말이야."

박솜이 말했다.

기은성이 하던 게임은 빠르게 끝났다. 기다리고 있던 하현과 박솜은 그쪽으로 다가갔다. 기은성은 자리에 앉은 채로 그들을 맞았다.

"나랑 단둘이 게임을 하고 싶다고요?"

기은성의 목소리는 창백한 얼굴만큼이나 날카로웠다. 박솜이 대답했다.

"그렇습니다. 대표님에 대한 얘기를 많이 들었습니다. 고등급 노예들을 많이 갖고 계신다고요."

"나야 많이 가지고 있고, 많이 팔기도 하죠."

"저희도 괜찮은 노예들을 좀 갖고 있어서 그러는데, 저희랑 단둘이 게임을 하는 영광을 주시겠습니까?"

"뭘 갖고 있소?"

"흑요정과 백요정을 각각 오백 명씩 가지고 있습니다."

기은성이 눈썹을 치켜떴다.

"천 명이나? 도대체 어디서 그렇게 많이 구한 거요?"

물론 거짓말이었다. 하지만 박솜은 눈 하나 깜짝하지 않고 술술 늘어놓았다.

"저희 숙부님께서 물려주신 겁니다. 그분이 평생을 모으신 건데, 숙부님께서는 그들을 '바둑알'이라고 부르셨지요."

"그 정도면 도박에 쓰지 않고 파는 게 나을 것 같은데."

"저희는 노예 매매가 주 업무가 아니라서요. 차라리 게임으로 즐기는 게 나을 것 같았지요. 하지만 그래도 재산인데 아무하고나 게임을 하면서 날리고 싶지는 않았습니다. 그래서 대표님과 단둘이 게임을 즐겼으면 합니다만."

박솜은 자랑을 하면서 자연스럽게 상대를 띄워 주었다. 기은성은 박솜을 빤히 쳐다봤다. 하현은 그가 박솜을 의심하는 게 아닌가 하고 긴장했다.

"포커를 잘하시오?"

"저는 잘 못합니다만 대신 제 비서가 세븐 포커를 꽤나 치거든요. 그래서 대표님께서 이 친구를 이기실 수 있을지 궁금해서 게임을 제안해 봤습니다."

박솜은 옆에 선 하현의 허리를 가볍게 두드렸다. 기은성은 하현에게 시선을 옮겼다. 하현은 얼른 무표정하고 예의 바른 표정을 지었다. 지금이야말로 포커페이스가 필요한 때였다.

"어린 친구 같은데. 자네 몇 살이지?"

"스무 살입니다."

"대학생인가?"

"예."

하현이 깍듯하게 대답했다.

"포커를 잘하나?"

"예."

"오, 그래?"

박솜이 옆에서 거들었다.

"실력이 상당합니다. 이 친구라면 대표님과 겨룰 수 있지 않을까 해서 데리고 왔습니다."

기은성은 하현을 위아래로 훑어보았다. 그 모습이 토끼를 어디부터 잡아먹을까 재는 늑대 같았다.

"좋아, 한번 해보지."

그들은 자리에서 일어나 안쪽에 있는 특실로 들어갔다. 그곳은 지인들끼리 조용히 게임을 할 수 있게 꾸며진 고급스러운 방이었다. 방 안에는 마호가니와 상아로 만들어진 게임 테이블 하나가 놓여 있었다. 방 안에 있던 인간 딜러가 그들을 맞았다.

하현과 박솜이 한쪽 자리에 붙어 앉자 기은성도 그들의 맞은편에 앉았다. 기은성이 물었다.

"어떤 일을 하시오?"

"친척들이 하시는 사업을 도와드리고 있습니다."

"친척들은 무슨 일을 하시오?"

"해외에서 노예 매매를 주로 하십니다."

"흑백요정을 천 명이나 갖고 있는 회사라면 우리 회사와도 거래를 했을 텐데."

박솜은 가볍게 웃어 보였다.

"양지에서 일하는 분들은 아닙니다."

기은성은 그 말에 그리 개의치 않는 것 같았다.

"하긴 나도 사업을 하면서 다양한 사람들을 만났소. 이해합니다."

보이지 않는 누군가가 하현의 어깨를 한 번 꽉 잡았다 놓았다. 오리가 하현에게 격려를 하는 것이었다. 하현은 살짝 고개를 끄덕였다.

게임이 시작되었다. 게임의 방식은 한국식 룰의 세븐 포커였다. 하현은 딜러의 말에 따라 앤티로 고등급 노예 한 명을 걸었다. 기은성도 칩을 던졌다. 그러자 딜러가 기계를 이용해 카드를 섞더니 그들에게 네 장씩 나눠 줬다. 기은성이 네 장의 카드 중 한 장을 버리자 3초 후 오리가 하현의 어깨를 두드렸다.

자신이 가지고 있는 흑백요정이 40명밖에 되지 않았기 때문에 하현은 처음부터 강하게 나가기로 했다. 그는 조금씩 판돈을 올리다가 마지막 카드에서 자신이 우위를 보이자 한 번에 고등급 노예 20명을 베팅했다. 기은성이 그걸 받자 그들은 카드를 뒤집었다. 하현의 승리였다. 하현은 단번에 80명이 넘는 노예를 땄다.

게임은 계속 진행되었다. 하현은 약한 판에서는 조금씩 져 줬지만 큰 판에서는 반드시 이겼다. 기은성은 완전히 하현의 손안에 있었다. 오리는 한 번도 실수하지 않았고 하현 역시 한 번도 실수하지 않았다. 하현이 보기에 기은성은 뛰어난 게이머였다. 그가 블러핑으로 자신을 흔들 때마다 하현은 기은성의 실력에 감탄했다. 하현은 오리가 없었다면 자신은 기은성에게 상대도 되지 않았을 거라고 생각했다. 하지만 기은성에게는 안타깝게도 이쪽에는 투명한 조력자가 있었고 일대일 포커에서 오리의 존재는 신이나 다름없었다. 오리는 수십 시간의 연습으로 다진 실력으로 부호를 완벽히 전달했으며 움직일 때 발소리는 물론 숨소리조차 내지 않았다. 게다가 원래 동굴 속에서 사는 동굴요정 종족은 눈이 크고 시력이 매우 좋았기 때문에, 기은성이 카드의 윗부분만 살짝 들어서 확인할 때도 오리는 기은성의 어깨너머에서 카드의 작은 기호와 숫자를 놓치지 않았다.

두 시간 동안 게임을 하고 나자 하현 앞에는 어느새 칩이 수북하게 쌓였다. 고등급 노예에 해당하는 칩과 저등급 노예의 칩이 섞여 있었다. 천사나 흑요정과 백요정 등은 고등급 노예로 분류되었고 도깨비와 숲요정 등은 저등급 노예였다. 어쩌면 이 칩들 중 하나가 아빠일지도 모른다. 하현은 쌓여 있는 칩을 보면서 그런 생각을 하다가 감상에 빠지지 않으려고 노력했다.

게임이 지속되면서 기은성의 창백한 얼굴은 여전히 냉정함을 유지하고 있었지만 그의 눈동자는 점점 분노와 신경질로 물들었다. 기은성은 게임을 하다가 술을 주문했다. 그는 술을 크게 한입 들이키더니 술잔을 테이블 위에 내려놓았다.

"자네 정말 실력이 대단한데. 혹시 직업이 포커 게이머인가?"

하현은 예의 바르게 대답했다.

"저는 비서입니다. 포커는 그냥 취미로 할 뿐입니다."

"근데 너무 잘하는데?"

"감사합니다."

"고향이 어디지? 서울 사람인가?"

"네."

"대학생이라고 했지? 무슨 대학을 다니나?"

하현은 잠깐 고민하다가 대답했다.

"변변치 않은 대학입니다."

오리가 그의 어깨와 등을 두드렸다. 그는 말을 하면서도 그 감각에 집중했다.

"전공이 뭔가?"

하현은 이번에도 잠깐 고민하다가 대답했다.

"철학과입니다."

"철학과라! 이거 신기하군. 내 딸도 철학과를 다니는데 말이야."

박솜은 옆에서 술을 마시는 척하면서 그들의 대화를 지켜보고 있었다.

"그 녀석은 대학에 들어가고 머리가 굵어지더니 불순분자스러운 말을 자주 하더군. 노예제나 제정이 잘못되었다느니 뭐라느니, 하여간 요즘 젊은 것들은 참."

기은성은 크게 한숨을 쉬며 판돈을 올렸다. 하현도 거기에 맞춰 베팅을 했다.

"세상이 점점 거지같이 변하고 있소. 안 그래도 다음 주에 황궁 앞에서 열린다는 대규모 시위 때문에 황실에서도 신경이 쓰이나 보더군. 시위는 나날이 늘어 가고 불순분자도 나날이 늘어 가고 있지. 옛날이 좋았는데 말이야."

"그러게 말입니다."

박솜이 맞장구쳤다.

"좀 더 평화로운 시절이 있었죠."

"젊은이, 자네는 어떻게 생각하나?"

기은성이 물었다.

"노예제나 제정에 대해 어떻게 생각해?"

하현은 말을 하려다 멈칫했다. 오리가 방금 뭐라고 했더라? 기은성과 대화를 하다가 그만 오리가 전달한 신호를 잊어버리고 말았다. 하현은 머릿속이 하얘졌다. 부호가 기억나지 않았다. 기은성의 히든 카드가 스페이드 두 장이라는 것까지는 기억났지만 그중 한 장의 숫자가 기억나지 않았다. 하현은 오리에게 다시 알려 달라는 뜻으로 작게 헛기침을 했다. 하지만 오리는 그 신호의 의미를 이해하지 못했는지 아무 반응이 없었다.

"어때? 어떻게 생각해?"

이렇게 말하며 기은성은 고등급 노예 30명과 저등급 100명을 베팅했다. 하현은 불안해졌다. 이번 판에는 너무 많은 판돈이 걸려 있었다. 기은성이 처음부터 지나치게 많은 판돈을 걸었는데 자신이 그걸 받은 게 화근이었다. 그는 자신이 지금까지 딴 모든 칩의 절반을 걸었는데 앞으로 받을 카드는 한 장이 더 남아 있었다. 하지만 기은성은 거침없이 130명을 더 베팅한 것이다. 하현은 식은땀을 흘렸다. 그는 다시 헛기침을 했다.

"음, 저는 그러니까…."

오리는 아무 반응이 없었다.

'어떡하지? 여기서 빼야 하나?'

하지만 빼기에는 이미 너무 많은 판돈이 걸려 있었다. 차라리 여기서 다이를 하고 다시 천천히 벌어 볼까? 그런데 만약 이번 판이 끝나자마자 기은성이 자리를 뜬다면?

하현은 망설이다가 자신도 130명의 노예를 베팅했다.

"저는 무엇보다도 만인의 아버지, 황제 폐하에 대한 충성이 이 나라 국민으로서 가져야 할 가장 중요한 덕목이라고 생각합니다. 노예제 역시 그 연장선상에 있다고 봅니다. 각자의 계급에 대한 충실함이 곧 황제 폐하에 대한 충성심이라고 생각합니다."

그가 그렇게 말을 하는 동안 딜러가 마지막 카드를 양측에 나눠 주었다. 기은성이 만족스럽다는 표정을 지었다.

"아주 건강한 생각을 가진 젊은이로군. 포커만 잘하는 게 아니었어. 이거 똑같이 철학과 다니는데 우리 딸이랑 너무 대비되는데."

오리가 그의 어깨를 다시 두드렸다. 하지만 이것은 새로 받은 마지막 카드의 부호였을 뿐 하현이 잊은 앞선 카드는 아니었다.

"사람은 나름대로 확고한 철학을 갖고 살아야 해. 세상을 올바로 보는 제대로 된 철학이 있어야 인생을 제대로 살 수 있는 거 아니겠나. 난 그래서 내 딸이 인기가 없는 철학과에 지원하겠다고 했을 때도 존중했네. 그런데 요즘 보면 참 걱정이란 말이지. 고등급 백명 베팅하겠네."

기은성은 가장 큰 칩을 한 움큼 집어 앞에 올려놓았다. 바로 그 순간 하현은 정신이 확 들었다. 그는 믿을 수 없다는 눈으로 기은성을 쳐다봤다. 기은성은 인생철학을 논하는 한가로운 태도였다. 하지만 그의 눈빛에서 보이는 것은 교활한 냉정함뿐이었다. 그 순간 하현은 기은성이 자신의 방심을 유도하기 위해서 이 대화를 꺼냈다는 걸 깨달았다. 테이블 위에는 칩이 수북이 쌓여 있었다. 기은성의 베팅을 받는다면 자기가 가진 거의 모든 칩을 다 걸어야 했다. 그리고 여기서 뺀다 해도 그는 지금까지 딴 모든 칩의 절반이넘는 양을 잃게 된다. 그는 자신이 기억하지 못하는 카드 한 장을 떠올리기 위해 애썼다. 하지만 소용이 없었다. 하현은 얼굴에 핏기가 가셨다. 여기서 물러나야 하나? 그래, 물러나는 게 현명하겠지. 그는 자신이 가진 패를 들춰 보았다. 다이아몬드 투 페어. 별 볼일 없는 패였다. 그는 기은성이 과연 자신보다 더 좋은 패를 가지고 있는 것인지, 아니면 이번에도 블러핑일지 종잡을 수가 없었다.

"한 번만 더 말해 주면 좋을 텐데."

그는 무심코 큰 소리로 중얼거렸다.

"뭐라고?"

기은성이 물었다.

"한 번만 더…. 아, 죄송합니다."

그는 생각에 잠겨 있다가 깨어난 것처럼 말했다.

"대표님께서 따님에게 황제 폐하와 계급제의 필요성에 대해서 찬찬히 말씀해 주신다면 따님도 그 중요성에 대해서 다시 한번 생각하지 않을까 하는 생각을 해 봤습니다. 주제넘게 참견해서 죄송합니다."

"아닐세, 충분히 그럴 수 있지. 다만 그 녀석은 내 말을 너무 안

들어. 어렸을 때부터 그랬어."

이렇게 말했는데도 못 알아듣는단 말이야? 그는 오리가 원망스러웠다. 그때 오리가 그의 등을 빠르게 두드리기 시작했다.

스페이드 트리플. 기은성은 하현보다 좋은 패였다. 그는 여기서 베팅을 멈추려다가 갑자기 자신도 도박을 한번 해 보고 싶어졌다.

"저도 어린 시절에는,"

그는 자신이 가진 모든 칩을 모아 앞에 쌓아 올리며 말했다.

"부모님께 민주정이 제정보다 더 좋은 게 아니냐고 여쭤본 적이 있었습니다. 하지만 부모님께서는 저에게 제정의 위대함을 설명해 주시기보다는, 우리가 살면서 겪어야 하는 혼란에 대해 가르쳐 주셨습니다."

그는 눈 하나 깜짝하지 않고 기은성을 보며 말했다.

"계급제는 그러한 혼란을 막아 주는 우리 사회의 소중한 방파제라는 것을 어느 순간 저도 깨닫게 되었습니다. 사회에는 규칙이 필요합니다. 그리고 그 규칙은 우리를 옥죄는 것이 아닌 우리를 지켜 주는 울타리라는 것을, 대표님께서 잘 말씀해 주신다면 따님도 이해하지 않을까 생각합니다. 올인."

하현 앞에는 칩이 산더미처럼 쌓여 있었다. 하현이 가진 전부였다. 기은성의 눈빛이 흔들렸다. 옆에 있는 박솜도 술잔을 꽉 쥐고 있었다. 하현은 그가 긴장을 깬답시고 실없는 소리를 해서 기은성을 부추기는 결과를 낳지 않길 빌었다.

공기 중에 말없이 팽팽한 긴장감이 흘렀다. 하현은 애써 편안한 표정을 지었다. 그는 편안한 표정을 지으려고 애쓴다는 마음마저도 먹지 않으려고 했다. 그리고 그런 마음을 먹지 않으려는 노력조차 내려놓으려고 했다. 그런 기색이 조금이라도 눈빛에 비친다면 끝장이었다.

기은성의 눈에 호기심이 어렸다. 그는 자신보다 한참 어린 하현을 골똘히 쳐다봤다. 하현도 그 눈빛을 맞받아쳤다. 하현은 기은성이 지금 자신의 눈에서 무엇을 읽어 내려고 하는 것인지 궁금했다. 불안? 긴장? 아니면 제발 덤벼 보라는 패기? 만약 기은성이 여기서 꺾지 않고 덤벼든다면 그와 박솜은 모든 걸 잃게 될 것이다. 그리고 그들이 게임을 포기한다면 박솜이 흑백요정 천 명을 갖고 있다고 한 말이 거짓말이라는 걸 기은성은 눈치챌 것이다. 그렇게 되면 기은성과 다시 게임을 할 기회는 없었다.

하현을 한동안 뚫어져라 쳐다보던 기은성의 눈빛에서 서서히 확신이 들었다.

그는 하현의 블러핑을 눈치챈 것이다.

망했다.

하현은 가슴속에서 탑이 무너지는 것 같았다. 미친 듯이 후회가 밀려왔다.

왜 쓸데없이 도박을 했지? 난 도박을 하러 온 게 아니잖아. 아빠를 구하러 온 거잖아.

안 돼, 이럴 순 없어. 이렇게 실패할 수는 없어.

모든 것을 0.1초 안에 결정해야 했다. 기은성이 칩으로 손을 뻗기 전에.

결국 그는 될 대로 되라는 식으로 내뱉었다.

"혹시 유중진이라고 아십니까?"

하현의 말에 기은성의 얼굴이 굳어졌다. 박솜도 놀라서 그를 쳐다봤다.

"최근에 그 사람이 강남에서 납치되었다고 들었거든요."

하현은 학교에서 있었던 일을 얘기하듯 가볍게 말했다.

"계급제가 혼란으로부터 우리를 지켜 주는데도 때로는 그런 일도 일어나나 싶습니다. 대표님 말씀대로 세상이 점점 거칠게 변해 가고 있어요."

"유중진을 아나?"

박솜이 얼른 대답했다.

"개인적으로 알지는 못합니다. 그냥 사업을 하다 보니 그분에 대한 얘기를 많이 접했을 뿐입니다."

"유 회장님은 어쩌다가…. 아, 죄송합니다. 계속하시죠."

하현이 대답했다.

기은성의 눈에 점점 의심이 번졌다. 하현은 계속 아무렇지도 않은 표정을 지었지만 박솜은 그게 잘 안 되는 모양이었다. 그는 겉으로는 냉정을 유지하려고 했지만 긴장이 되는지 두 귀를 연신 쫑

굿거렸다. 그 모습을 본 기은성의 눈빛에 더욱 의심이 강해졌다. 공기 중에 아까보다 더한 긴장이 흘렀다. 너무 조용해서 오리의 숨소리가 들리는 것 같다는 착각마저 들었다.

기은성이 천천히 입을 열었다.

"자네들 말이야. 누가 유중진을 납치했는지 혹시 알고 있나?"

"전혀요. 저희도 놀랐습니다. 세상에 누가 감히 유 회장님을 건드린 건지 정말…. 정말 믿을 수 없는 일입니다."

하현은 이렇게 말하며 중얼거리는 척했다.

"유 회장님에게 황제 폐하의 축복이 함께하셔야 할 텐데."

기은성의 눈은 이제 벽을 뚫을 정도로 날카롭게 빛나고 있었다. 그는 눈앞에 있는 포메라니안과 젊은 대학생을 자세히 관찰했다. 마치 눈빛으로 상대를 파내고 있는 것 같았다.

한참 그들을 응시하던 기은성이 말했다.

"다이."

하현은 긴장이 탁 풀렸다. 마치 절벽 아래로 떨어지는 것 같았다. 하지만 그는 그 안도감의 기색을 눈을 한 번 감았다 뜨면서 없애 버렸다. 딜러가 칩을 쓸어 모아서 하현 앞에 쌓았다. 기은성이 말했다.

"잠깐 휴식. 5분 후에 다시 시작하자고."

"그러시죠."

기은성이 밖으로 나가자 하현과 박솜도 방을 나섰다. 두 사람은 화장실에 들어갈 때까지 아무도 입을 열지 않았다. 화장실에 들어가서 안에 아무도 없는 걸 확인하자 박솜은 땅이 꺼져라 숨을 몰아쉬었다.

"무슨 짓이야? 왜 갑자기 유중진 얘기를 꺼낸 거야?"

"안 그랬으면 우리는 끝장날 뻔했어요."

"뭐라고?"

"기은성이 말을 거는 바람에 제가 그만 오리 아저씨의 신호를 잊어버렸어요. 그래서 제가, 제가 그러면 안 되는 거였는데, 그 상태에서 그만 칩을 더 걸어 버렸어요."

하현은 식은땀을 닦았다.

"오리 아저씨, 여기 있어요?"

"응."

그 말과 동시에 오리가 그들 앞에 모습을 드러냈다.

"너 마지막에 무슨 카드였어?"

"다이아 투 페어요."

"뭐라고!"

"조용히 해! 들킨다고."

박솜이 작은 손으로 오리의 배를 살짝 때렸다.

"아니, 그런 상황에서 왜 계속 베팅을 한 거야?"

"죄송해요. 근데 제가 무슨 정신이었는지 갑자기 도박을 하고 싶어졌어요."

"미치겠네. 그래서 네가 블러핑을 한 걸 기은성이 알아챈 거야?"

"알아챈 것 같았어요. 그래서 제가 어쩔 수 없이 기은성을 도발하는 말을 한 거예요. 더 정확히 말하면, 기은성으로 하여금 제가 그를 일부러 도발하는 것처럼 느껴지게 말한 거죠. 결국 기은성은 거기에 흔들려서 베팅을 포기한 것이고요."

"그래도 너무 위험했어. 우리가 유중진과 관련 있다는 걸 기은성이 눈치챘을지도 모르잖아."

그들은 다들 너무 떨려서 아무 말도 하지 못했다. 잠시 숨을 고르던 박솜이 말했다.

"됐어, 이만큼 했으면 됐으니까 이제 그만 가자."

"그러죠. 근데 바로 나가면 안 돼요. 지금 당장 자리를 뜨면 기은성은 더욱 의심할 거예요. 기은성이 5분 후에 돌아온다고 했으니까 적당히 좀 더 놀아 주다가 슬그머니 빠지죠. 참, 아저씨가 판돈의 절반 정도를 갖고 나가서 노예로 바꿔 주시겠어요? 많이 땄으니까 그중에 아빠가 있을지도 몰라요."

"알겠어. 그럼 너희 둘은 계속 게임을 하고 있어. 난 나가 볼게."

그들이 자리로 돌아가자 기은성이 앉아서 그들을 기다리고 있었다. 박솜이 말했다.

"저는 판돈의 일부를 갖고 나가서 미리 노예로 바꾸겠습니다."

"뭐라고? 벌써 그만두시게?"

"그건 아니고요, 저희 배 중에 지금 떠나야 하는 수송선이 있어서 거기에 미리 노예를 좀 실어 보내려고요. 자네는 계속하고 있게."

"예, 사장님."

박솜은 하현이 딴 수북한 판돈 중에서 절반 정도를 쓸어 모아서 상자에 담아 들고 밖으로 나갔다. 기은성은 왠지 못마땅한 표정으로 그 모습을 지켜보았다. 그는 그것을 '이 정도의 판돈으로도 충분히 당신을 이길 수 있다'는 뜻으로 이해한 것 같았다.

박솜이 방을 나가자 하현과 기은성, 그리고 눈에 보이지 않는 오리는 다시 게임을 계속했다. 하현은 이번에는 기은성을 아까처럼 자극하지 않기 위해 적당히 져 주면서 게임을 했다. 그는 게임을 끝낼 적절한 때를 보다가 어쩌다 보니 한참을 더 하게 되었다.

"자네는 어쩌다가 저 개 밑에서 일을 하게 되었나?"

한동안 말없이 게임을 하고 있는데 갑자기 기은성이 물었다.

"그냥 일자리를 찾다가 비서 일을 맡게 되었습니다."

"인간이 개 밑에서 일하는 게 수치스럽지 않나?"

기은성은 아무 감정이 느껴지지 않는 말투로 물었다. 하현은 최대한 신중하게 말을 골랐다.

"사장님은 저에게 잘 대해 주십니다. 전 사장님에게 늘 감사하고 있습니다."

"자네는 아까 계급이 사회의 혼란을 막아 준다고 했는데, 그런 인간이 개 밑에서 일하는 건 모순 아닌가?"

기은성은 일부러 '개'라는 단어를 반복하고 있었다. 하현은 그가 다시 말로 자신을 흔들려는 거라고 짐작했다.

"계급상 사장이 비서보다 높지요. 모순은 아니라고 생각합니다."

딜러가 다시 카드를 한 장씩 더 그들에게 주었다. 오리가 그의 어깨를 두드렸다. 하트 세븐.

하현이 칩을 올리자 기은성은 그걸 받고 칩 몇 개를 더 올렸다. 카드를 공개하자 이번 판은 기은성의 승리였다. 그는 하현의 칩을 가져갔다.

"자네는 모든 종족이 평등하다고 생각하나?"

하현은 그 말에 뭐라 대답하는 게 좋을지 몰라 가만히 있었다.

"아까 유중진 얘기가 나왔으니 말인데, 유중진은 3주 전에 양천구에서 시위대를 납치해서 나에게 공급했지."

"아, 그런가요?"

하현은 몰랐다는 듯이 반응했다.

"그 시위대가 대표님에게 들어갔던 것이군요."

"그 시위대의 대부분은 도깨비들이었지. 숲요정도 좀 섞여 있었지만. 난 그들을 전부 팔았네."

그 말에 하현의 손이 멈췄다.

팔았다고?

그 말은 지금 판돈으로 갖고 있는 게 아니라는 건가?

하현은 손이 떨렸다. 그는 그 사실을 깨닫고 멈추려고 애썼다.

"그런 시위대가 자주 하는 말은 민주정을 하자는 것과 모든 종족은 평등하다는 말이지. 난 그 말을 믿지 않아. 노예에는 등급이 있거든. 희귀하고 힘센 종족일수록 값이 많이 나가는 거야. 결코 평등하지 않지."

그 판은 빠르게 끝났다. 딜러는 다시 기계로 섞은 카드를 그들에게 한 장씩 나눠 줬다. 기은성은 카드 네 장 중 한 장을 빼서 버렸고, 곧바로 오리가 하현의 어깨를 두드렸다. 하지만 하현은 그 신호가 머릿속에 들어오지 않았다.

"시민견은 가장 값이 떨어지는 노예야. 덩치도 작고 힘도 약하니까."

"그렇지요."

하현은 고개를 끄덕이면서 최대한 관심 없다는 듯이 물었다.

"유중진 회장으로부터 받으신 노예들은 어디로 팔려 갔나요?"

"그건 왜?"

"예? 그냥, 그냥 궁금해서 그렇습니다."

기은성은 가볍게 웃었다.

"난 원래는 그놈들을 카지노에서 쓰려고 했어. 하지만 마침 그때 황실에서 달라고 하길래 모두 그쪽에 넘겼지."

"황실이요?"

"그래, 놈들은 지금 황궁 안에 있어."

하현은 자기도 모르게 눈을 찌푸렸다.

"흠, 저는 황궁에서 그렇게 많은 노예를 필요로 하는지 몰랐군요. 황궁에는 이미 노예들이 충분히 있을 줄 알았는데."

"황궁은 노예가 필요한 게 아니야. 친위대를 강화시키기 위해서 다양한 종족들에게 실험을 하고 있어."

하현은 마른침을 삼켰다. 그는 손이 다시 떨리는 걸 감추기 위해 양손을 테이블 밑으로 내렸다.

"오, 황궁 안에 그런 실험실이 있는가 보군요? 저는 몰랐습니다."

"몰랐나? 하긴 아는 사람이 많지는 않지. 하지만 이건 비밀도 아닐세. 황궁 연구소에서 쓸 재료가 필요해서 내가 유중진한테 받은 걸로 공급을 한 거라네."

기은성이 칩 몇 개를 앞에 올렸다.

"친위대가 강화가 필요한가 보군요."

"지금도 충분히 강하지만 폐하께서는 황궁의 보안을 위해 더욱 강한 군대를 원하시더군. 자네 그거 아나?"

딜러가 카드를 한 장 더 그들에게 나눠 줬다. 오리가 하현의 등을 두드렸다.

"황궁 연구소로 한번 들어가면 다시는 나오지 못해. 그게 원칙이야."

기은성은 술잔을 쥔 채 하현을 응시했다. 그의 눈빛은 왠지 모를 조소를 띠고 있었다. 하현은 등골이 서늘해졌다. 그는 테이블 밑에서 떨리는 양손을 꽉 잡았다.

"그렇군요."

하현은 애써 무표정하게 대답했다.

"아무튼 불쌍한 유중진을 어떤 놈이 건드린 건지는 모르지만, 충분한 대가를 치러야 할 텐데 말이야."

기은성은 술잔을 테이블 가장자리에 내려놓았다.

"마지막 카드 드리겠습니다."

딜러가 그들에게 카드를 한 장씩 밀어 보냈다. 카드는 우아하게 그들 앞으로 도착했다. 하현은 무기력하게 그 카드를 들춰 보는 시늉을 했다. 기운이 빠져서 더 이상 게임을 할 수가 없었다. 이 판만 하고 끝내야겠어. 하현은 속으로 중얼거렸다. 그는 더 이상 이기든 지든 관심이 없었다.

기은성도 카드를 확인했다. 그는 얼굴에 옅은 미소를 띠고 있었다.

"사실 난 자네를 처음 봤을 때….."

그때 테이블 위에 있던 술잔이 아래로 떨어졌다.

누가 건드린 게 아니었다. 술잔은 저절로 떨어졌다.

쨍그랑!

술잔이 깨지면서 술과 얼음이 사방으로 튀었다.

방 안은 순식간에 조용해졌다.

동굴요정

하현은 술잔이 바닥에 닿는 순간 어떻게 된 일인지 알아차렸다. 그리고 작전을 망쳤다는 것도 깨달았다. 오리가 하현에게 다가오다가 실수로 술잔을 건드린 것이다.

하현은 입술을 깨물었다. 다른 방법이 없었다. 그는 재빨리 눈을 휘둥그렇게 뜨고 말했다.

"저런, 괜찮으십니까?"

기은성은 아무 말 없이 바닥을 내려다보고 있었다.

하현이 말했다.

"대표님, 혹시 다치진 않으셨나요? 여기 좀 치워 주세요."

딜러가 사람을 부르려고 했다. 그러자 기은성이 한 손을 들어 제지했다.

"잠깐만. 어쩐지…. 처음부터 이상했어."

"네? 무엇이 말입니까?"

하현은 말을 하면서 방 안을 곁눈질했지만 그래 봤자 투명한 오리가 지금 어느 위치에 있는지 알 수 없었다. 오리는 자신의 실수에 겁을 집어먹고 얼음처럼 굳어 있을 것이다.

"아까부터 이상했거든. 네가 마치 내 카드를 훤히 들여다보고 있는 것 같았단 말이지. 네가 좋은 패를 가지고 있을 때는 큰판에서 반드시 이겼잖아."

"죄송하게 됐습니다."

하현은 멋쩍게 웃었다.

"아냐, 이건 죄송해서 될 일이 아니야…."

기은성은 하현의 의도대로 웃어넘기고 싶은 마음이 전혀 없는 것 같았다.

"처음에는 이게 정말 실력 때문인 줄 알았어. 하지만 갈수록 뭔가 이상하더군. 네가 내 카드를 훔쳐보는 것 같다는 기분이 계속 들었는데, 이건 내 착각인가?"

"음… 저도 대표님과 게임을 하면서 많이 배웠습니다."

하현은 조심스럽게 말했다.

"이제 보니 착각이 아닌 것 같군. 내가 정말 궁금한 건 말이야."

기은성의 눈빛이 날카로워졌다.

"동굴요정을 어디서 구한 건가?"

하현은 순간 심장이 내려앉는 것 같았다. 방 안의 공기가 팽팽해 졌다.

잠시 동안 굳어 있던 하현은 재빨리 억지웃음을 터뜨렸다.

"대표님, 지금 제가 동굴요정을 써서 대표님 카드를 훔쳐봤다고 생각하시는 건가요? 아니, 요즘 세상에 동굴요정이 어디 있습니 까."

"나도 그게 궁금해."

기은성이 전혀 웃지 않자 하현은 자신도 모르게 웃음이 작아졌 다.

"동굴요정은 이제 이 세상에서 완전히 사라진 줄 알았는데 말이 야. 예전에 황립연구소에 동굴요정이 있었다는 소문은 들었다만. 도대체 어디서 동굴요정을 찾은 거지?"

"저도 그런 게 있었으면 좋겠군요. 동굴요정이 있다면 포커에서 무적이나 다름없을 것 아닙니까."

"이 술잔이 왜 떨어진 건가?"

"대표님이 실수로 건드리신 거 아닌가요?"

"아니, 난 건드리지 않았어."

"음, 그러면 술잔이 바깥쪽으로 약간 치우쳐 있어서 저절로 떨어 진 게 아닐까요? 제가 보니까 그런 것 같던데요."

기은성은 테이블 위에 술잔이 놓여 있던 자리를 손가락으로 가 리켰다.

"저 술잔은 이 위치에 있었어. 가만히 있다가 저절로 떨어질 위치가 절대 아니야. 그리고 가장 중요한 건, 난 술잔이 떨어지는 순간의 모습을 놓치지 않았어. 어떻게 됐는지 알아? 지진이 일어난 것도 아닌데 술잔이 저절로 쓰러지더니 바깥쪽으로 떨어지더군."

기은성은 손가락으로 테이블을 톡톡 두드리기 시작했다. 그 동작에 하현은 두려움을 느꼈다. 그는 다시 애써 웃음을 지었다.

"대표님, 너무하십니다. 제가 좀 더 많이 땄다고 해서 그런 말씀을 하시면 어떡합니까. 제가 보기에는 그렇지 않았습니다. 분명 그 술잔은…."

"내가 지금 장난하는 것 같나?"

기은성의 날카로운 목소리는 묘하게도 유중진과 비슷했다. 그 목소리에 하현은 박솜의 가게 지하실에 갇혀 있는 유중진이 떠올랐다. 문제는, 눈앞의 기은성은 유중진과 달리 묶여 있는 게 아니었다.

"마지막으로 묻는다. 동굴요정을 어디서 구했지?"

"대표…."

떨리는 목소리가 나와서 하현은 침을 삼켰다. 그는 애써 곤란하다는 표정을 지었다.

"대표님, 전 아무런 속임수도 쓰지 않았습니다. 그랬다면 여기 계신 딜러가 바로 알아차렸겠죠."

기은성은 말없이 그를 노려봤다.

"동굴요정이라니, 그런 건 진짜 살면서 들어 본 적도 없습니다. 저는 정말⋯."

"야, 여기 좀 들어와 봐라!"

기은성이 갑자기 고함을 질러서 하현은 움찔했다. 덩치 큰 인간 경호원 여러 명이 방 안으로 들어왔다. 기은성이 하현을 가리켰다.

"저 새끼 붙잡아."

경호원들이 다가왔다. 하현은 자리에서 일어나 손을 내저었다.

"대표님, 정말 오해하시는 겁니다. 저는 어떤 속임수도⋯."

경호원들이 하현의 양팔을 붙잡았다. 그들의 손아귀가 하도 억세서 쇠사슬에 묶인 것 같았다. 하현은 발버둥을 쳤지만 그들은 그를 의자에 도로 앉혔다. 기은성이 다가와 하현의 머리채를 잡고 뒤로 젖혔다. 하현은 딜러에게 도와 달라고 말하려 했지만 딜러는 어느새 방 안에서 사라지고 없었다. 기은성은 그를 내려다보며 물었다.

"동굴요정을 사용한 거 맞지? 대답해."

"아닙니다. 정말 아니에요."

다음 순간 경호원이 하현의 얼굴을 게임 테이블 위에 처박았다. 하현은 고통에 신음했다. 기은성이 다시 하현의 머리채를 잡고 젖혔다. 그의 이마에서 피가 흘렀다.

"동굴요정을 사용한 거 맞지?"

"동굴요정 본 적도 없어요. 정말이에요."

경호원이 다시 하현의 얼굴을 테이블에 처박았다. 하현의 코가 부러졌다. 그의 코에서 수도꼭지를 튼 것처럼 피가 흘러나왔다. 피가 양복 위로 떨어져 붉게 번졌다. 하현은 울음을 터뜨렸다.

"아까 그 개새끼도 붙잡아서 데려와."

"예, 대표님."

경호원 몇이 밖으로 나갔다. 기은성이 다시 하현의 머리채를 잡고 물었다.

"동굴요정을 사용한 거 맞지? 지금 이 방 안에 동굴요정이 있는 거지?"

하현은 고개를 저었다.

그들은 그의 얼굴을 다시 테이블에 세게 처박았다. 하현은 정신을 잃었다.

결혼식

만월은 선희가 결혼하는 모습을 멀찍이 떨어진 곳에서 지켜보았다. 웨딩드레스를 입은 선희는 눈부시게 아름다웠다. 만월은 마음속으로 선희가 행복하길 기도했다.

그는 선희를 만나지 않고 바로 집으로 돌아왔다. 그게 만월이 선희를 마지막으로 본 날이었다.

그는 그날은 일을 하지 않았다.

천사

하현은 눈을 떴다. 그는 차갑고 딱딱한 바닥 위에 누워 있었다. 머리가 욱신거리고 코가 화상을 입은 것처럼 화끈거렸다. 몸이 물에 젖은 솜처럼 무거웠다.

그는 고통스러운 신음을 토하며 천천히 일어나 앉았다. 그의 검은색 슈트와 하얀 셔츠에 흥건했던 피는 어느새 말라붙어 있었다. 하현은 주위를 둘러보았다. 그는 사방이 검은 벽돌로 둘러싸인 어두운 방 안에 갇혀 있었다. 그의 눈앞에는 우악스러운 검은 철문이 버티고 있었다. 하현은 비틀거리며 일어나 문고리를 잡아당겨 봤지만 문은 꿈쩍도 하지 않았다.

하현은 자리에 주저앉았다. 아무 생각도 들지 않았다. 그는 한참을 그렇게 앉아 있다가 어딘가에서 서늘한 바람이 불어오는 걸 느겼다. 뒤쪽 벽에 달린 작은 창문에서 바람이 들어오고 있었다. 두꺼운 창살로 막힌 창문 밖에는 달이 떠 있었고 밑으로는 검은 물이 출렁이고 있었다.

머리를 맞은 충격 때문인지 그는 잠시 동안 앞이 잘 보이지 않았다. 그래서 처음에는 자신이 바다 한가운데에 있는 감옥에 끌려온 게 아닌가 하다가, 이윽고 자신이 한강을 향하고 있는 감방에 갇혀 있다는 걸 깨달았다. 아래에 있는 물은 바다가 아니라 한강이었다. 시야가 점점 또렷해지자 창살 밖으로 멀리 뻗어 있는 야경이 눈에 들어왔다. 저 멀리 한강 다리와 강 건너편에 건물들이 펼쳐져 있었다. 그는 그 풍경을 통해 자신이 카지노에서 그리 멀리 떨어지지 않은 건물 안에 갇혀 있는 거라고 짐작했다.

내가 정신을 잃고 얼마나 시간이 흐른 거지? 하현은 생각했다. 창밖에 있는 달로 짐작하건대 아직 문제의 그 밤은 지나지 않은 것 같았다. 그렇다면 여전히 현재진행형인 셈이다.

기은성은 술잔 하나를 보고 바로 동굴요정의 존재를 눈치챌 정도로 예리한 사람이었다. 황립연구소에 오리가 있었다는 사실을 기은성이 알고 있을 줄은 작전을 준비한 세 사람 다 예상치 못한 일이었다. 그러니까 기은성은 적어도 동굴요정이 실존한다는 사실을 이미 알고 있었던 것이다. 고작 술잔이 떨어지는 걸 보고 이렇게 쉽게 동굴요정을 떠올릴 줄이야. 하현은 어처구니가 없었다.

하현은 박솜과 오리가 지금 어디서 뭘 하고 있을지 궁금했다. 박솜은 게임 도중에 먼저 나갔으니 노예 수용시설에서 기은성이 보유한 노예들을 만났을 것이다. 그중에 과연 아빠가 있었을까? 아니지, 기은성은 시위대를 전부 황궁으로 넘겼다고 했어. 그렇다면 오리 아저씨는 어떻게 된 거지? 그는 자신이 테이블에 머리를 박을 동안 오리는 뭘 하고 있었는지 궁금했다. 그저 겁에 질린 채 그 모습을 지켜보고만 있었을까? 아니면 기은성이 자신을 눈치채자마자 바로 달아나 버린 걸까?

혹시 아저씨가 몰래 나를 따라와서 지금 이 방 안에 있는 건 아닐까?

"오리 아저씨."

하현이 갈라진 목소리로 말했다.

"오리 아저씨, 여기 있어요?"

캄캄한 방 안에서 하현의 목소리만 울렸다. 자신의 목소리가 음산하게 들렸다. 하지만 대답은 들려오지 않았다.

"오리 아저씨, 여기 없어요? 젠장."

그는 지쳐서 고개를 떨구었다. 그는 혼자였다.

이제 어떡하지? 그는 생각했다. 여길 어떻게 나가야 하는 거야? 그는 벽을 손으로 두드려 봤다. 감방은 사방이 딱딱한 돌이었다. 어딘가에 빈틈이 있지 않을까? 그는 벽을 두드리다가 다시 문을 잡고 여러 번 잡아당겨 봤지만 요지부동이었다. 여긴 도대체 어디지? 기은성의 건물인가? 그렇다면 그는 지금 유중진과 다를 바 없는 신세였다. 그나마 한강 바람이 불어오는 경치 좋은 곳에 갇혀 있다는 게 지하에 있는 유중진보다는 나은 점이었다. 그는 그 생각을 하자 실소가 나왔다.

바보 같은 오리 아저씨, 그런 실수를 하다니….

하현은 고개를 흔들었다. 이 상황이 되어서 오리를 원망해 봤자 달라질 게 없었다. 하지만 또 한편으로는 그게 아니라면 지금 이 상황에서 다른 무엇을 할 수 있는 건지도 생각나지 않았다.

"하현아."

누군가가 그를 불렀다. 하현은 고개를 번쩍 들었다.

"하현아, 여기야."

환청인가? 그는 뒤를 돌아보았다.

쇠창살 창문 밖에 박솜이 있었다!

박솜은 창살을 붙잡고 감방 안을 들여다보고 있었다.

"하현아, 괜찮아? 우리가 구하러 왔어."

하현은 벌떡 일어나서 창문으로 다가갔다.

"아저씨, 어떻게 된 일이에요? 언제부터 하늘을 날 수 있었어요?"

"내가 나는 건 아니고, 내 밑에서 천사가 날 받쳐 주고 있어. 자, 뒤로 물러나 있으렴."

박솜은 그러면서 아래로 사라지더니 손에 뭔가를 들고 다시 올라왔다. 줄톱이었다. 그가 그걸로 쇠창살을 문지르자 끽끽거리는 소리가 났다. 박솜은 줄톱을 가지고 한참을 씨름했지만 쇠창살에는 작은 흠집만 생겼을 뿐이었다.

"어떡하죠? 이걸로는 안 되는데."

박솜이 옆을 보며 말하자 누군가가 대답했다.

"그럼 엔진 톱으로 해 봐요."

"그럼 너무 시끄럽잖아요. 놈들이 몰려올 겁니다."

"그러니까 빨리해야죠."

박솜 옆에서 말하는 사람이 누구인지는 보이지 않았다. 박솜은 잠시 고민하더니 다시 아래로 사라졌다.

그러고는 커다란 엔진 톱을 들고 다시 올라왔다. 박솜의 덩치만큼이나 커다란 공업용 엔진 톱이었다.

"하현아, 이리 와 봐."

그는 품속에서 권총을 꺼내 쇠창살 사이로 하현에게 내밀었다.

"내가 엔진 톱을 사용하면 놈들이 몰려올 거야. 내가 자르고 있는 동안 넌 이걸로 시간을 좀 끌어 줘."

하현은 권총을 받았다. 9밀리 자동권총이었다.

"이제 좀 더 물러서 있어."

박솜이 엔진 톱을 켜자 요란한 소리를 내며 톱이 돌아가기 시작했다. 뒤에서 손 두 개가 나타나 박솜의 얼굴에 용접면을 씌워 주었다. 박솜은 두 손으로 엔진 톱을 들고 쇠창살 하나에 갖다 댔다.

아주 시끄러운 소리가 나면서 창살이 잘려 나갔다.

엄청 시끄럽네. 하현은 중얼거렸다.

박솜이 쇠창살을 몇 개 더 자르는 동안 밖에서 발소리가 들렸다. 여러 사람이 이쪽으로 달려오고 있었다. 곧이어 덜그럭거리며 자물쇠를 여는 소리가 났다. 하현은 재빨리 문에 몸을 기대서 문이 열리는 걸 막았다.

"야, 문이 안 열려! 이거 뭐야!"

문 너머에서 누군가가 소리쳤다. 옆에 있던 다른 사람이 외쳤다.

"저 새끼가 문을 못 열게 막고 있어! 더 세게 밀어 봐!"

문으로 강한 힘이 가해지면서 하현의 몸이 점점 밀려났다. 그는 온 힘을 다해 문을 막았지만 역부족이었다. 하현은 냅다 몸을 뒤로 뺐다. 문이 휙 열리면서 사람 셋이 방 안으로 굴러 들어왔다. 하현은 재빨리 그들에게 한 발씩 총을 쐈다. 그는 문가에 쓰러진 남자를 방 안으로 끌고 들어온 뒤 다시 문을 닫았다. 박솜에게 좀 더 시간을 벌어 주기 위함이었다.

박솜은 그사이에 쇠창살을 절반 정도 잘라 냈다. 하지만 아직 하현의 몸이 빠져나가기에는 너무 작았다.

밖에서 다시 발소리가 들렸다. 하현은 다시 몸으로 문을 막았다. 밖에 있던 사람들은 문을 한 번 밀어 보더니 열리지 않자 문에 몸을 날렸다. 하현의 몸이 문과 함께 덜컹거렸다. 문에 다시 강한 힘이 가해지면서 하현의 몸도 밀리기 시작했다. 여러 명이 밀고 있는 것 같았다. 하현은 이번에도 몸을 뒤로 휙 빼 버렸다. 그러자 두 명

이 안으로 고꾸라져 들어왔다. 그 뒤에도 사람이 있었다. 하현은
서 있는 사람에게 총을 쏜 뒤 넘어진 사람들도 몸을 일으키기 전에
쏴 버렸다.

"총알이 부족해요!"

하현이 외쳤다. 그러자 박솜 옆에서 하얀 손 하나가 나타나서 방
안으로 탄창을 하나 던졌다. 하현이 그걸 주워 재장전을 하자마자
다른 사람이 문 앞에 나타났다. 하현은 그의 가슴을 쐈다. 남자는
쓰러지면서 총을 쐈다. 총알이 하현의 귓가를 스치고 지나갔다. 쓰
러진 사람 뒤로 다른 사람이 나타났고 하현은 그가 총을 들어 올릴
틈을 주지 않았다. 이마에 총을 맞고 쓰러진 사람 뒤로 계속해서
다른 사람들이 나타났다. 하현은 바닥에 쓰러진 남자 한 명을 일으
켜 그를 방패 삼아 방구석에 웅크리고 앉은 뒤, 그 상태에서 한 손
만 밖으로 빼서 총을 쐈다. 방 안에 들어온 남자 둘이 동시에 총을
맞고 쓰러졌다.

"아직 멀었어요?"

"이제 다 했어!"

박솜이 발로 쇠창살을 걸어차자 창살이 방 안으로 떨어지면서
구멍이 뚫렸다. 그 순간 또 다른 남자가 방 안으로 들어왔다. 하현
은 거의 동시에 남자의 이마에 총알을 박았다.

"시간 없어! 빨리!"

박솜이 소리쳤다. 하현은 창틀을 잡고 잘려 나간 창살 사이로 빠

져나가려 했지만 창문이 높아서 쉽지 않았다. 다시 감옥 문 앞에
세 사람이 나타났다. 하현은 반사적으로 몸을 돌려 동시에 세 사람
의 가슴에 구멍을 뚫었다. 그런 뒤 총을 내던지고 뛰어올라 창문
밖으로 상체를 내밀었다. 그러자 누군가가 그의 팔을 잡았다.

젊은 남자 천사였다.

대여섯 명의 천사들이 공중에서 날개를 퍼덕이며 떠 있었다. 젊
은 천사는 하현의 팔을 잡아당겼다. 하현은 창밖으로 다리까지 빠
져나오다가 하마터면 아래로 떨어질 뻔했다. 천사가 그를 단단히
붙잡았다. 다른 천사가 아래에서 나타나 하현을 등에 업었다. 하현
은 천사의 등 양쪽에 난 커다란 하얀 날개 사이에 기댄 채 천사의
목에 팔을 둘렀다.

감방 안으로 남자들이 계속 뛰어 들어왔다. 창문 안쪽에서 한 명
이 그들에게 총을 쐈다. 총알이 하현의 머리 바로 위를 스쳐 갔다.
하현 옆에 있던 천사 두 명이 들고 있던 권총으로 대응 사격을 했
다. 작은 창문 안으로 총알이 날아 들어갔다. 안쪽에서 비명 소리
가 났다.

"됐어요, 빨리 갑시다!"

박솜이 외쳤다. 박솜은 들고 있던 엔진 톱을 허공에 내던지고 하
현처럼 천사의 목에 팔을 둘렀다.

천사들은 방향을 돌려 한강 위를 빠르게 날아갔다. 그들의 머리
위로 밝은 달이 떠 있었다. 하현은 어린 시절에 읽은 이카로스 이

야기가 떠올랐다. 그도 이카로스처럼 방금 감옥에서 탈출해서 날개에 의지해 날아가고 있었다.

'부디 나는 물 위로 떨어지지 않기를.'

하현은 속으로 중얼거렸다.

그들은 서울의 야경 위를 한참 날아가다가 어딘가의 건물 옥상 위에 착지했다. 하현은 천사의 등에서 내리며 말했다.

"정말 감사합니다."

"저희가 더 감사하죠."

젊은 천사가 대답했다.

그들을 따라 옥상 계단을 내려가자 사무실처럼 생긴 넓은 공간이 나타났다. 방 안에는 수십 명의 천사들이 그를 기다리고 있었다.

하현은 이렇게 많은 천사들을 보는 건 난생처음이었다. 천사들은 대부분 성인 남녀들이었고 연령대도 다양했지만 대체로 젊은 사람이 많았다. 도깨비와 인간, 요정도 몇 명 있었지만 방 안에 있는 사람은 대부분 천사들이었다.

하현이 나타나자 그들은 열광적으로 박수를 쳤다. 우레와 같은 환호가 쏟아졌다. 그들은 하현에게 다가와 그를 만지고 잡아당기고 악수를 청하며 법석을 피웠다. 하현은 얼떨떨해하면서 자신에게 내미는 손들을 한 번씩 잡아 주었다. 천사들은 집에 돌아온 주인을 반기는 강아지처럼 하현을 열정적으로 반기면서도 동시에 이마와 코에서 피를 흘리는 하현의 몰골에 탄식하고 안타까워했다. 하현을 보고 우는 사람도 있었다.

"하현 군, 정말 고마워요."

중년의 남자 천사 한 명이 하현의 손을 잡으며 말했다. 하현은 처음 보는 사람이었다. 그보다 더 젊은 여자 천사 한 명이 하현을 보며 눈물을 흘렸다.

"세상에, 너무 크게 다쳤잖아. 많이 아프죠? 괜찮아요?"

"음… 네."

하현은 이상한 나라에 도착한 기분이었다.

"이러고 있을 때가 아니지. 의사한테 데려갑시다."

그들은 하현을 데리고 엘리베이터를 타고 내려갔다. 몇 층 아래로 내려가자 의무실처럼 보이는 방이 나왔다. 그곳에 있던 의사 가운을 입은 나이 든 천사 한 명이 하현을 반겼다. 남자는 하현을 기다란 의자 위에 앉히고 진찰하기 시작했다.

"상태가 어때요?"

옆에 있던 박솜이 심각한 표정으로 물었다.

"코뼈가 좀 휘어졌군요. 이건 힘을 줘서 맞추면 될 것 같은데, 좀 아플 겁니다. 어때요, 마취를 할까요, 아니면 바로 맞출까요?"

하현이 물었다.

"바로 맞추는 건 오래 걸리나요?"

"말 그대로 바로 맞춥니다. 문제는 꽤 아프다는 거지요."

하현은 숨을 크게 몰아쉬고 말했다.

"그럼 바로 맞춰 주세요."

의사는 두 손으로 하현의 코 윗부분과 아랫부분을 꽉 잡더니 말했다.

"자, 움직이지 마세요. 아픕니다."

그러더니 세게 힘을 줘서 코를 비틀었다. 코에서 뚝 하는 소리가 났다. 하현은 비명을 질렀다.

"아프죠? 그래도 다시 잘생긴 코로 돌아왔습니다."

박솜이 옆에서 하현의 팔을 두드렸다.

"잘했어, 최고의 게이머."

의사도 맞장구쳤다.

"임요환과 페이커보다 위대한 게이머죠."

하현은 코를 문질렀다. 의사는 하현의 코에 약을 발라 준 뒤 이마의 상처에도 소독을 하고 약을 발랐다.

그때 문이 열리더니 오리가 머리를 들이밀었다.

"하현이 도착했어?"

박솜이 말했다.

"그래, 이 쓸모없는 녀석아."

오리는 쭈뼛거리며 방 안으로 들어왔다. 그는 헐렁한 하얀 후드티에 청바지를 입고 있었는데, 소름 끼치는 외모와 상반되는 귀여운 옷차림에 하현은 웃음이 나왔다.

"하현아, 음… 괜찮니?"

"아저씨!"

하현이 외쳤다.

"아저씨가 술잔 건드렸죠?"

"정말 미안해. 움직이다가 실수로 건드렸어."

"아니, 진짜! 아저씨 때문에 죽을 뻔했잖아요."

하현이 웃으면서 말했다. 오리는 고개를 숙인 채 꼬챙이처럼 마른 몸을 배배 꼬았다.

"게다가 놈들이 하현이 머리를 처박고 있는데 구경만 했다면서?"

박솜이 따졌다.

"만약 하현이가 죽었다면 내가 네 입 속에 30밀리를 넣고 쏴 버렸을 거야."

"그래도 내 덕분에 결과적으로는 하현이를 구할 수 있었잖아."

오리가 변명했다.

"하현아, 놈들이 기절한 널 끌고 가는 걸 내가 따라가서 네가 어떤 방에 갇혔는지를 알아냈어. 그걸 솜뭉치 아저씨한테 말해서 비둘기 친구들이 널 구할 수 있었지."

"혹시 제가 갇혀 있던 곳이 기은성의 건물이었나요?"

"그래, 카지노 근처에 놈의 건물이 있었거든. 놈들은 널 가둬 놓았다가 네가 정신이 들면 꺼내서 족칠 생각이었나 봐."

그때 의사가 헛기침을 한번 하더니 말했다.

"저기, 비둘기라는 말은 천사 비하 발언입니다."

오리는 어리둥절한 표정을 지었다.

"그래요? 난 몰랐어요. 난 그냥 당신들이 깃털 달린 하얀 날개를 퍼덕이며 날아다니는 게 귀여워서 그랬어요."

"이 사람은 사회성이 결핍된 좀도둑입니다. 이해해 주세요."

박솜이 설명했다. 오리는 그 말에 발끈하려 했지만 하현을 보더니 참았다.

"아무튼 정말 미안해. 나도 술잔을 엎지른 순간 좆됐다 싶더라. 그래서… 아무튼 정말 미안해."

"괜찮아요. 결과적으로 살았으니까 됐어요. 코도 멀쩡하고. 혹시 물 좀 마실 수 있을까요? 목이 너무 마르네요."

"오, 물론이죠."

의사가 물 한 잔을 떠다 줬다. 물을 마신 후 하현이 물었다.

"근데 여기는 뭐 하는 곳인데 천사 분들이 이렇게 많아요?"

박솜이 대답했다.

"천사단 기지야."

"네?"

"네가 구해 낸 사람들이 알고 보니 거물이더라고."

"아저씨, 나도 같이 구했다고."

오리가 끼어들자 박솜이 대꾸했다.

"그래, 멍청이, 당신도 같이 하긴 했지."

"아저씨, 저는 잘 이해가….."

하현이 말하는데 의무실 문이 열리더니 천사 한 명이 들어왔다. 하얀 셔츠를 입고 깔끔한 머리를 한 젊은 여자였다. 마치 회사원 같은 모습이었다. 그녀가 말했다.

"하현 군은 괜찮은가요?"

"네, 전 괜찮아요."

"다행이군요. 하현 군, 먼저 감사의 인사부터 하겠습니다."

여자가 미소를 지으며 말했다.

"몸이 괜찮다면 잠깐 위층으로 올라가실까요? 사령관님이 기다리고 계십니다."

하현과 박솜, 오리는 건물의 맨 위층으로 올라갔다. 그곳 역시 사무실 같은 넓은 방이었는데 여러 천사들이 컴퓨터가 있는 책상들 사이를 바쁘게 오가며 일을 하고 있었다. 아까 들어간 방처럼 대부분이 천사였지만 도깨비와 인간도 한 명씩 있었고 숲요정도 두 명 있었다. 천사 여자는 세 사람을 그 사무실의 한가운데에 있는 책상 앞으로 데려갔다. 책상에 앉아 지도를 보며 다른 사람들과 대화를 하던 중년 남자가 그들을 보고 일어섰다.

"우리의 영웅들이시군요."

남자가 손을 내밀었다. 그는 마르고 덩치가 크고 머리를 짧게 깎은 천사였다. 남자의 날렵해 보이는 몸과 등 뒤로 접힌 살짝 누런 빛이 도는 날개, 그리고 단단해 보이는 턱 때문에 여느 천사들과 달리 부드러운 느낌 없이 강인한 인상을 줬지만, 눈매만큼은 서글 서글해 보였다. 남자가 활짝 웃자 인상이 좀 더 순해졌다. 그는 천 사답게 피부가 하얬지만 다른 천사들보다는 좀 더 그을린 느낌이 었다. 남자는 저음의 부드러운 목소리로 말했다.

"박솜 씨, 오리 씨, 저희를 구해 주셔서 정말 감사합니다."

남자는 오리의 양손을 잡고 허리를 꾸벅 숙인 뒤, 키가 작은 박 솜의 두 손을 잡을 때는 더욱 허리를 숙였다. 그는 두 사람에게 인 사를 한 다음 뒤에 있던 하현에게 다가왔다.

"그리고 김하현 군, 정말 너무나 감사드립니다. 뭐라고 감사를 드려야 할지…."

그는 하현에게 깊이 허리를 숙여 절했다. 하현도 얼른 고개를 숙 였다.

남자는 허리를 편 뒤 가슴에 손을 얹고 말했다.

"저는 천사단의 사령관 성수현이라고 합니다. 저희 천사단을 구 해 주신 세 분에게 정말 감사드립니다."

남자가 다시 허리 숙여 절하자 주변에 있던 모든 천사들도 절을 했다. 하현은 그저 어리둥절한 기분이었다. 남자는 그들에게 정중 하게 말했다.

"여러분, 일단 앉으시죠."

그들은 다 함께 큰 책상 주변에 둘러앉았다. 성수현이 물었다.

"하현 군, 붙잡혀서 큰 고초를 당했는데 몸은 괜찮은가요?"

"좀 아프긴 한데, 이제 좀 괜찮아졌어요."

하현은 방 안을 둘러보았다. 방 안의 모든 사람들이 서 있거나 책상에 걸터앉은 채로 그들을 신기하다는 눈으로 보고 있었다. 하현은 구경거리가 된 기분이었다.

성수현이 말했다.

"아까 박솜 씨와 오리 씨에게 간단하게 설명을 드렸지만, 하현 군이 왔으니 다시 설명을 드려야겠군요. 우리 천사단은 주로 천사들로 구성된, 민주정을 목표로 하는 반제정 조직입니다."

"잠깐만요, 그러니까…."

하현은 눈을 찌푸렸다.

"그래요, 쉽게 말해서 저희는 반란군입니다."

성수현이 고개를 끄덕였다.

"우리는 원래 다른 조직들과 연합하여 반란을 모의하고 있었습니다. 하지만 그러던 중 우리 조직의 존재가 문기부에게 들켜서 저를 포함한 대부분의 조직원들이 끌려가고 말았죠."

성수현은 잠시 말을 멈추고 한숨을 쉬었다. 하현은 그의 표정을 통해 천사단 조직원들이 정부에 끌려가 고문과 처형 등 많은 희생을 치렀을 거라고 짐작했다. 아마 성수현 역시 고문당했을 것이다.

"우리는 심문을 당한 후 대부분의 조직원들이 기은성에게 노예로 팔려 갔습니다. 원래 절차대로라면 우리는 나누어져 외국과 북방으로 팔려 가야 했지만, 기은성은 우리를 도박 판돈으로 사용하기 위해 조직원 전체를 카지노 노예 수용시설에 집어넣었습니다. 천사는 다른 종족에 비해 희귀해서 값이 비싸기 때문입니다."

하현은 그제서야 일이 어떻게 된 것인지 이해했다.

"그런데 저희가 여러분을 도박에서 딴 거군요."

"그렇지요. 아까 여기 계신 박솜 씨가 칩을 잔뜩 갖고 오셔서 우릴 풀어 주시더군요. 우리는 풀려난 직후 은신처인 이곳으로 왔고, 하현 군이 갇혀 있다는 말을 듣자 전 하현 군을 구하기 위해 조직원 몇 명을 박솜 씨와 함께 보냈습니다."

"혹시 갇혀 있던 사람들 중에 저희 아빠는 없었나요? 저희 아빠는 거인도깨비인데 키가 줄어서 저보다 더 작아요. 김만월이라는 이름인데, 혹시 보셨어요?"

성수현은 고개를 저었다.

"그런 분은 보지 못했습니다."

하현은 박솜에게 물었다.

"아저씨가 칩을 갖고 가서 바꾼 노예들이 전부 여기 계신 천사들뿐이었나요?"

"천사들 말고도 몇몇 희귀 종족들이 있기는 했어. 물론 대부분은 흔한 도깨비나 숲요정들이었지만. 내가 너희 아버지가 있는지 살펴봤지만 네가 딴 기은성의 노예들 중에서 김만월이라는 이름도,

거인도깨비도 없더군. 난 칩을 주고 그들의 소유권을 받은 뒤 스마트폰 노예 관리 어플을 이용해서 그 자리에서 그들을 전부 해방시켜 줬어. 나는 그들에게 다들 곧장 집으로 돌아가라고 했고 그중 일부가 여기 있는 천사단이야. 내가 노예들을 해방시킨 직후 오리가 연락하더군. 작전이 들켜서 너는 끌려가고 기은성이 나를 찾고 있다고 말이야. 어쨌거나 일단 우리가 딴 노예들 중에는 만월이가 없더라."

오리가 말했다.

"혹시 다른 이름으로 등록된 거 아닐까? 만월이 형은 오랫동안 정체를 감추고 살았으니까 기은성에게 끌려갔을 때도 자신이 거인도깨비라는 사실은 물론 자기 실명도 감췄겠지."

"그럼 내가 해방시킨 도깨비들 중에 있으려나? 우리가 해방시킨 노예가 천 명이 넘는데 그중 절반 이상이 도깨비야."

박솜이 주머니에서 스마트폰을 꺼냈다.

"그럼 다시 확인해 보면 되겠다. 내 어플에 기록이 남아 있으니까 내가 해방시킨 도깨비 노예들의 얼굴 사진을 하나씩 확인해 보면 만월이가 있을지도⋯."

"아마 없을 거예요."

하현이 고개를 저었다.

"도박 판돈용 노예들 중에 아빠는 없어요. 그냥 혹시나 해서 물어본 거예요."

"왜?"

"기은성이 그랬거든요."

하현은 도박을 하던 중 기은성이 했던 말을 들려줬다. 신정동에서 납치된 시위대를 전부 황궁 연구소에 넘겼다는 말이었다.

"아, 맞다. 나도 그 말을 들었지."

오리가 무릎을 쳤다.

"난 카드를 외우는 데만 열중해서 너희가 무슨 말을 하는지는 신경을 못 썼는데, 듣고 보니 그랬던 것 같기도 하네."

"그 말이 사실일까?"

박솜이 미심쩍다는 듯 물었다.

"사실입니다."

성수현이 말했다.

"저희가 알아낸 정보와 정확하게 일치합니다. 3주 전 양천공원에서 납치된 시위대는 전부 황궁 안의 연구소로 끌려갔습니다."

"기은성의 말이 사실이었군요."

하현은 고개를 떨구었다.

"그럼 이제 어떡하죠? 어떻게 해야 아빠를….."

방 안이 조용해졌다. 아무도 말을 하지 않았다. 한동안 조용한 가운데 오리가 유쾌한 목소리로 말했다.

"그래도 좋은 소식이 있잖아. 드디어 아빠가 어디에 있는지 확실한 정보를 알아냈잖아?"

"그렇죠."

하현이 우울하게 중얼거렸다.

"세상에서 가장 보안이 튼튼한 건물 안에 말이에요."

성수현이 조심스럽게 말했다.

"하현 군, 정말 유감입니다."

하현은 아무 말도 하지 않았다. 오리가 물었다.

"하현아, 너 지금 어떻게 하면 나를 이용해서 아빠를 구할 수 있을까 생각하는 중이지?"

"잘 아시네요."

"저번에도 똑같은 고민을 했잖아. 그때도 얘기가 나왔지만, 나혼자 들어가는 건 쉬워도 만월이 형을 데리고 나오는 게 문제지."

"황궁은 들어가는 것도 쉽지 않아요."

성수현이 말했다.

"황궁을 덮고 있는 보이지 않는 방어막은 동굴요정도 통과할 수가 없어요."

잠시 침묵이 이어졌다. 성수현이 먼저 입을 열었다.

"하현 군, 정말 안타깝지만 먼저 내 얘기를 들어 봐요. 기은성은 지금 하현 군을 쫓고 있을 거예요. 더군다나 반란군을 풀어 줬으니 어쩌면 문화기획부까지 하현 군을 추적할지도 몰라요. 그러니 집에 돌아가지 않는 게 좋겠어요. 너무 위험하거든요. 학교에도 가지 말아야 합니다. 지금 바로 집에 가서 꼭 필요한 물건들만 챙겨서 다시 여기로 와요. 앞으로는 여기서 지내는 게 좋겠어요."

성수현은 하현의 어깨를 토닥였다.

"자, 빨리 출발해요. 우리 조직원 몇 명이 함께 가 줄 겁니다. 놈들이 하현 군의 집을 찾아내기 전에 빨리 갔다 와야 해요."

불

만월은 양천구 신정동에 싼 집을 구했다. 그리고 그곳에서 어머니 명의로 이발소를 열었다. 그는 이발사로 일하면서 점차 반복적이고 평화로운 일상에 익숙해져 갔다.

황제가 죽고 황태자가 새 황제로 즉위하자 세상이 점점 달라지기 시작했다. 노예의 수가 감소하자 황제는 북방으로 투입할 군용 노예들을 악착같이 긁어모았다. 지방에서는 사람들을 납치해 노예로 만들어 북방으로 보낸다는 괴담이 떠돌았다. 변방에서 탈영하는 노예들은 재판 없이 처형당했고 시체는 숲속에 버려졌다. 엎친 데 덮친 격으로 경제마저 점점 안 좋아졌다. 지나친 물가 상승과 실업자의 증가로 서민들의 삶은 힘겨워졌지만 황제는 아랑곳하지 않고 국방비 지출을 늘려 갔다. 그러자 전국 각지에서 민주화 시위가 일어났다. 악화된 경제와 노예제, 그리고 제정으로 인한 분노 때문에 시위는 종종 폭력 사태로 변질되기도 했다. 황제는 시위와 폭동을 가리지 않고 가차 없이 진압했다. 시위대는 끌려가서 고문을 당하거나 노예가 되어 북방으로 보내졌고, 때로는 부자들의 노예 도박에 판돈으로 사용되기도 했다.

서릿발처럼 잔인하고 거친 시대였다. 그런 시대 속에서 만월은 묵묵히 먹고사는 일에만 집중했다. 그에게는 잘못된 세상을 바꾸고 싶다는 마음 같은 건 없었다. 그는 세상을 바꿀 힘도 없었고 그럴 용기도 없었다. 그는 단지 줄어들어서 남들보다 작아진 자신의 현재 키만큼의 작은 삶을 살다가 조용히 죽고자 했다. 그는 혼자였고, 혼자라는 사실과 작아진 삶에 감사하며 살아갔다.

그는 사람들의 머리를 깎는 일에서 기쁨과 보람을 느꼈다. 큰일을 하고자 하는 욕망이 없는 그에게는 이발소 일이 자신의 손으로 세상을 바꿔 나가는 유일한 일이었다. 그는 세상이 아무리 요동치고 뒤틀려도 자신의 삶이 더 이상은 바뀌지 않으리라고 생각했다. 한때 3미터짜리 덩치였을 때는 모두가 그를 뜯어먹으려 했지만 이제 그는 남들보다 작고 눈에 띄지 않았다. 그가 바라는 것은 오직 세상의 눈에 띄지 않고 조용히 살아가는 것뿐이었다. 황제가 무슨 일을 저지르든, 시위와 폭동이 아무리 많이 일어나든 간에 자신과는 상관이 없다고 생각했다.

그해 겨울에 전국적으로 거대한 민주화 시위가 일어났을 때도 그는 크게 신경 쓰지 않았다. 그는 가게 안에서 항상 뉴스를 틀어 놓았지만 뉴스는 그저 이발소에서 손님들과 나누는 잡담거리 중 하나에 불과했다.

그가 머리를 깎는 동안 시위는 점점 커져 갔다. 수도권에서 일어난 시위는 전국으로 번져 갔다. 특히 가장 심한 곳은 서울이었다. 초겨울에 시작된 시위는 겨울철 산불처럼 삽시간에 서울 전체를 휩쓸었다. 황제는 경찰에 이어 군대를 투입했다.

만월이 선희를 떠올린 것은 그때였다. 뉴스에서 선희가 사는 상도동이 시위대와 군대의 새로운 격전지가 되었다는 소식이 나왔을 때, 그는 잊고 있던 선희가 떠올랐다.

만월은 다음 날 가게를 쉬고 무작정 상도동으로 향했다. 그는 선희의 집이 어디인지 알고 있었다.

눈이 내리는 날이었다. 만월은 택시를 타고 가다가 도로가 막히자 중간에서 내렸다. 그는 위험을 무릅쓰고 시위의 한가운데로 들어갔다. 시위대는 깃발을 흔들며 화염병을 던지고 있었고 군대는 시위대를 난폭하게 진압하고 있었다. 만월은 군인에게 붙잡혀 얻어맞지 않기 위해 조심하며 선희의 집으로 향했다.

사방에서 불길이 치솟고 있었다. 시위대와 군대가 서로 공격을 하다가 불을 질러 가게와 집들이 불에 타고 있었던 것이다. 만월은 지옥의 한가운데에서 헤매는 것 같았다. 그는 소음과 불길과 연기 때문에 잠시 길을 잃었다. 화재와 매캐한 최루탄 연기 때문에 눈물

이 흘렀다. 어느새 마을 전체가 연기를 내뿜고 있었다. 숨을 쉬기
가 어려웠다.

　그렇게 헤매다가 그는 문득 선희의 집을 발견했다.

　그 집은 불길에 휩싸여 활활 타고 있었다.

도박

그날부터 하현은 천사단의 기지에서 묵게 되었다. 평범한 회사로 위장한 이 건물에는 백 명이 넘는 천사들과 다른 종족들 몇 명이 살고 있었다. 건물 안에는 아파트와 같은 생활시설이 갖춰져 있었다. 하현은 다음 주 월요일부터 학교를 가지 않기로 했다. 쓰던 휴대폰은 위치추적을 막기 위해 자료를 지운 뒤 버렸다.

천사들은 하현에게 다들 친절했다. 하현은 천사들의 음식이 마음에 들었다. 그곳에서 나오는 음식은 적어도 이태원에서 먹던 이국적인 음식들보다는 하현의 입맛에 잘 맞았다. 박솜은 숲요정의 떡이 그리운 듯했고, 오리는 식사 시간마다 게걸스럽게 음식을 퍼먹었다. 천사들은 일찍 일어나고 늦게 잤다. 그들은 매일같이 회의를 하면서 전국의 다른 민주화 조직들과 협력을 통해 작게는 반정부 시위를, 크게는 정부에 대한 무력 공격 등을 의논했다.

하현은 식사 시간을 제외하고는 하루 종일 기지 안의 자기 방에 틀어박혀서 이제 어떻게 해야 할지 생각했다. 박솜 아저씨는 자신이 해방시켜 준 노예들의 얼굴을 어플로 모두 확인했지만 역시 예상대로 아빠는 없었다. 아빠는 다름 아닌 이 나라의 황궁 안에 갇혀 있었다. 그는 자신이 아빠에게 행운을 빌어 주는 일 말고 다른 무슨 도움을 줄 수 있을지를 생각했다. 그런 생각을 하다 보면 자기도 모르게 자꾸 아빠와 같이 살던 때가 생각났다. 특히 중학교 1학년 때 교통사고를 당한 날이 떠올랐다. 하현은 그런 생각을 하다가 눈물을 훔쳤다. 아빠는 그에게 '괜찮아'라는 말을 자주 했다. 그 말이 아빠에게는 정말로 삶이 괜찮아지길 바라는 일종의 주문이었다. 하현은 아빠가 지금 괜찮은 상황일지 상상했다. 알 수 없었다.

천사들과 지낸 지 사흘째 되던 날 하현은 자기 방에서 나왔다. 그는 천사단의 회의에 참석하여 그들이 나누는 이야기에 귀를 기울였다. 오리와 박솜도 회의에 참석했다. 박솜은 이미 천사들에게 무력 작전 시 필요한 모든 무기들을 무상으로 공급해 주기로 한 상태였다. 천사단으로서는 정말 행운이었다. 천사단은 해킹에는 뛰어났지만 물자가 늘 부족했고 특히 제대로 된 무기를 구하지 못하는 게 항상 큰 문제였다. 박솜이 가진 무기는 천사단 전체를 무장시키고도 남았다.

"너를 만나고 나서 내 삶이 크게 바뀌었어. 그래서 바뀌는 김에 좀 더 크게 바꿔 보고 싶어서 그랬지."

박솜은 웃으면서 말했다.

"어차피 쓰지도 않을 무기들을 썩히는 것보다는 그걸로 세상을 뒤집어 버리는 게 더 멋지잖니?"

하현도 미소를 지었다.

"정말 멋진 생각이에요, 아저씨."

천사들은 이번 주 토요일에 황궁 앞에서 열릴 대규모 시위에 대한 이야기를 하고 있었다. 전국의 민주화 조직들이 총연합해서 주도하고 있는 이 시위는 그 어느 때보다도 큰 규모로 예상되고 있었다. 천사들은 이 시위를 이용해 황제에게 실질적인 타격을 가할 궁리를 하는 중이었다.

"아마 시위를 대비해서 친위대가 황궁 앞에서 진을 치고 있을 겁니다. 어쩌면 시위가 격렬해질 경우 시민들에게 발포를 할지도 몰라요. 그런 사태만은 반드시 막아야 합니다."

성수현 사령관이 말했다. 그때 하현이 끼어들었다.

"사령관님, 질문이 있어요. 친위대는 생물이 아니라서 조종되는 거잖아요. 그걸 누가, 어떻게 조종하는 거죠?"

"문기부장이 늘 차고 다니는 손목시계를 이용해서 조종하는 걸로 파악하고 있어요. 문화기획부장이 친위대장을 겸하고 있거든요."

"그럼 문기부장은 황궁에 있나요?"

사령관이 고개를 저었다.

"문화기획부의 본부가 정확히 어디에 있는지는 우리도 오랫동안 알아내지 못하고 있습니다. 그곳의 위치 자체가 철저히 숨겨져 있어요. 원래 문기부 본부는 남산이었습니다. 그런데 그 사실이 알려진 후, 문기부는 본부를 다른 곳으로 옮겼죠. 일단은 서울 어딘가에 있는 것으로 추정됩니다."

"문기부가 반란군을 잡아들이고 고문하는 일을 하는 곳 맞죠?"

하현이 물었다.

"정확합니다. 우리도 지난번에 잡혔을 때 문기부 요원들에게 끌려갔어요. 그때 우리 조직원의 상당수가 고문당했고 몇 명은 죽고 말았죠. 하지만 우리가 잡혀갔음에도 문기부 본부의 위치는 알지 못합니다. 어디로 이송되었는지는 모르거든요."

하현이 심각한 표정을 짓고 있자 성 사령관이 물었다.

"하현 군, 지금 어떻게 하면 황궁 안에 있는 아빠를 구할지 생각하는 중이죠?"

"네."

사령관은 탁자에 있는 버튼을 눌렀다. 그러자 방 중앙에 있는 커다란 탁자 위로 황궁의 홀로그램이 나타났다.

"우리도 황궁에 잠입하는 방법을 자주 의논했어요. 그런데 이 일은 사실상 불가능에 가깝습니다. 철통같은 방어물들이 버티고 있거든요. 가장 먼저 우리를 막고 있는 것은 황궁 전체를 감싸고 있는 투명한 방어막입니다."

탁자 위에 떠 있는 황궁의 홀로그램 위로 반투명한 반구가 씌워졌다.

"거대한 반구 형태로 황궁을 둘러싸고 있는 이 투명 방어막은 5메가톤 위력의 핵미사일도 막아 내는 강력한 방어력을 가지고 있어요. 그래서 우리 천사단이 황궁 안으로 날아 들어갈 수가 없습니다. 더욱이 이 방어막을 뚫고 들어가기 위해서는 미리 황궁의 시스템에 등록된 생물체만이 가능합니다. 그렇기 때문에 동굴요정인 오리 씨도 들어갈 수가 없는 겁니다. 오리 씨가 몸이 투명해져도 방어막에 생체 신호가 감지돼서 막히는 거죠. 그뿐만이 아닙니다."

황궁 주변에 홀로그램 친위대가 나타났다. 친위대는 순식간에 수가 늘어나서 황궁을 빙 둘러쌌다. 하현도 뉴스에서 자주 본 물건이었다.

"황궁 안에는 황제를 지키는 강력한 친위대 삼천 대가 있어요. 그리고 이 친위대는 아까도 말했다시피 위치를 알 수 없는 곳에 있는 문기부장의 손목시계로 조종되고 있죠. 이들의 전투력이 압도적이기 때문에 반란군이 당해 내기가 어렵습니다."

황궁 주변을 둘러싼 작은 친위대 중 군인 하나의 모습이 커지기 시작했다. 빠르게 커지던 군인은 실물 크기가 되자 멈췄다.

"키가 2미터가 넘는 이 금속 군인은 그 어떤 실탄 및 광선총으로도 뚫리지 않는 합금으로 만들어졌어요. 그리고 온몸에 강력한 화기가 장착되어 있는데, 사실상 걸어 다니는 전차라 봐도 무방한 수준이죠."

하현이 박솜에게 물었다.

"아저씨, 제가 유중진을 납치할 때 입었던 강화 슈트랑 이 강철 군인을 비교하면 어떤가요?"

박솜이 고개를 저었다.

"비교도 안 돼. 친위대에 비하면 그 슈트는 삼베옷이나 마찬가지야. 내가 가진 모든 슈트 중에 친위대를 상대할 수 있는 건 없어."

"게다가 황제는 이런 친위대를 더욱 개량하기 위해 여러 종족들을 잡아가서 황궁 안에 있는 연구소에서 실험을 하고 있죠."

사령관이 말했다. 사령관이 버튼을 누르자 탁자 위의 홀로그램이 사라졌다.

"그리고 마지막으로 한 가지가 더 있어요. 사실 이건 아직 확실하진 않지만, 그래도 무시할 수는 없는 정보죠."

"혹시 용 말씀인가요?"

하현이 물었다.

"그래요, 황궁 지하에 용이 있다는 소문을 다들 한 번쯤 들어 봤을 겁니다. 지금은 용이 멸종한 것으로 알려져 있지만, 한국 정부가 수십 년 전에 새끼 용 몇 마리를 가지고 전투용으로 개량하는 실험을 한 건 사실입니다. 그 용이 아직도 있을지는 알 수 없지만 우리는 일단 반신반의하고 있어요."

"난 있을 거라고 봐."

오리가 말했다.

"사람들은 나에 대해서도 항상 똑같은 말을 했어. 동굴요정은 이 제 멸종했다고 말이야."

"바로 그겁니다."

사령관이 맞장구쳤다.

"황실은 아주 오랜 세월 다양한 생물 병기들을 연구했어요. 그걸 무시할 수는 없습니다."

"근데 동굴요정과 용은 좀 다르지 않을까요? 용은 뭐랄까…."

박솜이 말했다.

"용은 엄청나게 크잖아요."

그는 짧은 양팔을 활짝 벌렸다.

"용이 만약 있다면 진짜 엄청나게 클 텐데, 그렇게 큰 게 황궁 지 하에서 여태까지 얌전하게 있었을까요?"

"그렇긴 하죠. 그래서 여러 가지 가능성을 생각해 볼 수 있어요. 용을 여태까지 잠들게 했거나, 아니면 황제의 명령으로 적을 공격 하기 전까지는 잠자코 있도록 조종하는 것일 수도 있지요. 가능성 은 여러 가지입니다. 확실한 것은, 황제에게 용의 존재는 어디까지 나 황궁이 무너지기 직전의 최후의 상황에서만 사용할 최후의 무 기라는 것입니다. 지금껏 오랜 시간이 지났지만 용이 나타나지 않 은 걸 보면 아직까지 용을 완벽하게 훈련시키거나 조종할 수 있는 능력을 갖추지 못했을 가능성이 크니까요. 미완성의 용을 꺼낸다는 건 그로서는 최후의 상황이 닥쳤을 때라는 거겠죠."

사령관 옆에 서 있던 부관 천사가 말했다.

"우리는 그래서 이번 대규모 시위가 격화되어 황실에 큰 타격을 줄 경우, 혹시라도 황제가 용을 소환해서 시위대를 공격하는 시나리오도 검토하고 있습니다. 물론 그런 상황이 오기 전에 친위대가 먼저 시민들을 공격하겠지만요."

그때 한 천사가 회의실로 들어왔다.

"사령관님, 황궁과 관련해서 새로운 정보가 들어왔습니다."

"어떤 거죠?"

"이번 주 토요일 새벽에 황궁 연구소에서 실험용 노예들을 한강의 항구로 이송시킨다는 정보입니다."

그 말에 하현은 눈을 치켜떴다. 박솜의 동그란 까만 눈도 커졌다.

"이송 목적은 알 수 없지만, 아무래도 노예들을 다른 연구소로 옮기는 것으로 추정됩니다."

"잠깐만, 그럼 혹시 그 안에 만월이 형도 있지 않을까?"

오리가 외쳤다. 오리는 박솜을 쳐다보며 말했다.

"아저씨, 아저씨도 나랑 같은 생각을 하고 있지?"

박솜이 고개를 끄덕였다.

"노예들을 운송하는 그 차량을 습격한다면 만월이를 구해 낼 수 있을지도 몰라."

사령관이 소식을 가져온 천사에게 물었다.

"그 안에 어떤 노예들이 실려 있는지도 알 수 있나요?"

"그것까지는 알 수 없었습니다."

"음… 그 안에 김만월 씨가 없다 해도 운송 차량을 습격한다면 다른 노예들을 구할 수는 있겠군요."

그때 하현이 말했다.

"아무래도 이상해요."

다들 하현을 쳐다봤다. 사령관이 물었다.

"어떤 점이요?"

"함정일 수도 있지 않을까요?"

"함정?"

"제가 기은성과 도박을 할 때 기은성은 분명히 이렇게 말했어요. 황궁 연구소로 끌려간 노예들은 다시는 밖으로 나오지 못한다고. 그게 원칙이라고 했죠."

"기은성이 알고 있는 게 전부는 아니겠지. 그리고 그건 어디까지나 포커를 하면서 너를 방심하게 만들려고 한 밀이니까 무작정 믿을 수는 없잖아?"

박솜이 말했다.

"하지만 전… 전 그때 기은성이 진실을 말한다고 느꼈어요. 그의 말은 아무래도 사실 같아요. 기은성은 오리 아저씨가 예전에 황립연구소에 있었다는 것도 알고 있었죠."

하현은 천천히 고개를 저었다.

"뭔가 예감이 안 좋아요. 기은성의 말도 그렇고, 만약 제가 황실이라면 충분히 이런 식으로 우리를 유인해 볼 만하다는 생각이 들거든요. 우리, 그러니까 더 정확히 말하면 저를 잡기 위해서 말이에요."

"어째서?"

"그들 입장에서 지금까지 우리가 한 행동들을 생각해 보세요. 유중진은 시위대를 납치해서 황제의 오촌에게 공급한 후 강남 한복판에서 납치당했어요. 그리고 유중진에게 시위대를 넘겨받은 기은성은 카지노에서 천 명이나 되는 노예들을 털렸죠. 이쯤 되면 황실에서도 시위대를 구하고자 하는 누군가가 있다는 걸 눈치챘을 거예요. 전 어쩌면 이 일이 우리, 그러니까 저를 유인하기 위해서 실험용 노예들을 이송하는 척하는 건 아닌가 하는 생각이 들어요."

하현은 그 사실을 가져온 천사에게 물었다.

"내일 황궁에서 실험용 노예들을 옮긴다는 정보를 어떻게 얻으셨나요?"

"황궁에서 오래전부터 일하고 있는 우리 측 스파이를 통해서 얻었습니다."

"그쪽은 믿을 만한 사람입니다. 이건 내가 보장해요."

사령관이 말했다.

"하현 군의 생각도 충분히 일리가 있어요. 하지만 적어도 우리 측 스파이는 믿을 수 있는 사람입니다."

"그렇다면 황실에서 일부러 가짜 정보를 흘린 거라면요?"

사령관은 소식을 가져온 천사에게 물었다.

"어때요, 그 정보는 위에서 내려온 공식적인 전달 사항이겠죠?"

"네, 황궁 연구소에서 그런 명령을 내린 걸로 알고 있다고 스파이가 전했습니다. 우리 측 스파이가 연구소에서 일하지는 않지만요."

사령관이 말했다.

"하현 군의 말도 맞아요. 황실은 이미 신정동 시위대를 구하고자 하는 어떤 강력한 인물이 있다는 걸 눈치챘을 겁니다. 하지만 그 사실이 이번 이송과 연결되었는지는 확실하지 않군요. 물론 기은성의 말이 사실일 수도 있지만 말입니다. 이 문제는 그런 관점도 충분히 염두에 둬야 하지만 작전 자체의 가능성을 고려하는 게 가장 중요합니다. 만약 우리가 토요일에 이송 차량을 습격하기로 결정한다면, 우리와 노예해방전선이 합작해서 그들을 구해 낸 후 노예해방전선이 노예들의 탈출을 도울 것입니다. 지금까지는 주로 그런 식으로 해 왔어요. 가장 이상적인 건 내일 이송되는 노예들 중에 하현 군의 아버지를 포함한 시위대가 있는 거겠죠."

하현은 생각에 잠겼다. 그 모습을 보고 사령관이 물었다.

"하현 군, 만약에 하현 군이 천사단의 사령관이라면 어떻게 하고 싶어요?"

성수현은 진지한 태도였다. 하현은 생각했다. 내가 사령관이라면? 며칠 전 카지노에서 기은성과 포커를 할 때, 판돈이 크게 걸린 판에서 도박을 하기로 마음먹었을 때의 그 기분이 다시 그를 감쌌다.

"있잖아요."

하현이 입을 열었다.

"저라면 도박을 해 볼 것 같아요."

"도박?"

"네. 물론 여러분의 희생을 판돈으로 걸지는 않을 거예요. 저를 걸고 도박을 해 보면 좋을 것 같아요."

"어떤 식으로 도박을 하겠다는 거죠?"

사령관이 물었다. 박솜과 오리, 그리고 방 안에 있는 모든 사람이 하현을 쳐다봤다.

"제가 만약 사령관이라면 일단 토요일 새벽에 그 이송 차량을 습격할 겁니다."

하현은 최대한 차분하게 말하려고 애썼다.

"그렇게 해서 노예들, 그리고 우리 아빠를 구해 낼 수 있다면 좋겠죠. 하지만 만약 그렇지 않다면⋯ 거기서부터 도박을 시작해 보는 거예요."

사람의 도리

윤철호는 그날도 평소처럼 퇴근했다. 그는 여느 때처럼 시스템을 점검하고 일과를 마친 후 집으로 와서 지하 주차장에 차를 댔다. 그가 차에서 내리는데 누군가가 갑자기 그의 등 뒤에서 나타났다.

"아저씨."

윤철호는 깜짝 놀라서 뒤돌아봤다. 어두운 지하 주차장에서 자기 앞에 서 있는 키 큰 사람을 보고 그는 잠시 동안 두려움에 휩싸였지만, 몇 초 후 그게 자신이 잘 아는 사람이라는 걸 깨닫고는 더욱 놀랐다.

"하현아!"

윤철호는 하현의 팔을 잡았다.

"어떻게 된 일이야? 며칠 동안 전화도 안 받고…. 가게는 완전히 닫혀 있던데."

"아저씨, 차 안에서 얘기 좀 할 수 있을까요? 중요한 이야기예요."

그는 소년의 심각한 목소리에 차 문을 열었다. 두 사람은 차에 타고 문을 잠갔다.

"무슨 일이야?"

"아저씨, 지금 문기부가 저를 쫓는 중이죠?"

"응?"

그는 어리둥절했다.

"무슨 말이야? 문기부가 왜 너를 쫓아?"

"문기부가 아니더라도 황실에서는, 적어도 기은성은 어떻게든 저를 찾으려고 하는 중이겠죠. 아저씨는 모르세요?"

"나는… 나는 네가 무슨 말을 하는지 전혀 모르겠구나."

"정말이에요?"

"정말이야. 도대체 그게 다 무슨 말이니? 기은성이라면 혹시 IKC의 대표 기은성을 말하는 거야?"

하현은 철호 아저씨를 빤히 쳐다봤다. 아저씨가 거짓말을 하는 것 같지는 않았다.

하현은 아저씨를 믿어도 될지 다시 망설여졌다. 하지만 그는 결국 얘기하기 시작했다. 지난 몇 주 동안 있었던 일들, 박솜을 만나서 함께 유중진을 납치하고 동굴요정과 함께 기은성에게 사기를 친 일들을 모두 이야기했다. 그리고 앞으로의 계획에 대해서도. 이야기를 들으면서 철호 아저씨는 놀라움에 점점 눈이 커졌다. 그는 하현이 이야기를 마친 후에도 한동안 말을 잇지 못했다.

"어떻게… 어떻게 그런….""

윤철호가 더듬거리며 말했다.

"그게 다 사실이니? 그러니까 지금 넌 반란군과 함께 있다고? 그리고 황궁 연구소에 만월이가 갇혀 있다고?"

"아저씨는 모르셨어요?"

"나는….""

"아저씨, 기은성이 카지노에서 저희한테 크게 털렸다는 걸 아셨나요?"

"아니, 몰랐어."

"그럼 기은성이나 황실에서 지금 저희를 추적하는 중인가요?"

"난 그것도 몰라. 기 대표나 너에 대해서 그 어떤 명령도 내려오지 않았어. 적어도 난 못 들었어."

하현은 그 말을 듣고 기은성이 공권력을 통해서 자신들을 추적하고 있는 건 아닌 것 같다고 생각했다.

"정말이야. 난 오리하고도 오랫동안 연락이 없었어. 오리가 그런 일에 가담했다니…. 넌 도대체 어쩌다가 그런 위험한 짓을 하게 된 거야? 넌 아직 학생이잖아. 어떻게 그런….""

"우리 아빠가 납치당했잖아요."

"아무리 그래도 그렇지, 이럴 때는 어른들에게 맡겨야지."

"어떤 어른이요? 경찰이요? 경찰한테 가 봤는데 어떻게 됐는지는 아저씨도 아시잖아요."

"하지만 그래도 이건 잘못됐잖아."

"아빠를 구하기 위해서 다른 방법이 있나요?"

철호 아저씨가 대답이 없자 하현은 재차 물었다.

"황궁에 친위대를 개량하기 위한 연구소가 있다는 건 아셨어요?"

"알고 있었어."

"그런데 거기에 아빠가 끌려갔다는 건 모르셨어요?"

"하현아, 난 황궁의 보안 책임자야. 연구소에서 일하지는 않는단다."

"그럼 우리 동네에서 납치된 시위대가 연구소로 끌려갔다는 사실도 모르셨어요?"

아저씨가 머뭇거리자 하현은 언성을 높였다.

"아셨군요. 알고 계셨군요."

"아냐, 난 몰랐어."

"거짓말하지 마세요. 황궁의 보안 총책임자가 어떻게 그걸 모를 수가 있어요?"

"정말이야, 난 몰랐어."

그는 황급히 손을 내저었다.

"거짓말하지 마세요."

"진짜야, 진짜라니까! 난 정말 몰랐어."

윤철호는 입을 달싹거리다가 결국 한숨을 쉬었다.

"예전에 폭동이 일어나서 황립연구소가 불탄 적이 있단다."

"그건 저도 들었어요."

"그래, 그 일로 만월과 오리 등 갇혀 있던 사람들이 탈출할 수 있었지. 아무튼 그 일이 있은 후로 황실에서는 아예 궁 안에 연구소를 만들었어. 그리고 그곳에서 친위대를 개량하는 연구를 하기 시작했지. 주로 비인간 종족들을 끌고 와서 실험한다는 것만 알고 있을 뿐, 그들을 어디서, 어떻게 끌고 왔는지는 나도 잘 몰랐어. 정말이야."

"거짓말."

"정말이야!"

아저씨의 목소리가 떨렸다.

"가끔 연구소로 노예들이 실려 오는 걸 보긴 했어. 하지만 그들이 원래부터 노예였던 것인지, 어쩌다가 끌려온 건지는 알 수 없었지. 연구소 관련 정보는 엄격한 기밀이었으니까. 물론 난 그들이 시위대나 불순분자들이라서 끌려온 건 아닐까 하고 막연히 짐작을 하기 했단다. 하지만 자세한 건 나도 몰라. 만약 만월이가 끌려온 걸 알았다면 난 가만있지 않았을 거야. 너도 알잖니, 만월이가 내 목숨을 구했잖아. 난 오리처럼 네 아버지에게 목숨을 빚지고 있단다. 그리고 단 한 순간도 그걸 잊은 적이 없어. 하현아, 정말이야. 무책임하게 들리겠지만, 난 황제 폐하께서 하시는 일에 대해서 아주 조금밖에 알지 못해. 황궁에서 일한다고 해서 모든 걸 다 알고 있다고 생각하면 안 돼. 정말이야."

아저씨의 말이 끝나자 하현은 나지막하게 물었다.

"잊지 않았다는 말, 정말이에요?"

"뭐?"

"우리 아빠한테 목숨을 빚지고 있다는 걸 한순간도 잊은 적이 없다면서요."

윤철호는 얼른 고개를 끄덕였다.

"당연하지. 한시도 잊은 적 없어."

"그럼 아빠를 구할 기회가 있다면 도와주실 거죠?"

"어떤… 걸 말하는 거니?"

"황궁의 방어막을 하루만 없애 주세요."

"뭐라고!"

아저씨는 거의 비명을 질렀다.

"그게 도대체 무슨 말이야?"

하현은 자신의 계획을 설명했다. 그 말을 다 들은 아저씨는 다시 한동안 말을 잇지 못했다.

"하현아, 그건… 그건 반역이잖아! 너 지금 그게 반역이라는 걸 모르는 거니?"

"알아요. 아마 세상이 크게 바뀔 거예요."

"아니, 잠깐만, 이건 아니지. 너 도대체 무슨 생각을 하는 거야? 난 너희 아버지를 구하는 정도의 일이라면 얼마든지 도와줄 수 있어. 그런데 이건 그런 차원의 일이 아니잖아. 넌 지금 황제 폐하를 폐위하려는 거잖아!"

"그 방법이 아니면 아빠를 구할 수가 없잖아요."

"그 방법이 아니라도 아빠를 구할 수가 있을 거야."

"어떻게요?"

"어떻게든 할 수 있겠지. 내가 한번 알아볼게. 왜 그렇게 극단적인 생각을 하는 거야? 하현아, 너 지금 네가 있다는 그 반란군 기지가 어디야? 그놈들로부터 당장 빠져나와. 네가 그놈들과 어울리다 보니 머릿속이 위험한 생각으로 꽉 찼구나. 지금 당장 그런…."

"위험한 건 아저씨가 하는 생각 아니에요?"

"내가? 내가 어때서?"

"아저씨는 사람들을 납치해서 가둬 두고 실험하는 황제를 옹호하고 있잖아요. 저희는 그걸 끝내려는 거예요. 도대체 언제까지 이런 세상을 내버려 둘 거예요? 언제까지 단 한 사람이 모든 생명을 갖고 노는 걸 놔둘 거냐고요."

윤철호는 충혈된 눈으로 조심스럽게 숨을 골랐다.

"하현아, 너 정말 많이 변했다."

"제가 불순분자 같다고 생각하시는 거죠?"

"그래."

"알아요. 근데 그게 무슨 상관이죠? 국가가 우리 아빠를 끌고 가서 생체 실험을 하고 있잖아요. 이런 상황에서 제가 어떻게 선량한 국민으로 남을 수 있겠어요?"

"하현아…."

"아저씨, 은혜를 갚으세요."

하현은 아저씨의 손을 꽉 잡았다.

"우리 아빠가 아저씨의 목숨을 살려 준 은혜를 갚을 때가 드디어 왔어요. 아빠를 구해 주세요."

"구해 줄게. 근데 방어막을 건드릴 수는 없어. 그건 절대 안 돼."

"이런 비겁한 인간!"

하현이 소리치자 윤철호는 움츠러들었다.

"당신은 비열하고 야비한 인간이야. 우리 아빠가 죽어 가는 당신 목숨을 구해 줬잖아. 그런데 그 은혜를 이런 식으로 갚아? 은혜를 잊으면 사람이 아니야. 아니, 짐승도 은혜는 갚는다고. 그런데 당신 목숨을 살려 준 사람을 실험용 쥐로 만드는 게 당신이 은혜를 갚는 방식인가? 당신이 그러고도 사람이야?"

"하현아, 그만해라…."

"좋은 말로 할 때 내일 방어막을 꺼."

"안 돼. 불가능해. 네가 뭐라고 협박을 해도 그건 안 돼."

"결국 사람이길 포기하겠다는 거군."

"하현아, 제발…. 나도 어렸을 때는 너처럼 그런 생각을 하곤 했어. 제정에 대해서 의문을 품기도 했고 민주정이 더 좋은 게 아닌가 하는 생각도 했어. 너처럼 과격한 행동을 한 적은 없지만, 그래도 나도 한때 고민을 많이 한 시절이 있었단다. 지금 네가 하는 생각을 너만 한 게 아니야. 나도 네 나이 때는 그랬어. 하지만 세상일이 그렇게 순진하게 돌아가지가 않는단다. 민주정, 그래, 당연히 좋지. 말로는 민주정이 제일 좋지. 근데 그게 현실적으로 제대로 돌아가겠니? 그게 현실적으로 가능할 것 같아?"

"지금 뭘 착각하시는 것 같은데, 전 민주정을 위해서 부탁하는 게 아니에요."

"그러면?"

"아빠를 위해서 그러는 거예요. 난 민주정이나 제정 같은 거에 관심 없어요. 내가 원하는 건 아빠를 구하는 거예요."

"그래, 그러니까 아빠를 구할 수 있는 다른 좋은 방법을 생각해 보자."

"안 돼요. 다른 방법은 우리가 모두 검토해 봤지만 전부 불가능해요."

"왜 그렇게 단정적으로 말하니…."

"아저씨가 황제예요? 아저씨가 황제라면 우리 아빠를 구할 수 있겠죠. 하지만 연구소는 황제 직속 기구이고 황제의 명령이 없으면 연구소의 실험체들은 절대 밖으로 나갈 수 없어요. 아저씨는 연구소에서 일하지도 않잖아요. 심지어 연구소에서 무슨 일이 일어나고 있는지, 연구소에 누가 있는지도 몰랐잖아요. 근데 어떻게 아빠만 무사히 구하겠다는 거예요?"

"그러니까 생각을 해 보자는 거잖아. 물론 시간이 좀 걸리긴 할 거야. 하지만…."

"이런 시발 진짜! 전 더 이상 기다릴 수 없어요. 지금 그곳에서 무슨 일이 일어나고 있을지 모르는데 어떻게 더 기다려요? 어쩌면 우리 아빠는 이미 죽었을지도 몰라요. 어쩌면 이미 온몸이 해체돼서 차라리 죽느니만 못한 상태로 연명하고 있을지도 몰라요. 어쩌면, 어쩌면 이미 상상도 할 수 없는 끔찍한 상태일지도 모른다고요. 근데 어떻게 더 기다려요? 한시가 급해요. 더 이상 기다릴 수 없다고요. 아저씨, 제발 부탁이에요. 내일 딱 하루만 방어막을 꺼주세요, 제발."

"진짜 미치겠네."

윤철호는 이마의 땀을 닦았다.

"안 돼, 진짜. 그럴 수 없어."

"제발!"

"안 된다니까! 아, 진짜 미치겠네. 그거 내가 하고 싶어도 그렇게 쉽게 할 수 있는 일도 아니야."

"아저씨는 보안 총책임자잖아요."

"책임자라고 해서 다 내 마음대로 할 수 있는 건 아니야."

"거짓말 좀 그만하세요! 할 수 있잖아요. 우리도 그 방어막에 대해서 나름대로 정보가 있어요. 아저씨가 그 방어막을 영구적으로 없애지는 못해도 잠깐 동안 끌 수는 있잖아요."

"좋아, 내가 그걸 끈다고 치자. 그럼 너희가 들어가서 만월이만 데리고 나올 거야? 아니잖아. 방어막이 사라지면 반란군이 황궁으로 쳐들어갈 거 아냐? 내 말이 틀렸어?"

"아저씨가 원치 않는다면 전 그러지 못하게 말리고 싶지만, 그건 장담할 수 없어요."

"그것 봐! 넌 지금 나한테 엄청난 요구를 하면서 정작 너는 반란을 일으키겠다는 거잖아!"

윤철호는 흥분해서 소리쳤다.

"설령 그런다고 해도 그게 뭐가 문제예요? 잘못된 세상을 바로잡겠다는데 그게 무슨 문제냐고요!"

"그러니까 안 된다는 거야! 절대로 안 돼!"

"내 말 못 들었어?"

하현은 버럭 고함을 질렀다.

"당신은 선택권이 없어! 우리 아빠가 죽어 가는 당신한테 목숨을 쪼개 넣어서 살려 준 순간부터 당신한테는 선택권이 없다고!"

"그 소리 좀 그만해!"

"닥치고 내 말 들어!"

"하현아!"

"닥치라고!"

윤철호가 하현의 입을 막으려 하자 하현은 그의 두 팔을 붙잡았다. 그들은 차 안에서 몸싸움을 했다.

"그만해! 나 갈 거야. 나 간다!"

"어딜 가려고! 가만히 있어!"

"이 자식이 진짜!"

"가만히 있으라고!"

하현은 윤철호의 멱살을 잡고 아주 세게 흔들었다. 그 바람에 아저씨와 하현은 박치기를 하고 말았다. 윤철호는 머리를 잡고 고통스러워했다.

"이놈 자식이… 야, 이 나쁜…."

"아픈가? 근데 지금 우리 아빠는 그거랑 비교도 할 수 없는 고통을 받고 있을 거야. 우리 아빠는 어렸을 때 당신네 연구소에 붙잡혀 가서 황실과 권력자 놈들에게 마력을 나눠 주느라 몸이 줄어들었어. 이 나라 기득권은 아빠에게 목숨을 빚지고 있는 거나 마찬가지야. 아빠가 그때 준 것을 이제 돌려받겠다는 거예요. 그게 무슨 문제 있어요? 공평한 일이잖아요."

"너희 아버지가, 아야…."

윤철호는 이마를 문질렀다.

"너희 아버지가 그렇게 묶여서 마력을 나눠 준 게 내 잘못은 아니잖아."

"정말 그렇게 생각해요? 아저씨도 아빠에게 생명을 빚지고 있잖아요. 그럼 그들과 같은 일부죠. 아저씨도 책임에서 벗어날 수 없다고요. 아저씨가 아빠에게서 즙을 짜낸 가해자들과 같은 빚을 공유하고 있는 이상, 어떻게 아저씨한테 잘못이 없다고 할 수 있어요? 이 나라는 잘못되었어요. 그리고 너무 오랫동안 잘못되었어요."

하현은 아저씨의 턱을 잡고 들어 올려 그와 눈을 마주쳤다.

"알겠어요? 이 나라가 오랫동안 저지른 죄악을 아저씨도 공유하고 있다고요. 그러니까 나라가 갚아야 할 빚을 갚을 수 있게 아저씨가 도와줘야 해요. 이건 민주정이나 제정을 초월한 천륜이라고요. 다시 말하지만 난 민주정에 관심 없어요. 민주주의를 위해서 이러는 게 아니에요. 당신들이 저지른 죗값을 이제야 받으려고 하는 것뿐이에요."

"그럼 좀 더 안전한 방식으로 하면 되잖아. 너희는 지금 반란을 일으키려는 거잖아."

"내 말 못 들었어요? 이건 천륜이라고요. 반란이 마음에 안 들면 그저 빚을 받아 내는 거라고 생각하세요. 황제가 우리 아빠에게서 가져간 것, 황제의 이름으로 우리 아빠를 쥐어짜 낸 그 모든 자들이 갚아야 할 빚을 이제서야 받아 내는 거라고요. 단지 놈들이 주려고 하지 않으니까 좀 거칠게 받으려고 하는 것뿐이에요. 그리고 아저씨도 그중 일부고요."

하현은 윤철호를 흔들었다.

"내 말 잘 들어요. 아저씨의 몸 안에는 우리 아빠의 생명이 흐르고 있어요. 아빠는 말 그대로 자기 몸을 깎아 내서 아저씨를 살렸는데 아저씨가 그걸 외면하면 과연 아저씨가 나중에 편하게 죽을 수 있을까요? 절대 안 되지. 세상에는 황제보다 강한 힘이 있어요. 황제조차 거기서 벗어날 수가 없다고요."

"난 그런 거 안 믿는다."

"당신이 믿든 말든 관심 없어. 중요한 건 사람이 해야 할 도리가 있다는 겁니다. 아저씨는 우리 아빠를 가둔 연구소의 보안 책임자였는데, 뻔뻔하게도 병에 걸리니까 아빠한테서 생명을 수혈받았죠."

"그건 만월이가 주겠다고 자원한 거야. 내가 죽어 간다는 말을 듣고 만월이가 스스로…."

"그건 절대로 공짜가 아니에요. 아빠를 가둔 간수인 당신이 아빠에게서 목숨을 빨아먹어 놓고 그게 당연한 거라고 생각했어요? 그게 지금까지 공짜라고 생각한 거예요? 한번 말해 봐요. 그게 진짜 공짜라고 생각했어요?"

"아니, 그건 아니야."

윤철호는 더듬거렸다. 그는 다시 이마의 땀을 닦았다.

"그것 봐요. 아저씨도 그건 아니라는 걸 알잖아요."

하현은 충혈된 눈으로 윤철호의 눈을 응시했다.

"이제 때가 왔어요. 아저씨가 아빠한테 받은 은혜를 갚을 수 있는 때가 비로소 왔다고요."

"하지만 그 대가가 반란이잖니."

"때로는 한 사람을 위해서 세상이 달라질 수도 있는 겁니다. 그리고 이건 심지어 우리 아빠 한 사람만을 위한 것도 아니에요. 그 연구소에 갇혀 있는 여러 사람들, 그리고 앞으로도 국가에게 고통받을 수많은 사람들을 위한 겁니다. 아저씨는 사적인 은혜를 갚기 위해서 세상을 정화시킬 수 있는 행운을 잡게 된 거예요. 그 행운을 놓치지 마세요."

윤철호는 뭐라 말을 하려 했지만 그의 입에서는 아무 말도 나오지 않았다. 그래서 하현은 다시 계속 말했다.

"제 말 잘 들으세요. 아저씨는 내일 평소처럼 출근하시면 돼요. 아저씨가 주말에도 출근하는 걸 알아요. 그래서 출근하고 한 시간 이내에 황궁 전체를 감싸고 있는 방어막을 제거하세요. 시스템을 끄는 거예요."

"그거 말처럼 그렇게 쉽지 않아…."

"그럼 시스템을 해킹하든 기계를 부수든 무슨 수를 써서라도 그렇게 하세요. 할 수 있죠? 전 아저씨가 그걸 할 수 있는 힘이 있다는 걸 알아요. 아저씨가 왜 그런 힘을 갖게 되었는지도 알고요. 아저씨는 우리 아빠에게 빚을 갚기 위해서 그 자리까지 가게 된 거예요. 제가 말했잖아요. 세상에는 황제보다 강력한 힘이 있다고. 아저씨는 사람으로서 응당 해야 할 도리를 하기 위해 이 자리까지 오게 된 거예요. 아저씨는 자신이 평생 무언가를 지키기 위한 사람이라고 생각하셨죠? 그래서 황궁이라는 건물을 외부로부터 지키기 위해 애쓰셨죠? 사실은 그 반대였어요. 아저씨는 황궁이라는 작은 건물로부터 세상을 지키기 위해 그 자리에 오른 거예요. 건물을 지키려면 담을 쌓아야 하지만 세상을 지키기 위해서는 그 담을 무너뜨려야 합니다. 장벽은 허물기 위해서 쌓는 것이고 문은 열기 위해서 존재하는 겁니다. 아저씨는 이제야 진실로 해야 할 일을 찾은 거예요. 세상을 막기 위한 게 아니라 세상으로 문을 여는 게 아저씨가 비로소 해야 할 일입니다."

"너희 아버지 한 사람을 위해서?"

"그래요. 단 한 사람을 위해서."

"단 한 사람을 위해서 반란에 가담하라는 거냐?"

"목숨을 구해 준 한 사람을 위해서."

하현은 힘주어 말했다.

"내 목숨을 구해 준 사람의 목숨을 구해야 하는 거라면 그렇게 해야 하는 겁니다. 단지 세상이 그를 짓누르고 있으니 세상을 뒤집어야 하는 것뿐이죠. 우리 아빠가 아저씨의 목숨을 구해 준 그 순간부터 아저씨는 벗어날 수 없는 운명의 고리 안에 갇힌 거예요. 아저씨에게는 선택권이 없어요. 저에게도 선택권이 없어요. 우리 아빠는 절 두 번이나 살려 냈어요. 저에게는 선택권이 없어요. 아저씨에게도 없고요."

윤철호는 한숨을 쉬었다.

"그게 사람의 도리라 이거지."

"네."

"그래, 잘 알겠다."

"방어막을 꺼 주실 거죠?"

"아니, 난 그렇게 못 해."

그는 고개를 저었다.

"난 평생을 만인의 아버지, 황제 폐하에게 충성을 바치며 살았다. 너희 아버지가 내게 베푼 은혜는 정말 세상 무엇으로도 갚지 못해. 그래, 네 말대로 너희 아버지를 구하는 게 사람으로서 마땅히 해야 할 도리라는 건 나도 안다. 하지만 나에게는 애국과 충성이 그 도리보다 중요해. 미안하구나. 난 평생을 이렇게 살아왔어. 어쩔 수 없어."

하현은 침묵했다.

"정말 미안하구나. 나도 네 아버지를 구할 수 있다면, 다른 일이었다면 난 뭐든지 했을 거야. 하지만 반역만큼은 안 돼. 난 황제 폐하에게 칼을 겨누는 건 상상할 수도 없어."

윤철호는 하현이 말을 하길 기다렸지만 아무 말이 없자 다시 말을 이었다.

"정말 미안해. 그렇지만 어쩔 수 없어. 이건 내 평생의 신념이야. 제정은 우리가 선택할 수 있는 최선의 제도란다. 황제 폐하도 늘 올바른 선택을 하시는 건 아니지만, 그럼에도 세상에는 황제 폐하가 필요해."

"그래서 신념을 위해 은혜를 원수로 갚겠다는 거군요."

"원수로 갚겠다는 게 아니야. 반란에 가담할 수 없다는 거야."

"전 반란을 하려는 게 아니에요."

"하지만 결과적으로는 그게 반란이지."

그들은 잠시 말없이 차 안에 앉아 있었다. 윤철호는 작별 인사를 했다.

"널 도와주지 못해 미안하구나. 난 그만 가 볼게."

"만약에 말이에요."

하현이 불쑥 말을 꺼냈다.

"만약에 아저씨가 도와주지 않는다면, 그다음에는 어떻게 될 것 같으세요?"

윤철호는 하현을 빤히 쳐다봤다.

"지금 날 협박하는 거니?"

"아니요, 아저씨나 아저씨 가족에게 해를 끼치겠다는 게 아니에요. 중요한 건 우리가 실패한다 해도 우리 뒤의 누군가가 계속 그 일을 시도할 거라는 거예요. 계속해서 황궁을 무너뜨리고 사람들을 구하려고 하겠죠. 그 일이 과연 끝날 거라고 생각하세요?"

"끝없이 이어지겠지. 그럼 난 끝없이 그들을 막아야 할 테고."

"아저씨가 죽은 다음에도 계속 이어질 겁니다. 아저씨나 황제가 불사신도 아니잖아요."

"그럼 내 후임자와 후임 황제가 계속 막겠지."

"하지만 언제까지나 영원히 막을 수는 없겠죠. 그건 아저씨도 아시잖아요?"

"그럴 수도 있겠지. 하지만 언젠가 무너진다고 해서 내가 문을 열어야 하는 건 아니야. 내 임무는 미래 세대 전체를 막는 게 아니라 지금 살아 있는 적들을 막는 거야."

"맞는 말이에요. 하지만 아저씨는 적을 착각하고 있어요. 아저씨가 막아야 하는 적이 국민입니까? 고통받는 불쌍한 사람들이에요?"

윤철호는 손을 흔들었다.

"그런 얘기는 그만하자."

"회피한다고 해서 현실이 달라지지는 않아요. 아저씨, 이거 하나는 알아두세요. 제가 지금 이 자리에서 분명히 말하건대, 전 지금 아빠를 구하려고 이러는 거지만 만약 이번에 우리 아빠를 구하지 못해서 아빠가 황궁 안에서 돌아가신다면, 전 남은 제 일생을 황궁을 공격하는 일에 바칠 거예요."

윤철호가 하현을 응시했다. 그의 눈에는 슬픔이 담겨 있었다.

"아저씨와 제가 늙어 죽을 때까지 싸움을 한다면, 과연 누가 이

길까요? 언젠가는 둘 중 한쪽이 먼저 죽겠죠. 누가 먼저 죽을까
요?"

"내가 먼저 죽겠지. 내가 더 늙었으니까."

"아니죠. 아저씨가 더 늙었기 때문이 아니라, 아저씨가 우리 아
빠의 목숨값을 치르지 않았기 때문에 지는 겁니다. 제가 말씀드렸
잖아요. 그건 공짜가 아니에요. 세상에 공짜는 없어요. 하물며 자
기 목숨을 구해 준 걸 공짜로 받으려 한다니? 그게 말이 됩니까?
그건 황제조차 거스를 수 없는 보이지 않는 사슬이에요. 아저씨가
우리 아빠에게 목숨을 빚지고도 아빠를 황제의 입 속에 집어넣는
다면, 그래서 우리 아빠가 결국 죽는다면, 그 대가를 아저씨나 황
제만 받는 게 아니라 아저씨의 가족들 전체가 지게 될 겁니다."

"지금 날 저주하는 거냐?"

"난 선택권이 없어요."

하현은 웃어 보였다. 놀랍게도 그의 웃음은 홀가분해 보였다.

"난 선택권이 없어요. 있으면 좋았겠지만, 우리 아빠가 없애 버
렸어요. 나뿐만 아니라 아저씨의 선택권도요."

그는 아저씨의 팔을 가볍게 두드렸다.

"아저씨, 벌써 몇 번을 말하는 건지 모르겠지만, 우리 아빠에게
받은 은혜를 잊지 마세요."

"안 잊었어."

"잊으려고 애쓰고 계시잖아요."

"그게 아니야. 반란으로부터 황제 폐하를 지키고 싶을 뿐이야."

"그게 뭐든 간에 아저씨가 받은 목숨값보다 비싸지는 않습니다. 그것이 황제든 뭐든 간에. 아저씨도 그건 아시잖아요?"

그는 천천히 고개를 끄덕였다.

"그렇긴 하지."

"거봐요, 이렇게 강력한 빚에는 선택권이 없어요. 갚을 수 있을 때 갚읍시다. 해야 할 일을 하고, 구해야 할 사람을 구하자고요. 부탁이에요. 제발 부탁입니다."

윤철호는 아무 말도 하지 않았다. 하현은 그의 두 손을 꽉 잡았다.

"아저씨, 내일 출근하고 한 시간 이내예요. 잊지 마세요."

그러고는 덧붙였다.

"쉽게 생각하세요. 우리 아빠한테 진작에 돌려줘야 할 것을 이제야 돌려주는 것뿐이라고요. 다른 건 아무것도 생각하지 마세요. 아저씨가 해야 할 일만 생각하세요. 아빠에게 목숨을 빚진 그 수많은 사람들은 대부분 은혜를 잊고 뻔뻔하게 살아갔어요. 그러고는 심지어 아빠에게 다시 고통을 줬죠. 아저씨는 그런 사람들과는 다르잖아요? 그래서 제가 아저씨에게 온 거예요. 아저씨가 그들과는 다르니까, 그들이 갚아야 할 빚을 대속할 수 있는 사람이 아저씨뿐이니까요. 아저씨는 여러 채무자들의 빚을 대신해서 갚는 거예요. 누군가는 그래야죠. 아무도 빚을 갚지 않으려 한다면, 누군가는 모두의 빚을 대신해서 갚아야죠. 그래야 하지 않겠어요?"

"근데 그게 왜 하필 나야?"

"말씀드렸잖아요. 아저씨가 그들과는 다르니까. 전 아저씨가 다른 사람이라는 걸 알아요."

"나도 피차 다를 거 없는 사람이다."

"그렇지 않습니다. 우선 아저씨는 잊지 않았어요. 그리고, 아저씨도 자신에게 선택권이 없다는 걸 이미 알고 있잖아요. 전 아저씨의 두 눈에서 그 사실을 읽었어요. 아저씨는 자신이 해야 할 일을 이미 알고 있다는 걸."

하현은 윤철호의 손을 한 번 더 잡아 준 뒤 놓았다.

"내일 출근하고 한 시간 이내예요."

그리고 하현은 차에서 내렸다. 그는 깜깜한 지하 주차장을 성큼성큼 가로질러 나갔다.

윤철호는 차에서 내리지 않고 어둠 속에서 한참을 홀로 앉아 있었다.

아기

만월은 불길에 휩싸인 집 안으로 뛰어들어 갔다. 그는 연기가 자욱한 집 안을 뛰어다니다가 기둥 밑에 깔린 선희와 그녀의 남편을 발견했다. 두 사람은 이미 정신을 잃은 상태였다. 만월은 선희를 빼내려고 온 힘을 다해 잡아당겼지만 소용이 없었다. 기둥을 들어 올릴 수도 없었다. 그는 선희에게서 몇 걸음 떨어진 곳에 쓰러져 있는 아기를 발견했다. 그는 우선 아기를 안고 집을 빠져나왔다. 그가 집 밖으로 몇 걸음 떼자마자 집은 폭삭 무너졌다.

불길과 연기가 구름처럼 일었다. 만월은 쉰 목소리로 선희를 불렀다. 그는 눈물과 연기 때문에 앞이 잘 보이지 않았다. 만월은 무너진 집 앞에서 한참을 우두커니 서 있었다.

그렇게 한동안 서 있던 만월은 자신이 품에 아기를 안고 있다는 걸 깨닫고 정신을 차렸다. 그는 아기의 코에 손가락을 대 보았지만 아기는 숨을 쉬지 않았다. 아기는 맥박조차 뛰지 않았다. 그는 재빨리 아기의 손을 잡고 마력을 흘려 넣었다. 누군가에게 마력을 주는 것은 오랜만이었다. 아기에게 마력을 주자 아기가 비로소 작게 숨을 토해 냈다.

하지만 아기가 살아난다는 보장은 없었다. 마력이 누군가를 늘 완전하게 살리는 것은 아니었다. 만월은 아기를 안고 미친 듯이 뛰었다. 병원에 가야 했다. 어느새 함박눈이 내리고 있었다. 눈이 그의 머리와 어깨 위로 떨어졌다. 그는 어디에 있는지도 모르는 병원을 찾아 정신없이 뛰었다. 자기도 모르게 눈물이 났다. 그는 눈물을 닦으면서 품속의 아기에게 속삭였다.

"괜찮아, 괜찮아."

그는 자신이 듣고 싶은 말을 아기에게 해 주었다.

"괜찮아. 다 괜찮을 거야."

포로

토요일 새벽, 황궁에서 출발한 화물 운송 차량 몇 대가 한강을 향해 달리고 있었다. 그 차들이 한적한 대로에 접어들었을 때, 천사단과 하현이 그들을 습격했다.

하현은 유중진 작전 때 입었던 슈트를 다시 입고 있었다. 그는 자동소총으로 무장한 천사단과 함께 차량을 가로막았다.

그들은 먼저 화물차를 둘러싼 호위 차량부터 해치웠다. 그러자 겁을 먹었는지 운송 차량은 재빨리 멈춰 섰다. 하현과 천사들은 화물차로 다가갔다. 하지만 그들이 화물칸을 열려고 하는 순간 그보다 먼저 문이 열렸다.

안에는 노예들 대신 수십 명의 무장한 특수부대가 타고 있었다. 그들은 문을 열자마자 엄청난 화력을 퍼부었다. 그 갑작스러운 공격에 하현과 천사단은 후퇴할 수밖에 없었다. 하지만 천사단이 날아서 도망친 것과 달리 하현은 적들이 둘러싼 도로에서 빠져나가지 못했다. 군인들은 순식간에 하현을 포위했다. 하현은 총을 내려놓고 양손을 들어 올렸다.

군인들은 하현에게 슈트를 벗고 무장을 해제하라고 소리쳤다. 그는 순순히 그들이 시키는 대로 했다.

군인들은 그를 붙잡아 차에 태운 뒤 머리에 자루를 씌웠다. 하현은 차 안에 갇힌 채 화물차가 어딘가로 향하는 것을 느꼈다.

하현이 탄 차는 지하로 들어가 미로 같은 지하 통로를 달렸다. 한참을 달리던 화물차가 멈춰 서더니 그는 차에서 끌려 나왔다. 그는 눈이 가려진 채로 어떤 건물 안으로 들어갔고, 방 안으로 끌려가서 의자에 묶였다. 그의 양팔과 두 다리가 쇠로 만들어진 의자에 단단히 결박되었다.

하현은 식은땀을 흘렸다. 그로서는 기다리는 것이 가장 고역이었다. 무슨 일이 일어날지 짐작할 수 없었다. 일단은 고문을 당할 것이다. 문기부가 가장 잘하는 걸로 알려진 게 그것이었다. 그렇다면 어떤 고문일까? 그것을 짐작할 수가 없었다. 그는 반역자들에게 가해지는 걸로 알려진 수많은 고문들을 떠올렸다. 상상만 해도 피가 마르는 기분이었다. 앞이 보이지 않아서 공포는 배가 되었다.

하현이 떨면서 기다리고 있는데 누군가가 방 안으로 들어오는 소리가 들렸다. 그와 동시에 그의 머리에서 자루가 휙 벗겨졌다.

갑자기 눈앞이 밝아져서 하현은 눈을 찡그렸다.

회색빛이 감도는 차가운 느낌의 방이었다. 천장에서 나오는 열은 불빛이 사방을 흐릿하게 비추고 있었다. 방 안에는 인간 남자 몇 명이 하현의 주변을 둘러싸고 있었는데, 그중 그의 눈앞에는 머리가 희끗희끗해져 가는 중년의 인간 남자 한 명이 서 있었다.

남자는 깨끗하게 면도한 얼굴에 가느다란 눈매를 가진 언뜻 평범해 보이는 인상이었다. 다만 눈에서 감정이 느껴지지 않았다. 그 때문인지 하현은 남자의 얼굴이 뱀을 닮았다고 느꼈다. 남자는 깔끔한 양복 차림에 은색 시계를 차고 회색 넥타이를 매고 있었다. 그는 양복만큼이나 새카만 구두를 신고 하현 앞에 팔짱을 낀 채 버티고 서 있었다. 머리부터 발끝까지 표백한 것처럼 흠잡을 곳 하나 없었다.

남자는 한동안 하현을 골똘히 들여다보더니 말했다.

"어린 애잖아."

남자의 입에서 차가운 저음의 목소리가 흘러나왔다.

"네가 유중진 회장을 납치한 놈이지? 어디 소속이야?"

"당신 누구예요?"

"묻는 말에 대답이나 해. 노예해방전선인가?"

"여기가 문화기획부 본부인가요? 당신은 그럼⋯."

"묻는 말에만 대답하라고 했다. 어디 소속이야?"

"전 문화기획부장님에게만 말하고 싶어요."

"내가 문기부장이야."

"정말요?"

하현의 말에 남자는 고개를 저었다.

"안 되겠군. 시작해."

남자의 말에 하현 옆에 있던 인간 남자 한 명이 탁자 위에 있던 가방에서 물건들을 꺼내기 시작했다. 미리 열려 있던 가방에서는 펜치나 바늘을 포함한 다양한 물건들이 하나씩 나왔다. 고문 도구였다.

"정말 문기부장 맞아요?"

하현의 말에 아무도 대꾸를 하지 않았다. 가방에서 물건을 꺼내던 남자는 탁자 위에 올려놓은 물건들을 살펴보다가 그중에서 작은 펜치를 하나 집어 들었다. 그는 그걸 든 채 의자의 팔걸이에 묶여 있는 하현의 오른손 검지손가락을 한 손으로 움켜잡았다.

"저기요, 이럴 필요까진 없잖아요. 전 그냥 문기부장한테 말하고 싶을 뿐…."

"내가 문기부장이라고."

앞에 있던 남자가 짜증을 냈다.

그러자 갑자기 하현이 웃음을 터뜨렸다. 그는 처음에는 웃음을 참다가 이윽고 발작하듯이 웃어 댔다. 방 안에 있던 사람들이 당황해서 그를 쳐다봤다. 하현은 계속 웃다가 사레가 들려 기침을 했다.

"뭐가 그렇게 웃기지?"

문기부장이 물었다.

"사실 원래 계획은 말이야."

하현이 간신히 웃음을 참으며 말했다.

"널 찾기 위해서 이 건물 안을 뒤지는 동안 내가 고문을 버티는 거였어. 난 과연 얼마나 오래 버틸 수 있을지 몰라서 존나 긴장하고 있었지. 그런데 처음부터 이렇게 나타날 줄이야! 이거 진짜 고마워서 어떡하지?"

"날 찾으려고 했다고?"

"그래. 여기가 어디지? 혹시 무법 지대인가?"

부장이 한숨을 쉬었다.

"맛이 갔구만. 너 몇 살이냐?"

"고1이야."

"고1? 어디 학교인데?"

"그건 알아서 뭐 하게."

"도대체 어떤 조직에서 너처럼 어린 놈을 쓰는 거지?"

"난 속한 조직 같은 거 없어. 친구들은 좀 있지만."

남자가 뒤로 물러났다.

"진작 할걸. 빨리 시작해라."

하현의 검지손가락을 잡고 있던 남자가 하현의 손톱을 펜치로

뽑으려고 했다. 그러자 하현은 갑자기 주먹을 꽉 쥐었다. 남자의 손이 하현의 손 안에서 으스러졌다. 남자가 비명을 질렀다. 문기부장이 당황해서 물었다.

"뭐야, 왜 그래?"

하현은 긴 틈을 주지 않았다. 그는 힘을 줘서 팔을 묶은 굵은 밧줄을 단번에 끊어 버렸다. 그리고 벌떡 일어나 두 다리를 묶은 줄도 세게 잡아당겨 끊어 버렸다.

남자들이 그를 붙잡으려고 달려들자 그는 금속 의자를 휘둘렀다. 머리통 하나가 으깨지면서 벽에 피가 튀었다. 그는 의자로 주변에 있는 사람들을 사정없이 후려쳤다. 의자가 부서졌다. 뒤에 있던 남자가 하현을 두 팔로 붙잡자 그는 남자의 팔을 잡고 남자를 통째로 휘둘렀다. 몸통이 몸통과 부딪히면서 퍽 하는 소리가 났다. 강화 알약의 위력은 실로 막강했다. 그는 몸에서 나오는 힘을 조절하기 힘들 정도였다. 하현은 순식간에 방 안에 있는 사람들을 해치웠다.

그사이 문기부장은 권총을 꺼내려고 했지만 오리가 재빨리 총을 빼앗은 뒤 그를 붙잡고 있었다. 오리는 하현과 천사단이 화물차를 습격할 때부터 대기하고 있다가 하현이 일부러 붙잡혔을 때 그가 실린 차에 매달려 문기부 본부 안으로 들어왔다. 그리고 하현을 따라서 이 방 안까지 들어왔던 것이다. 그는 방 안의 사람들이 모두 하현에게 정신이 팔려 있을 때 방 안에 있던 감시 카메라를 조용히 벽 쪽으로 돌려 버렸다.

하현은 방 안의 다른 사람들을 모두 박살 낸 뒤 문기부장을 붙잡고 재빨리 밧줄로 묶었다. 부장은 그의 품속에서 버둥거렸지만 막강한 힘의 하현에게는 병아리처럼 느껴질 뿐이었다. 하현은 다른 의자를 끌고 와서 그곳에 부장을 앉혔다.

"잘했어."

오리가 모습을 드러냈다. 부장은 오리를 보고 소리를 질렀다.

"저건 뭐야!"

"조용히 해."

오리가 부장의 뺨을 찰싹 때렸다.

하현은 문기부장의 손목에서 시계를 풀어 자신이 찼다. 평범하고 단순한 디자인의 은색 시계였다. 그는 시계를 차고 톡톡 두드려 봤지만 시계는 아무 반응이 없었다.

"이걸로 친위대를 조종하는 거 맞지? 이거 어떻게 작동시키는 거야?"

"이 개새끼가! 너희들 뭐 하는 놈이야?"

"묻는 말에 대답이나 해. 이 시계 어떻게 작동시키는 거야?"

"그건 다른 시계야. 내가 그걸 항상 차고 다니는 줄 알아?"

"그럼 확인해 보면 되지."

오리가 아까 고문 기술자가 꺼냈던 펜치를 가져와서 부장의 손가락을 잡고 손톱을 하나 뽑았다. 부장이 비명을 지르자 하현은 그의 입을 막았다. 부장은 마구 몸을 비틀었다. 하현은 그의 귀에 대고 속삭였다.

"이거 친위대 조종용 시계 맞지?"

그는 고개를 저었다. 하현이 말했다.

"하나 더 뽑아요."

오리가 이번에는 반대쪽 손의 약지손가락을 잡고 펜치로 손톱을 후볐다. 부장이 미친 듯이 고함을 질렀다. 하현이 입을 막고 있는데도 비명 소리가 새어 나왔다. 오리는 약간 뜸을 들이다가 손톱을 뽑아 버렸다. 부장은 물 밖으로 나온 물고기처럼 펄떡거렸다.

"이거 친위대 조종용 시계 맞지?"

부장이 온몸을 비틀어서 하현은 다시 물어봐야 했다. 부장이 고개를 저었다.

"하나 더 뽑아 봐요."

오리는 부장의 손톱을 하나 더 뽑았고, 하현은 다시 그에게 물어봤다. 부장이 계속 부인해서 그들은 부장의 손톱을 네 개나 더 뽑아야 했다. 그러고 나서야 부장은 고개를 끄덕였다.

하현은 부장의 눈앞에 시계를 찬 손목을 들이밀었다.

"이거 어떻게 작동시키는 거야?"

부장이 헐떡거리자 코에서 피가 흘러나왔다. 하현은 부장의 뺨을 두드렸다.

"빨리 말해. 어떻게 하는 거냐고."

"오른쪽의 작은 붉은 버튼을 앞으로 두 번, 뒤로 세 번 돌리고 눌러."

하현이 붉은 버튼을 돌리고 누르자 눈앞에 메뉴 화면이 펼쳐졌다. 다른 사람의 눈에는 보이지 않는, 그의 눈에만 보이는 화면이었다. 하현은 심각한 표정으로 화면을 자세히 들여다보았다. 옆에서 오리가 물었다.

"왜 그래?"

"안 되겠어요. 이 시계는 문기부장이 차고 있어야만 조종이 되는 것 같아요."

"젠장, 그럼 어떡하지?"

"이 녀석을 시계랑 같이 끌고 가야죠."

"여기서? 그게 가능할까?"

하현은 부장이 갖고 있던 총을 오리에게 건넸다.

"아저씨는 다시 투명해진 다음 이걸로 절 호위해 주세요. 밖으로 나갑시다."

문기부 건물의 관제실에 있던 직원은 17호 심문실의 감시 카메라 화면이 벽을 향하고 있는 걸 발견했다. 이상하게 여긴 직원은 심문실로 가서 문을 두드렸지만 안에서는 아무 반응이 없었다. 그는 다시 문을 두드렸다.

그러자 갑자기 문이 폭풍처럼 열리면서 그를 뒤로 날려 버렸다.

하현은 꽁꽁 묶인 부장을 한 손으로 감아쥔 채 벼락처럼 뛰어나왔다. 그의 뒤로 권총 하나가 허공에 둥둥 뜬 채 따라 나왔다. 권총이 앞장서서 뛰어가자 하현은 그걸 따라 달렸다. 소란을 듣고 건물의 경비들이 달려오자 권총은 그들을 쏴 버렸다. 건물 전체에서 사이렌이 울리기 시작했다. 그들은 건물을 가득 채우고 웅웅거리는 사이렌 소리를 들으며 복도를 달려갔다.

권총은 왔던 길을 되짚어서 뛰어갔다. 하현이 그를 쫓아가는데 뒤에서 총소리가 났다. 경비들이 그들을 쫓아오며 총을 쏘고 있던 것이다. 하현은 등에 총을 몇 번 맞았지만 9밀리미터 총알은 하현의 단단해진 피부를 뚫지 못했다. 하현 앞에도 총을 든 사람들이 나타났다. 허공에 떠 있던 권총이 재빨리 벽으로 바짝 붙었다. 하현은 묶인 채 피를 흘리는 부장을 그들의 눈앞에 들어 올리며 외쳤다.

"여기 문기부장이 묶여 있다!"

하현은 소리쳤다.

"난 문기부장을 붙잡고 있다!"

총을 든 경비와 문기부 요원들은 부장의 얼굴을 알아보고 주춤거렸다. 하현은 그들에게 물러서라고 고함을 질렀다. 그들이 물러나자 하현은 문기부장을 바구니처럼 옆구리에 낀 채 그들을 지나쳐 달렸다.

오리와 하현이 지하 주차장에 도착하기 직전 총알 하나가 하현의 머리에 맞고 튕겨 나갔다. 다치진 않았지만 귀 옆이 얼얼했다.
그들은 주차장으로 내려가 제일 먼저 눈에 띈 사람에게 달려갔다.
이곳 직원으로 보이는 그 남자는 막 차에서 내리던 참이었다. 하현
은 그 사람에게 차 열쇠를 내놓으라고 고함쳤다. 남자가 달아나려
고 하자 보이지 않는 다리 하나가 남자의 발을 걸어 넘어뜨렸다.
그리고 곧장 보이지 않는 손이 남자의 주머니에서 열쇠를 꺼냈다.
오리가 차 문을 열고 운전대를 잡았다. 하현은 뒷좌석에 부장을 구
겨 넣고 자신도 그 옆에 앉았다.

"빨리 출발해요!"

하현이 차 문을 닫기도 전에 오리는 시동을 걸고 출발했다. 총을
든 사람들이 주차장으로 달려와 차를 겨누자 하현은 유리창에 문
기부장의 얼굴을 바짝 붙여서 그들에게 경고 표시를 했다.

오리가 모는 차는 순식간에 지하 주차장을 튀어나왔다. 주차장
을 나오자 갑자기 밝은 햇살이 쏟아졌다. 아직 이른 시각이었다.

"여기가 어디지? 무슨 지역이야?"

오리가 다급하게 외치자 하현이 말했다.

"GPS를 확인해 보세요."

오리가 네비게이션을 누르더니 말했다.

"마포구네. 가까운 곳에 있었군."

"서둘러요!"

오리는 줄곧 액셀에서 발을 떼지 않았다. 차는 위험할 정도로 속

도를 높였다. 그들 뒤로 문기부 차량들이 쫓아오기 시작했다. 하현과 오리, 그리고 번데기처럼 묶인 부장을 태운 차는 추격단을 꼬리에 매단 채 대로에 들어섰다. 만약 차에 문기부장이 실려 있지 않았다면 그들은 백 미터도 가기 전에 총격으로 벌집이 되었을 것이다. 하현은 긴장으로 손이 떨렸다. 그의 옆에 누워 있는 부장도 몸을 떨고 있었다.

그들은 추격대를 달고 마포구를 넘어갔다. 도로 위에 차들이 점점 많아졌다.

문기부 차량들이 사이렌을 울리며 쫓아왔다. 오리는 그들과 마주 오는 차들을 피하며 한참을 달리다 중구에 접어들었다.

"여기 맞나? 여기로 오는 거 아니었어?"

오리가 쉰 목소리로 외쳤다. 오리의 목소리는 긴장으로 찢어질 듯한 고음이었다.

"맞아요, 여기서 좀 더 가면 돼요."

추격대와 그들의 사이가 점점 좁혀졌다.

"이쯤이었던 것 같은데! 어디 있지?"

오리의 말에 하현은 뭔가를 깨달았다. 그는 뒷좌석 창문을 열고 창문 밖으로 팔을 마구 흔들었다.

그러자 그 직후 대구경 총알이 추격대의 차량을 꿰뚫었다. 문기부의 차량은 휴지 조각처럼 구겨지며 도로 위를 굴렀다. 건물 옥상위에서 대기하고 있던 천사단이 대물 저격총을 쏜 것이다. 그들은 박솜의 무기로 무장한 채 두 사람을 기다리고 있었다. 천사단이 계속해서 총을 쏘자 추격대는 순식간에 궤멸되었다.

오리는 차를 세우고 차 밖으로 나와 손을 흔들었다. 하현도 부장을 잡아끌고 차에서 내렸다. 천사들이 옥상에서 날아 내려왔다. 그들은 하현의 손에서 문기부장을 넘겨받았다.

"하현아!"

박솜이 달려왔다.

"괜찮아? 어디 다친 데 없어?"

"총을 몇 번 맞긴 했는데 끄떡없어요."

"다행이다. 알약이 효과가 있었구나. 고문을 받지는 않았어?"

"문기부장이 처음부터 나타나서 고문을 견딜 필요 없이 바로 데리고 탈출했죠."

박솜은 하현의 온몸을 살폈다. 그 모습을 보며 오리가 투덜거렸다.

"아저씨, 나도 같이 있었다고. 나도 걱정해 줘야지."

박솜은 그 말을 무시했다.

"진짜 일찍 왔네. 우린 너희가 이렇게 빨리 해낼 줄 몰랐어."

"그러게요, 일이 잘 풀렸어요."

성수현이 나타났다.

"하현 군, 오리 씨, 이번에도 해내셨군요. 자, 빨리 움직입시다. 이곳에 계속 있으면 위험해요."

천사 한 명이 문기부장을 둘러메고 하늘로 날아올랐다. 박솜, 오리, 하현도 천사들이 한 명씩 붙잡고 다 함께 날아올랐다. 천사들의 강한 팔뚝은 한 사람을 너끈히 들 수 있었다. 무장한 천사들과 세 사람과 한 명의 포로는 서울 하늘을 가로질렀다.

광장

　그들은 다시 천사단 본부의 옥상에 착지했다. 날아가면서 지상을 내려다보니 거리는 어느새 거대한 인파로 가득했다. 황궁으로 향하는 시위대였다. 오늘이 바로 전국의 민주화 단체들이 한 달 전부터 준비해 온 전 국민 총집결 시위가 열리는 날이었다. 시위대는 황제의 하야와 제정의 폐지, 민주정의 설립을 외치고 있었다. 인간, 도깨비, 요정, 시민견, 시민묘를 비롯한 나라의 모든 종족이 섞여 있었다. 사람으로 이루어진 강물은 빌딩 사이를 도도하면서도 흥겹게 흐르고 있었다. 그들은 어느 순간부터 노래를 부르고 있었다. 모두가 알고 있는 흘러간 옛 노래였다. 혁명과는 아무 상관 없는 사랑 노래였지만 그들은 아랑곳하지 않고 그 노래를 불렀다. 모든 종족이 함께 그 노래를 부르며 황궁을 향해 걸어가고 있었다.

하현은 옥상 위에서 그 강물을 내려다보았다. 자기도 모르게 가슴이 뛰었다.

하현이 시위대를 보고 있는 사이 천사단은 문기부장을 심문하기 위해 아래층으로 끌고 갔다. 그들은 손목시계를 통해 친위대를 움직이는 방법을 알아낼 생각이었다.

하현 뒤에서 박솜이 성수현에게 묻는 소리가 들렸다.

"황궁의 방어막은 어때요? 사라졌나요?"

"아직 그대로입니다."

박솜이 걱정 섞인 한숨을 쉬었다.

"역시, 그 사람을 설득하는 건 무리였나."

"그래도 아직 가능성은 있습니다. 문기부장의 손목시계를 얻었으니 궁 안에 있는 친위대를 조종해서 방어막을 없애는 방법을 시도해 봐야죠."

"그러려면 손목시계의 조종법을 빨리 알아내야겠군요. 근데 그게 가능할까요?"

"쉽지는 않죠."

그들은 대화를 나누다가 하현을 불렀다. 하지만 하현은 그 소리를 듣지 못했다. 그는 그저 인파의 강물을 내려다볼 뿐이었다. 그는 자신도 모르게 눈물을 흘리고 있었다. 그는 처음에는 아빠 생각을 하다가 아빠가 납치된 이후 자신이 저지른 모든 일을 떠올렸다. 유중진과 기은성의 부하들을 죽인 일, 그리고 유중진에게 전기 고문을 하고 문기부장의 손톱을 뽑은 일이 떠올랐다. 그는 그것이 모두 옳은 일이었는지 처음으로 자문했다. 그 일들을 하는 동안에는 그런 생각을 하지 않았지만 옛 노래를 부르며 걸어가는 시위대를 보고 있자니 처음으로 그런 의문이 들었다.

나는 옳은 일을 하고 있는 것일까?

저 사람들은 황궁으로 가고 있어.

그렇다면 난 어디로 가고 있는 걸까?

"하현아."

박솜이 옆에서 하현의 손을 잡았다. 하현은 다른 손으로 재빨리 눈물을 훔쳤다.

"괜찮아?"

"눈에 먼지가 들어갔어요."

포메라니안의 까만 두 눈에 근심이 서렸다.

"괜찮니?"

"아니요."

하현은 아저씨가 심각한 표정을 짓자 재빨리 웃어 보였다.

"농담이에요. 전 괜찮아요. 왜요, 무슨 일 있어요?"

"이제 우린 황궁으로 갈 거야. 모든 천사들이 무장을 마쳤어. 넌 여기 건물에 있으렴. 우리가 아빠를 구해서 나올게."

"저도 같이 갈게요."

"이제 그만해도 돼."

"아니에요. 저도 가야죠. 아저씨, 제가 총 잘 쏘는 거 아시죠? 제가 있어야 천사단이 안전할…."

"하현아."

박솜이 나지막하게 말했다.

"넌 그동안 할 만큼 했어."

하현은 그 말에 잠시 말문이 막혔다.

"넌 이런 일을 하는 게 아니라 교실에서 공부하고 친구들과 놀아야 했어."

하현은 가볍게 웃었다.

"새삼스럽게 무슨 말씀이세요?"

하현은 웃어넘기려고 했지만 박솜은 그를 슬픈 눈으로 올려다보며 말했다.

"널 이런 일에 휘말리게 해서 미안하다."

"제가 아저씨를 이 일에 휘말리게 한 거죠. 제가 아저씨의 가게로 찾아갔잖아요."

"아니야, 우리가 널 이 일에 끌어들인 거야."

박솜은 작고 하얀 손으로 하현의 손등을 토닥였다.

"넌 여기 있어."

"안 돼요. 저도 가야 해요."

"더 이상 안 그래도 돼."

"그래야 해요."

하현은 다시 가볍게 웃었다. 그 웃음에는 허탈함이 묻어났다.

"전 이미 너무 멀리 와 버렸어요. 아저씨도 아시잖아요."

그때 천사 한 명이 박솜을 불렀다.

"박솜 씨, 시간 됐습니다."

하현은 박솜의 어깨를 두드렸다.

"가시죠, 아저씨."

하현은 박솜을 내버려 두고 먼저 성큼성큼 걸어갔다. 박솜은 하현의 뒷모습을 물끄러미 쳐다보다가 발걸음을 옮겼다.

황궁 앞 광장은 어느새 거대한 시위대로 가득 차 있었다. 그들은 황제의 이름을 목청껏 외쳤다. 수십만 명이 한목소리로 외치자 광장 전체가 흔들렸다. 하현은 잠시 동안 황제가 부럽다는 묘한 생각이 들었다. 온 세상 사람들이 자신의 이름을 애타게 부르는 건 어떤 기분일까?

천사들은 황궁에서 가까운 건물 위에 무장을 한 채 모여 있었다. 하현도 그들과 함께 옥상 위에 있었다. 하현은 광선 소총을 든 채 황궁을 바라보았다. 거대한 성의 지붕은 햇빛을 받아 반짝이고 있었다. 황궁 주변을 바리케이드가 빙 둘러싸고 있었고 그 뒤로 친위대가 버티고 서 있었다.

친위대는 아까부터 스피커로 같은 말을 반복하고 있었다. 스피커에서 건조한 기계음이 울려 퍼졌다.

"시위대는 지금 당장 해산하라. 다시 말한다. 지금 당장 해산하라."

하지만 시위대는 그 소리에 아랑곳하지 않았다. 그들은 계속해서 깃발을 흔들며 황제의 이름을 불렀다.

"친위대를 조종할 수 있는 권한은 황제와 문기부장, 단 두 명에게만 있습니다."

성수현의 부관이 옆에서 설명했다.

"지금 황실에서는 문기부장이 납치된 것을 알고 그의 손목시계의 조종 권한을 막으려고 하고 있을 겁니다."

"우리 쪽 해킹은 얼마나 진행되고 있어요?"

성수현이 물었다.

"많이 됐습니다만, 아직 시간이 좀 더 걸릴 것 같습니다."

시위대의 규모는 점점 커져 갔다. 황궁 앞 넓은 광장과 황궁 주변 건물들 사이의 길까지 모두 인파로 가득했다. 그리고 그것으로도 모자라 황궁에서 몇 블록 떨어진 거리까지 전부 시위대가 메우고 있었다. 하현이 있는 건물 옥상에서도 시위대의 끝이 보이지 않았다. 도시의 지평선 저 끝까지 시위의 물결이 넘실거렸다. 그리고 그 모든 사람들이 황제의 이름을 부르고 있었다. 그들은 황제에게 외쳤다.

제정을 폐지하라.

노예제를 끝내라.

민주정을 세워라.

우리 앞에 나와서 너의 죄를 사죄하라.

하현은 전율과 함께 불안감을 느꼈다. 황궁과 가장 가까이에 있는 맨 앞줄의 사람들이 바리케이드를 점점 세게 밀었다. 친위대는 그들에게 팔을 흔들며 위협했다.

친위대가 계속해서 외쳤다.

"시위대는 지금 당장 해산하라."

하현은 점점 불안해졌다. 저러다가 친위대가 시위대에게 발포하면 어떡하지? 성수현도 마찬가지인 듯했다.

"이대로는 위험해요. 빨리 끝내야 합니다."

바리케이드가 뒤로 조금씩 밀리더니 마침내 무너졌다. 친위대가 뒤로 물러났다.

"해산하라. 반복한다. 당장 해산하라."

"이러다 무슨 일이 생기겠어."

성수현이 중얼거렸다.

"시위를 해산하라. 해산하지 않으면 발포하겠다."

드디어 친위대가 그들이 두려워하던 말을 꺼냈다. 스피커에서 무감정한 큰 목소리가 울려 퍼졌지만, 지평선 끝까지 이어진 시위대의 함성에 묻혀 버렸다.

"시위를 해산하라. 발포하겠다."

맨 앞에 있던 시위대가 깃발을 내려뜨렸다. 그들은 심상치 않은 분위기를 감지한 것 같았다.

시위대와 정면 배치하고 있던 강철 군인 중 하나가 공중으로 총을 들어 올리더니 외쳤다.

"발포 준비!"

친위대가 총을 들었다. 그들은 마주 보고 있는 시위대를 겨냥했다.

맨 앞줄의 사람들이 겁을 먹고 우왕좌왕했다.

"출동 준비!"

성수현이 외쳤다. 옥상의 천사들이 총을 쥔 채 몸을 낮췄다. 사령관의 지시가 떨어지는 즉시 바닥을 박차고 날아오르기 위해서였다. 하현은 광선총을 들어 강철 군인 중 하나를 겨냥했다.

그때였다.

"해킹이 끝났습니다!"

부관이 외쳤다.

"당장 중지시켜!"

성수현이 외쳤다.

"발사!"

강철 군인이 외쳤다.

새로운 황제

잠시 정적이 이어졌다. 그 순간은 찰나였지만, 동시에 영원처럼 느껴졌다. 하현은 자신이 꿈을 꾸는 것 같다고 느꼈다.

광장이 갑자기 조용해졌다. 사람들의 목소리가 작아졌다.

노래와 함성이 멎었다.

광장은 두려움과 긴장으로 가득 찼다.

강철 군인들은 여전히 시위대를 겨냥하고 있었다.

그때 정적을 깨뜨리며 부관이 외쳤다.

"됐습니다! 됐어요!"

부관은 흥분해서 팔을 마구 흔들었다.

"친위대의 통제권을 가져왔습니다! 군대를 멈췄습니다!"

하현은 순간 긴장이 풀려 주저앉을 것 같았다. 성수현이 외쳤다.

"군대를 황궁을 향해 돌려세워요!"

시위대를 겨냥하던 친위대가 총을 아래로 내려뜨렸다. 그러더니 그들은 동시에 뒤로 돌아 황궁 벽을 향해 섰다.

공포에 빠져 잠시 조용해졌던 시위대가 웅성거리기 시작했다. 시위대의 맨 앞에 있던 인간 소녀 한 명이 돌멩이를 집어 강철 군인 한 대에게 던졌다. 돌멩이는 군인의 등에 맞고 쨍 하는 소리를 냈다.

"군대가 멈췄다!"

소녀가 외쳤다.

"군대가 멈췄어요! 작동을 멈췄다고요!"

그 소식은 순식간에 광장 끝까지 퍼져 나갔다. 광장은 다시 함성으로 가득 찼다.

성수현이 외쳤다.

"황궁 안에 있는 친위대를 조종해서 방어막을 꺼야 합니다!"

"그럴 필요 없어요."

박솜이 말했다.

"방어막이 꺼졌어요."

하현은 황궁으로 눈을 돌렸다. 시민들이 궁전으로 달려가고 있었다. 그들은 등을 보인 채 돌아서 있는 친위대 옆을 지나쳐 달려가 황궁의 벽을 두드렸다.

"윤철호 아저씨⋯."

하현이 중얼거렸다.

잠시 얼빠진 채 서 있던 성수현이 외쳤다.

"방어막이 꺼졌다! 모두 출동!"

천사들이 일제히 날아올랐다. 박솜과 하현도 천사들에게 매달려 날아올랐다.

성수현이 지시했다.

"황궁 안으로 들어가서 모든 문을 열어라!"

수백 명의 천사들이 일제히 하늘로 솟구치는 모습을 보면서 하현은 오리의 말이 떠올랐다. 그 모습은 정말로 비둘기 떼 같았다.

광장의 시민들은 손을 뻗어 하늘을 가리켰다.

"새다!"

누군가가 외쳤다. 그러자 다른 사람이 외쳤다.

"아냐, 저건 천사야!"

천사들은 황궁의 높은 벽을 넘어갔다. 황궁 안에 있던 인간 병사들이 그들을 보고 당황해서 마구 총을 쐈다. 천사들은 하늘을 어지럽게 날면서도 정교한 대열을 유지하며 대응 사격을 했다. 동시에 건물에 남아 있던 천사단 해킹 부대가 조종하는 황궁 안의 친위대가 병사들을 쐈다. 인간 병사들은 공중과 지상에서 동시에 공격을 받고 쓰러졌다.

하현과 박솜을 들고 있던 천사들이 황궁의 정원에 착지했다. 하현과 박솜은 땅에 내려오자마자 황궁의 정문으로 달려갔다. 문 앞에 있던 친위대는 그 자리에 비석처럼 서 있었고 인간 병사들만이 우왕좌왕하고 있었다. 하현은 등에 멘 광선 소총을 들어 순식간에 그들을 처리했다. 하현과 박솜은 정문의 거대한 빗장을 풀기 위해 매달렸다. 천사들도 달라붙어 빗장을 푸는 것을 도왔다.

거대한 빗장이 큰 소리를 내며 풀렸다. 그들은 문을 바깥쪽으로 밀기 시작했다. 밖에 있던 시위대도 문을 당겨 문을 여는 것을 도왔다.

정문이 활짝 열렸다.

천사 부관이 외쳤다.

"여러분, 문이 열렸습니다!"

시위대가 문 안으로 쏟아져 들어왔다.

"황제를 찾아라!"

시위대가 외쳤다. 그들은 정원을 가로질러 황궁 안의 건물들을 향해 달려갔다.

바로 그 순간, 땅이 흔들리기 시작했다.

하현은 처음에 지진이 일어난 줄 알았다. 당황한 사람들이 멈춰 섰다. 황궁 안의 넓은 정원 전체가 솟아오르고 있었다.

정원의 한가운데에 있던 분수대가 부서지며 물이 밖으로 넘쳐흘렀다. 정원에 듬성듬성 있는 작은 벗나무 몇 그루가 뿌리째 흔들리더니 쓰러졌다. 격자무늬로 갈라진 정원의 길들에서는 흙더미가 분수처럼 튀어 올랐다.

"위험해요! 다들 물러나세요!"

성수현이 외쳤다. 정원에 있던 사람들이 바깥쪽으로 몸을 피했다. 미처 피하지 못한 사람들은 천사들이 그들을 들고 날아가 정원 바깥으로 옮겼다.

지진이 점점 강해지면서 땅이 계속 솟아올랐다. 그러더니 다음 순간, 솟아오르던 정원이 아래로 푹 꺼졌다.

순식간에 정원에는 넓은 구멍이 생겼다. 하현의 발에서 불과 몇 걸음 떨어진 곳이었다. 흙더미가 구멍 아래로 우수수 떨어졌다. 땅이 꺼지면서 박솜이 구멍 밑으로 떨어질 뻔했다. 하현은 재빨리 팔을 뻗어 박솜을 낚아챘다.

정원 한가운데에 생긴 구멍은 축구장 절반 정도의 크기였다. 그 거대한 검은 구멍 밑에서 갑자기 굉음이 울렸다.

귀를 찢는 듯한 그 소리에 사람들은 모두 귀를 막았다. 하현이 살면서 처음 듣는 소리였다.

그것은 짐승의 울음소리였다. 호랑이가 으르렁거리는 걸 코앞에서 들었을 때처럼 온몸의 털이 쭈뼛 솟았다. 하지만 그 소리는 호랑이 따위와는 비교할 수가 없었다. 그것은 마치 땅 밑 깊숙한 곳에서 지구가 울부짖는 것 같았다. 깊이를 알 수 없는 그 거대한 울음이 땅을 진동시켰다. 모든 사람의 심장 박동이 그 소리의 울림에 맞춰 뛰기 시작했다. 하현은 전율했다. 자기도 모르게 숨이 찼다.

"안 돼…."

그는 중얼거렸다.

"진짜 있을 줄이야."

제일 먼저 정신을 차린 것은 성수현이었다.

"용이다!"

그는 목청껏 고함을 질렀다.

"다들 피해요! 다들 문밖으로 나가요!"

하지만 하현은 이미 늦었다는 걸 느낄 수 있었다. 발밑에 있는 그 존재의 움직임이 땅을 통해 올라와 온몸의 세포로 느껴졌다.

구멍에서 거대한 발 하나가 쑥 올라왔다. 다섯 개의 발가락이 달린 근육질의 그 거대한 발은 언뜻 맹금류의 발과 비슷했다. 마을버스를 벌레처럼 움켜잡을 수 있을 만큼 커다란 발이었다. 하현은 뒤로 물러나면서도 그것에서 눈을 떼지 못했다. 솟아오른 발이 정원으로 떨어졌다. 발이 정원에 닿자 거대한 울림과 함께 흙먼지가 자욱하게 일었다. 발이 짓누르는 부분의 땅이 무게를 이기지 못하고 움푹 파였다.

이어서 또 하나의 발이 올라왔다. 두 번째 발이 땅을 딛자 강한 여진으로 하현은 넘어질 뻔했다. 공기 중으로 퍼지는 진동 때문에 공중에 떠 있던 천사들마저도 휘청거렸다.

두 발의 근육이 꿈틀거리며 힘이 들어가더니 드디어 거대한 머리가 나타났다.

용이었다.

하현은 그 얼굴을 평생 잊지 못할 것 같았다. 한눈에 들어오지도 않을 만큼 거대한 머리였다. 푸른빛이 도는 은색 머리에는 사슴의 뿔처럼 생긴 거대한 뿔과 하얗고 긴 수염이 달려 있었다. 그리고 그 눈, 집 한 채가 다 들어갈 만큼 커다랗고 까만 눈. 용은 하현이 상상하던 것보다 훨씬 거대했다.

용은 머리를 밖으로 빼서 한 바퀴 둘러보더니 안으로 잠깐 움츠렸다. 그러더니 엄청난 포효를 하면서 위로 솟구쳤다.

용의 포효에 황궁의 모든 창문이 다 터져 나갔다. 황궁뿐만 아니라 가까운 건물들의 유리창들마저도 한꺼번에 터져 나갔다. 하현의 고막도 찢어질 것 같았다. 하현은 공기가 폭발하는 여파에 밀려 뒤로 쓰러졌다. 공중에 떠 있던 천사들도 그 폭풍에 휩쓸려 날개를 허우적거리다가 땅에 떨어지고 말았다.

용이 하늘로 솟구치면서 구멍에서 거대한 몸통이 빠르게 빠져나왔다. 마치 하늘을 향해 수직으로 질주하는 기차 같았다. 군데군데 점이 박힌 은색 비늘은 거대한 갈치처럼 보이기도 했다. 용의 몸통도 웬만한 빌딩만큼 두꺼웠지만, 몸길이는 정말 끝이 없었다. 엄청난 속도로 하늘을 향해 날아오르고 있는데도 구멍에서 용의 몸이 다 빠져나오기까지 시간이 꽤나 걸렸다. 몸길이가 수백 미터는 되는 것 같았다. 구멍에서 나오는 몸통이 점점 가늘어지더니 지느러미가 달린 용의 꼬리까지 빠져나오면서 용은 하늘로 올라가 버렸다.

이 경천동지할 상황에서 가장 먼저 정신을 차린 것은 성수현 사령관이었다. 그가 하현 옆에서 뭐라고 외치는 소리가 들렸다. 그러자 천사들이 일제히 하늘로 날아올랐다. 그 모습을 모두가 입을 벌리고 멍하니 올려다봤다.

그중에는 하현도 예외가 아니었다. 넋을 잃고 하늘을 쳐다보는 하현을 옆에서 누군가가 급히 잡아당겼다. 박솜이었다.

"시간이 없어. 용이 곧 땅으로 다시 내려올 거야."

박솜이 빠르게 설명했다.

"천사단이 문기부장으로부터 알아낸 정보에 의하면 황궁 안의 조종실에서 용의 뇌파를 조종하고 있대. 용이 지상으로 가까이 날면서 시민들을 학살하지 못하도록 천사들이 하늘에서 용을 공격해 용의 주의를 끌 거야. 천사단이 시간을 끄는 동안 우리는 빨리 황궁을 장악해서 용을 멈춰야 해."

"저렇게 큰 걸 천사들이 막을 수 있을까요?"

하현이 소리쳤다.

"그러니까 서둘러야지. 빨리 가자!"

하현은 다시 광선 소총을 고쳐 잡았다. 박솜이 앞장서 달리자 그는 포메라니안의 뒤를 따라 달렸다. 지상에 있던 도깨비와 요정, 인간 등으로 구성된 반란군도 황궁 안으로 달려 들어갔다.

그들은 넓은 복도와 방들을 지나쳐 달렸다. 황궁 안에서 도중에 인간 병사 몇 명을 만나기는 했지만 그들이 총을 들어 올리기도 전에 하현이 먼저 그들을 쏴 버렸다. 박솜은 미리 궁전의 구조를 다 외운 듯했다. 박솜은 반란군을 이끌고 길고 복잡하고 구불구불한 복도를 거침없이 달렸다. 그들이 지나가는 복도와 방의 벽마다 그림이 걸려 있고 보석으로 치장된 커다란 거울이 달려 있었지만 그것들을 구경할 여유가 없었다. 박솜은 짧은 두 다리로 다리가 긴 하현보다 앞장서서 달렸다. 박솜이 달리는 모습을 뒤에서 보니 옷을 입은 커다란 하얀 털 뭉치가 달려가는 것 같았다. 하현은 털 뭉치의 뒤를 열심히 쫓았다.

박솜이 긴 복도를 꺾어 들어가자 넓은 홀이 나타났다. 군데군데 높은 기둥이 서 있고 천장이 아주 높은 홀이었다. 그곳으로 들어가자마자 갑자기 총탄이 날아왔다. 하현은 총을 들어 올리려다 반사적으로 몸을 굴려 가까이에 있는 기둥 뒤에 숨었다. 박솜도 털을 휘날리며 굴러가 기둥 뒤에 숨었다.

"다들 피해요!"

박솜이 외쳤다. 곧이어 엄청난 총탄이 쏟아졌다. 뒤따라오던 반란군 몇이 총에 맞고 쓰러졌다. 다른 반란군들도 황급히 기둥 뒤로 몸을 숨겼다.

황제를 상징하는 붉은색 망토를 두른 친위대가 홀의 맞은편 문 앞에서 옆으로 길게 선 채 막고 있었다. 그들은 미니건을 들고 총알을 퍼부었다. 총알은 해일처럼 반란군을 향해 날아왔다. 총알이 폭포처럼 쏟아져서 하현은 기둥 밖으로 몸을 돌려 대응 사격을 할 수가 없었다. 친위대는 조금도 여유를 주지 않았다. 그들은 쉬지 않고 기둥과 반란군이 있는 쪽을 향해 미니건을 갈겼다. 몸이 조금이라도 기둥 밖으로 빠져나가는 순간 벌집이 될 것이다.

"저 앞쪽이 바로 용을 조종하는 곳이야!"

하현에게서 약간 떨어진 곳에 있는 기둥에 등을 기댄 채 박솜이 외쳤다.

"친위대는 다 장악한 거 아니었어요?"

하현이 외쳤다.

"저놈들은 문기부장의 시계가 닿지 않는 황제 직속의 호위군 같아!"

홀에 들어오던 반란군들이 계속 총에 맞고 쓰러졌다. 기둥 뒤에 숨어 있던 하현과 박솜, 그리고 다른 반란군들은 기둥 밖으로 나올 수가 없었다. 친위대가 앞으로 걸어오기 시작했다. 그들은 미니건을 들고 쏘면서 하현이 있는 방향으로 전진했다. 반란군 몇 명이 용감하게 몸을 돌려 친위대를 향해 총을 쐈지만 강력한 합금으로 만들어진 인조인간들의 몸에는 흠집 하나 생기지 않았다. 기둥 뒤에 숨어 있던 그들은 오도 가도 못 하는 신세였다.

홀의 창문으로 들어오던 햇빛이 깜박거렸다. 황궁 위를 날아다니는 용의 그림자였다. 하늘 높은 곳에서 용의 포효가 들려왔다. 수백 명의 천사들은 하늘을 날면서 대전차 로켓과 미니건을 용에게 퍼부어서 간신히 용의 주의를 끌고 있었다. 눈에 로켓을 맞았는지 용의 비명이 들려왔다.

하현은 숨을 크게 들이마셨다. 친위대의 발소리가 뒤통수 바로 뒤까지 다가와 있었다. 박솜도 긴장한 채 얼어붙어 있었다. 그들은 황궁에 들어와서 황제의 턱밑까지 접근했다가 죽게 된 것이다.

친위대가 하현이 숨어 있는 기둥 바로 뒤까지 다가왔다. 총알이 잠시 멎었다. 하현은 이제 강철 군인의 몸이 움직일 때 금속 관절들이 맞물리면서 덜그럭거리는 소리까지 들을 수 있었다. 하현 옆으로 미니건의 총구가 나타났다. 하현은 재빨리 몸을 돌려 강철 군인의 얼굴을 쐈다. 보라색 광선이 금속 얼굴에 맞고 튕겨 나갔다. 그 순간 군인이 총구를 올려 하현의 이마를 겨눴다.

하현은 눈을 꽉 감았다.

아무 일도 일어나지 않았다.

홀은 잠시 조용해졌다. 숨어 있던 박솜도 조심스럽게 얼굴을 빼고 돌아봤다.

친위대는 비석처럼 멈춰 서 있었다.

하현은 한숨을 토하며 바닥에 주저앉았다. 하마터면 머리통이 날아가기 직전이었다. 그의 눈앞에 있는 거대한 강철 군인은 여전히 총구로 허공을 겨눈 채 멈춰 있었다. 하현은 후들거리는 다리를 끌고 재빨리 다시 홀 뒤의 복도로 달려가 몸을 숨겼다. 박솜도 달려와 하현 옆에 숨었다.

"어떻게 된 거지?"

박솜은 긴장해서 쉰 목소리가 나왔다.

"저놈들이 왜 갑자기 멈춘 거지?"

"천사단 해킹 부대가 놈들을 해킹한 거 아닐까요?"

"그런 건가?"

박솜은 홀 안으로 머리를 내밀고 살펴보더니 말했다.

"이유가 어찌 됐건 놈들이 멈춘 지금 조종실로 들어가자."

그런데 반란군이 복도와 기둥에서 나오는 순간, 친위대가 다시 움직였다.

하현은 놀라서 넘어질 뻔했다.

하지만 친위대는 그들을 공격하지 않았다. 강철 군인들은 제자리에서 기우뚱하더니 갑자기 바닥에 털썩 쓰러졌다. 수십 대의 강철 군인들이 쓰러지면서 홀에는 요란한 소리가 울렸다.

친위대가 모두 쓰러지자 그 뒤에 있던 조종실의 문이 드러났다. 그 문은 살짝 열려 있었다.

다음 순간, 문이 활짝 열리더니 안에서 누군가가 걸어 나왔다.

하현은 어처구니가 없었다.

"오리 아저씨!"

하현이 소리쳤다.

"아저씨가 왜 거기서 나와요? 게다가 왜⋯."

"왜 다 벗고 있는 거야?"

박솜도 외쳤다.

오리는 하현과 박솜이 그를 지저분한 자취방에서 처음 만났을 때처럼 완전히 알몸이었다. 그는 벌거벗은 채로 한 손에 뭔가를 들고 있었다. 오리는 얼굴에 환한 미소를 띤 채 그것을 높이 들어 올렸다.

"만백성은 오리 황제에게 절을 하라!"

오리가 끽끽거리는 목소리로 외쳤다.

"이제부터는 내가 새로운 황제니라!"

감방

"다들 황제 폐하를 찾고 있었지? 우리 폐하께서는 여기 있다고!"

오리는 황제의 잘린 머리를 들어 올리며 외쳤다. 그는 너무 신이 나서 주체를 못 하고 있었다.

"우리 폐하께서 조종실 안에 숨어 있었다니까!"

황제의 목에서는 피가 뚝뚝 떨어지고 있었다.

"이봐, 오리!"

박솜이 여전히 쉰 목소리로 외쳤다.

"당신이 황제의 목을 벤 거야?"

"하하하! 내가 이 나라 황제의 목을 땄다고! 다들 이것 좀 봐!"

오리는 황제의 머리를 흔들며 알몸으로 춤을 췄다. 하현은 어떻게 된 일인지 그제야 깨달았다.

오리는 옷을 벗고 투명해진 상태에서 여태 박솜과 하현을 따라왔다. 그리고 홀에서 친위대가 미니건을 쏴서 모두가 꼼짝 못 하고 있는 동안, 쏟아지는 총알 밑으로 바닥을 기어갔던 것이다. 그리고 친위대의 다리 밑을 지나 조종실로 들어가서 황제의 목을 벴던 것이다. 황제가 죽자 황제가 조종하던 친위대도 작동을 정지했다. 아슬아슬한 순간이었다. 오리가 조금만 늦었다면 하현의 머리에 구멍이 났을 것이다.

반란군은 춤을 추는 오리 옆을 지나 조종실로 들어갔다. 그곳에서 용을 조종하던 직원들은 바닥에 엎드려 벌벌 떨고 있었다. 갑자기 공중에서 칼이 휘둘러져 황제의 목이 잘려 나갔으니 겁에 질릴 만했다. 박솜과 반란군은 그들에게 총을 겨누며 용을 멈추라고 외쳤다.

하현은 잠시 멍하니 그 모습을 지켜봤다. 반란군이 용을 멈추는 동안 오리는 여전히 황제의 머리를 들고 춤을 추고 있었다. 그 모든 것이 꿈만 같았다. 어느새 홀 안으로 시민들이 들어왔다. 그들은 바닥에 흩어진 무수한 탄피와 쓰러져 있는 수십 대의 붉은 친위대, 그리고 잘린 머리를 들고 춤추는 알몸의 동굴요정을 보고 어안이 벙벙해졌다. 오리는 그들에게 자신이 황제의 목을 잘랐다고 외쳤다. 오리는 노래를 부르기 시작했다.

"황제 폐하는 강철 군대를 부린다네.

황제 폐하는 용을 부린다네.

그리고 오늘은 오리 손에 머리가 덜렁거린다네."

홀 안에는 잠시 동안 오리의 끔찍한 목소리만이 울려 퍼졌다. 그리고 잠시 후 시민들은 함성을 질렀다. 홀 안은 기쁨의 함성으로 쩌렁쩌렁 울렸다.

"황제가 죽었다!"

사람들은 소리를 질렀다.

"황제가 죽었다!"

함성의 파도가 황궁 전체로 퍼져 나갔다. 궁 전체가 요동치기 시작했다.

하현은 정신을 집중했다. 황제가 죽은 것은 아무래도 좋았다. 그에게는 아빠를 찾는 게 급선무였다. 하현은 박솜에게 다가갔다. 박솜은 성수현에게 용의 통제권을 장악하고 황제를 제거했다고 전하고 있었다. 작전 종료였다.

시민들의 함성이 너무 커서 하현은 코앞에 있는 박솜에게 고함을 질러야 했다.

"연구소 위치가 어딘지 아세요?"

박솜은 연구소 위치까지는 알지 못했다. 그들은 조종실 직원에게 황궁 연구소의 위치를 물었다. 직원은 별관 지하에 연구소가 있다고 했다. 별관은 황궁 본관 뒤편에 있었다. 하현은 그 말을 듣자마자 조종실을 뛰쳐나갔다. 그는 홀 안에 가득 찬 시민들 사이를 지나쳐 홀 밖으로 달려 나갔다.

하현은 황궁 본관 건물을 나와 구멍이 뚫린 정원의 가장자리를 달려갔다. 정원의 가장자리와 황궁 전체는 시민들로 가득했다. 북적거리는 시장통이 따로 없었다. 그들은 모두 함성을 지르고 있었다. 궁전뿐만이 아니었다. 황제가 죽었다는 사실은 삽시간에 황궁을 넘어 광장으로 퍼져 나갔다. 황궁 바깥의 광장 전체가 들썩였다. 수십만 명의 사람들이 만세를 외치고 있었다. 기쁨이 세상을 가득 메웠다.

하현은 사람들을 마구 밀치면서 달렸다. 그는 전혀 기쁘지 않았다. 황궁 안에 인파가 너무 많아서 그는 자꾸 사람들과 부딪혔다. 하늘을 향해 만세를 부르는 사람들 사이를 지나치다가 그는 몇 번이나 누군가와 몸이 부딪혔다. 하지만 그는 신경 쓰지 않았다.

하늘에서는 거대한 용이 궁전 위에서 원을 그리며 천천히 돌고 있었다. 용은 날개도 없는데 하늘을 떠다녔다. 사람들은 용을 가리키며 공포와 경탄의 감탄사를 내뱉었다. 용이 그리고 있는 원은 황궁 전체가 들어갈 만큼 컸다. 천사들은 용의 거대한 몸통 주변을 날고 있었다. 부모들은 안고 있던 아이에게 용을 보라며 가리켰다. 어린아이들은 용의 거대한 크기에 놀라 울음을 터뜨렸다. 광장에서 가장 나이 많은 사람에게도 그런 광경은 처음이었다. 그 광경은 혁명에 성공한 국민에게 주는 선물이었고, 광장의 모든 사람이 나이가 들어 죽은 후에도 몇 세대를 이어 전해질 장관이었다.

하현은 하늘을 올려다보지 않았다. 그는 용과 천사들이 하늘을 나는 모습에 관심이 없었다. 그는 땅 위를 달리고 있었다. 하현은 환호하는 사람들과 부딪히면서 정원을 지났다. 그는 본관을 넘어 별관 안으로 들어갔다. 별관도 이미 사람들로 가득했다. 지하로 향하는 계단을 뛰어 내려가자 지상의 함성 소리가 점점 작아졌다.

연구소는 다양한 실험 기계들로 가득했다. 하현이 들어간 넓은 방에는 무슨 용도인지 알 수 없는 기계들이 많았다. 포로들이 있을 만한 공간은 보이지 않았다. 하현은 그 밑으로 내려갔다.

두 번째 방은 다양한 표본들로 가득했다. 옷장만큼 커다란 유리통이 벽면에 수십 개가 붙어 있었는데 다양한 생물들의 표본이 유리통 안의 알코올 용액에 담겨 둥둥 떠 있었다. 하현은 그 모습에 구역질이 났다. 용액 안에 들어 있는 건 인간과 도깨비와 요정, 시민견과 시민묘, 그리고 기타 소수 종족 들의 몸을 해부한 표본들이었다. 하현은 겁에 질렸다. 혹시 이 중에 아빠가 있는 건 아닐까? 하현은 연구소 안을 뛰어다니며 도깨비의 몸이 담긴 유리통들을 살폈다. 목 없이 몸통만 있는 표본도 있었고 피부가 모두 벗겨지거나 상체 또는 하체만 담긴 유리통들이 많아서 알아볼 수가 없었다. 하현은 역겨움과 공포에 치를 떨었다. 그는 그 지옥에서 잠시 헤매다가 더 아래로 내려가기로 결심했다. 일단은 살아 있는 포로들부터 찾아야 했다.

아래층으로 내려가자 잠긴 철문이 나왔다. 보안 카드를 써야 열리는 문이었다. 하현은 여태 등에 메고 있던 광선 소총을 쏴서 문 손잡이를 부수고 안으로 들어갔다.

그곳은 벽에 문이 여러 개 붙어 있는 길게 뻗은 복도였다. 마치 감옥의 복도 같았다. 하현은 제일 앞에 있는 감방의 문으로 달려가서 문에 있는 철창 사이로 안을 들여다보았다. 감방 안에는 사람들이 몸을 웅크린 채 겁에 질린 눈으로 하현을 쳐다보고 있었다. 하현은 총으로 문의 자물쇠를 부순 후 감방 문을 열었다. 안에는 스무 명 정도의 사람들이 있었다. 그들은 하현을 보고도 움직이지 않았다. 단지 놀라서 몸을 더욱 웅크릴 뿐이었다.

"아빠? 여기 아빠 있어요?"

들어와 보니 이 방에 있는 사람들은 모두 숲요정 여자들이었다. 모두 똑같은 헐렁한 회색 옷을 입은 채 바싹 야윈 상태였다.

"여기 혹시 김만월이라는 도깨비를 보신 분 있나요?"

그들은 하현의 말에도 미동이 없었다. 그중 절반 이상은 이미 죽은 것 같았다. 살아 있는 사람 중 한 명이 물었다.

"누구세요? 무슨 일이 일어난 기죠?"

"혁명이 성공했어요. 황제가 죽고 황궁이 함락되었습니다."

숲요정들은 입을 딱 벌렸다. 하현이 계속 물었다.

"혹시 김만월이라는 도깨비를 보신 분 있나요?"

"그게 정말이에요? 정말 혁명이 성공했나요?"

"네, 이제 여러분은 모두 자유예요."

하현은 그렇게 말하고 감방을 나와서 그 옆방의 자물쇠를 부수고 문을 열었다. 그곳은 남자 숲요정들만 갇혀 있는 방이었다. 하현이 물었다.

"여러분, 혹시 김만월이라는 도깨비를 보신 분 있나요?"

그 방 역시 절반 이상은 죽었는지 시체처럼 마른 채로 누워 있었다. 살아 있는 사람들은 힘겹게 고개를 가로저었다. 살아 있는 사람들도 시체와 다를 바 없었다. 그중 한 명이 물었다.

"정말이에요? 정말 혁명이 성공했어요?"

"정말입니다. 모두 자유예요."

그는 그 옆방 문도 자물쇠를 부수고 들어갔다. 그 방에는 도깨비들만 갇혀 있었는데 앞선 두 방과 달리 남녀가 섞여 있었고 나이대도 다양했다. 이 방에 있는 사람들은 거의 다 죽은 듯했다. 시체 썩는 악취가 코를 찔렀다. 유일하게 살아남은 것으로 보이는 젊은 여자는 하현이 옆방에서 한 말을 듣고 그가 들어오길 기다리고 있었다. 여자는 방에 들어온 하현을 붙잡고 죽어 가는 목소리로 물었다.

"정말입니까? 정말 혁명이 성공한 겁니까?"

하현은 그렇다고 말한 뒤 누워 있는 스무 명 정도의 도깨비들을 자세히 살펴봤지만 아빠는 없었다.

그다음 방에는 시민견과 도깨비가 섞여 있었지만 아빠는 없었다. 살아 있는 사람들은 하현을 붙잡고 울면서 같은 질문을 반복했다. 하현은 그렇다고 한 뒤 그들에게 아빠를 아냐고 물었다. 하현은 그들의 질문에 확실한 답을 계속 반복했지만 그들 중 하현의 간단한 질문에 답하는 사람은 없었다.

하현이 그 방을 나왔을 때 열려 있던 감방들에서 포로 몇 명이 밖으로 나왔다. 그들은 모두 야위고 힘이 없어 비틀거렸다. 감옥의 복도로 나온 이들 중 일부는 다른 감방 문을 열려는 하현을 붙잡고 계속 질문을 했고, 어떤 사람은 벽에 기대어 소리 없이 울었다. 어떤 사람들은 밖으로 나가려고 계단을 올라가다가 힘에 부쳐서 계단에 주저앉아 버렸다. 모두들 너무 야위고 지쳐 있었다. 하현이 문을 열 때마다 방 안에 있는 사람들 중 절반 이상은 그가 들어오는 데도 누워만 있었고 문을 열어 주었는데도 나가지 않고 계속 누워 있었다. 생체 실험을 견뎌 내지 못한 이들이었다. 하현은 점점 겁이 났다. 쓰러져 있는 포로들은 대부분 죽은 것 같았고 어떤 사람은 죽은 지 꽤 시간이 지났는지 시체 썩는 악취가 감방 안에 가득했다.

하현은 감방 문을 거의 다 열었다. 문을 열 때마다 다양한 종족의 남녀노소가 나타났다. 어떤 방 안에는 초등학생 정도로 보이는 어린애들도 있었다. 그 아이들은 하현이 문을 열어 주길 기다리다가 그가 들어오자 그를 껴안고 울음을 터뜨렸다. 하현은 그들의 바싹 마른 작은 몸을 한 번 안아 준 뒤 아빠를 보았느냐고 물었다.

"거인도깨비라고요?"

마지막에서 두 번째 방 안에 있던 시민묘 한 명이 말했다. 그는 갈색의 늙은 고양이였다. 온몸의 털이 푸석푸석했고 몸 곳곳에 털이 빠져서 동그란 구멍이 나 있었다. 고양이가 말을 할 때 이빨이 몇 개 빠진 잇몸이 드러났다.

"혹시 마력을 주면서 사람들을 살려 주는 아저씨 말인가요?"

하현은 그 자리에 얼어붙었다.

"맞아요. 그분이 우리 아빠예요."

"맨 끝 방에 있을 거예요. 마침 바로 옆방이구려. 그가 죽어 가는 나도 살려 줬다오."

하현은 밖으로 뛰쳐나갔다. 그는 울고 있었지만 자신이 울고 있다는 걸 느끼지 못했다. 그는 속으로 아빠를 원망하고 있었다.

하현은 자물쇠를 부순 뒤 총을 바닥에 떨어뜨렸다. 그는 떨리는 손으로 감방 문을 열었다.

마지막 방에도 종족과 나이가 다양한 남녀가 스무 명가량 있었다. 이 방의 사람들은 다른 방의 사람들보다 훨씬 건강해 보였다. 죽은 사람은 아무도 없었고, 모두들 일어서서 하현을 기다리고 있었다.

하현은 순간 그들이 자신을 아주 오래전부터 기다리고 있었던 것 같다고 느꼈다.

그들 중 젊은 숲요정 한 명이 말문을 열었다.

"당신이 김하현인가요?"

몇 사람이 고개를 떨어뜨렸다. 어떤 사람은 차마 하현을 볼 수 없다는 듯 고개를 돌렸다. 눈물을 훔치는 사람도 있었다.

하현이 떨리는 목소리로 물었다.

"우리 아빠가 여기 있죠?"

사람들은 대답 대신 양옆으로 비켜섰다.

하현은 바닥에 쓰러져 있는 아빠를 발견했다.

아빠

만월이 그날, 불이 난 집에서 하현을 구하던 날은 함박눈이 내렸다. 선희의 아들 하현은 어렸을 때부터 몸이 많이 약해서 만월을 걱정시켰다. 만월은 자신이 그날 마력을 줬음에도 혹시 아이에게 후유증이 남은 건 아닌가 하고 걱정을 많이 했다. 하지만 시간이 지나면서 하현은 건강하게 쑥쑥 자랐다.

하현은 중학교 1학년 때 만월에게 당신은 내 진짜 아빠가 아니라고 화를 냈다. 아이는 자신이 엄마가 없고 아빠는 도깨비라는 사실이 창피한 듯했다. 그래서 만월에게 도깨비 부모는 필요 없다고 소리치면서 집 밖으로 뛰쳐나갔다. 그리고 그 직후 차에 치였다. 그때는 상당히 위험한 상황이었지만 만월은 구급차를 타고 병원으로 가면서 하현에게 마력을 줬다. 아이는 고맙게도 살아났다. 그리고 만월의 키는 좀 더 줄었다. 만월이 하현에게 마력을 준 것은 그때가 두 번째였다.

하현은 나중에 아빠에게 그때의 일을 정말 죄송하다고 했고, 만월은 웃으면서 괜찮다고 했다. 그 일이 있은 후로 하현은 만월에게 죄송하다는 말을 자주 했다. 하지만 만월은 더 이상 그런 말을 하지 말라고 했다.

"아빠는 네가 건강하기만 하면 돼. 정말이야. 그러니까 죄송하다는 말 하지 마."

만월은 하루가 다르게 키가 커지는 하현을 자주 안아 주며 말했다.

"아빠는 괜찮아. 정말이야."

눈

"안 돼."

하현은 그 자리에서 얼어붙었다.

그의 앞에 있는 아빠는 갓난아기처럼 작아져 있었다.

"아저씨가 죽어 가는 이 방의 모두에게 마력을 나눠 줬어요."

옆에 있던 소년이 말했다.

"아저씨가 아니었다면 우린 모두 죽었을 거예요."

하현은 비틀거리며 다가가 무릎을 꿇었다. 아빠는 작은 인형 같았다. 하현은 순간적으로 너무 우스꽝스럽다는 생각이 들었다. 이렇게 몸이 작아지다니. 웃음과 함께 울음이 터져 나왔다. 하현은 인형 같은 아빠를 안고 들어 올렸다. 아빠는 갓난아기보다도 가볍게 느껴졌다.

아빠는 나지막하게 숨을 몰아쉬고 있었다. 아빠의 눈꺼풀이 떨리더니 힘겹게 눈을 떴다. 하현을 보면서도 아빠는 반응이 없었다. 아빠는 몸에 있던 마지막 한 방울의 생명력까지 다 쥐어짜 내서 사람들을 치유했던 것이다.

"안 돼, 안 돼, 안 돼."

하현은 아빠를 안고 감방 문을 뛰쳐나갔다. 그는 미친 듯이 감옥의 계단을 뛰어 올라갔다.

"안 돼, 안 돼."

하현은 별관 밖으로 뛰어나갔다. 어느새 해가 지고 어스름 위로 옅은 달이 떠 있었다. 그믐달이었다.

하늘에서 함박눈이 내리고 있었다. 올해의 첫눈이었다.

하현은 정원에 나온 순간 어디로 가야 할지 알 수가 없었다. 어떡하지? 병원에 가야 하나? 그래, 병원에 가자.

하지만 그는 병원이 어디에 있는지 몰랐다.

하현은 미친 듯이 정원을 뛰어갔다. 사람들은 여전히 함성을 지르며 노래를 부르고 있었다. 그가 궁전 문을 빠져나갈 때 박솜이 그를 발견하고 소리쳐 불렀지만 그의 귀에는 들리지 않았다.

하현은 아빠를 안고 광장을 가로질러 뛰었다. 광장은 어느새 축제의 도가니였다. 사람들은 폭죽을 터뜨리고 소리를 지르고 춤을 추고 노래를 부르고 있었다. 하늘에서는 여전히 용이 황궁 위를 느릿느릿 원을 그리며 돌고 있었다. 그 아래에서 수백 명의 사람들이 서로 손을 잡고 정원에 뚫린 거대한 구멍 주위를 강강술래를 하며 돌고 있었다. 천사들은 우아한 곡선을 그리며 그 위를 헤엄치고 다녔다.

하지만 하현에게는 그 모든 것이 눈에 들어오지 않았다. 하현은 아빠를 안은 채 노래를 부르는 사람들을 스치고 지나가며 정신없이 뛰었다. 그는 어딘가를 향해 달리고 있었지만 자신이 어디로 가는지 알 수 없었다. 어느새 그는 광장을 나와서 건물들 사이를 달리고 있었다. 함박눈이 그의 머리와 어깨 위로 쌓였다. 그는 바닥에 쌓인 눈 때문에 미끄러질 뻔했다. 심장이 터질 것 같았다. 입에서 나온 입김 때문에 눈앞이 잠시 동안 뿌옇게 흐려졌다.

"아빠, 괜찮아요, 괜찮아요."

그는 달리면서 중얼거렸다.

"괜찮아요. 제가 살려 드릴게요."

하현은 달리다가 숨이 차서 헐떡거리다가 그만 울음을 터뜨렸다. 그는 잠시 멈춰 서서 엉엉 울다가 다시 달리기 시작했다. 그는 울면서 계속 달렸다. 그는 울면서 아빠에게 계속 괜찮다고 중얼거렸다.

"제가 살려 드릴게요. 걱정하지 마세요."

그는 달리다가 눈 때문에 미끄러져서 하마터면 앞으로 고꾸라질 뻔했다. 하현은 비틀거리다가 그 자리에 철퍼덕 주저앉았다. 그는 그렇게 앉아서 펑펑 울었다. 그의 가슴에 아빠의 미약한 심장 소리가 전해졌다. 그 심장은 꺼지기 직전이었다. 누군가가 그의 어깨에 손을 올렸다.

"하현아."

박솜이었다.

"거인도깨비가 그 정도로 마력을 소진하면 살아날 수 없다는 거 알잖아."

하현은 그를 뿌리치고 일어나서 계속 달렸다.

하늘에서는 계속 폭죽이 터지고 있었다.

하현은 한참을 달리다가 무릎을 꿇었다. 달리 방법이 없었다. 그는 아빠를 구하지 못했다. 아빠는 그의 품 안에서 죽어 가고 있었다. 그 순간 그는 깨달았다. 이것이 그가 지금까지 저지른 죄악에 대한 대가라는 것을. 아빠를 구하기 위해서라는 이유로 점차 망가진 자신이 받는 벌이라는 것을. 그는 하염없이 눈물을 흘렸다. 아빠는 평생 자신의 생명을 잘라 내 남을 살렸지만 그는 살인을 거듭했다. 그는 아빠를 구할 자격이 없는 사람이었다. 아빠를 구하고 아빠가 평생을 간절히 원하던 '평범한 삶'을 살게 해 줄 수 없는 사람이었다. 아빠를 죽인 것은 자신의 죄악, 그리고 아빠를 평생 괴롭힌 아빠의 이타심이었다. 그는 아빠가 원망스럽고 미안해서 소리 내어 울었다.

"하현아…."

아빠가 나지막하게 그를 불러서 그는 간신히 울음을 삼켰다.

"울지 마…."

아빠의 목소리는 너무 작아서 기어들어 가는 듯했다.

"아빠, 죄송해요. 제가 꼭 구해 드리려고 했는데…."

"괜찮아. 아빠는 괜찮아."

아빠는 힘겹게 웃었다.

"와 줘서 고마워, 우리 아기…."

그는 아빠에게 얼굴을 묻고 흐느꼈다.

울고 있는 하현 곁으로 다시 박솜이 다가왔다. 오리와 성수현도 멀찍이 떨어진 곳에 서 있었다. 천사들도 날개를 접고 땅으로 내려 앉았다.

하늘에서 떨어진 눈이 하현의 머리와 어깨 위에 쌓였다. 그중 한 조각이 천천히 아빠의 이마 위로 떨어졌다. 그때 김만월은 이미 숨을 거둔 뒤였다.

박솜이 울고 있는 하현의 어깨를 말없이 다독였다.

땅에서는 노래가 가득했다. 하늘에서는 폭죽이 터지고 있었다. 하지만 그보다 더 높은 하늘은 고요했다. 땅 위로 눈이 내리고 있었다.

315